老舍作品精选

# 老张的哲学

# 猫城记

老舍——著

人民文学出版社

**图书在版编目(CIP)数据**

老张的哲学；猫城记/老舍著．—北京：人民文学出版社，2017(2020.10重印)
(老舍作品精选)
ISBN 978-7-02-012218-9

Ⅰ．①老…　Ⅱ．①老…　Ⅲ．①长篇小说-小说集-中国-现代　Ⅳ．①I246.5

中国版本图书馆CIP数据核字(2016)第297783号

责任编辑　**朱卫净　邱小群**
封面插画　**杨　猛**
封面设计　**李苗苗**

出版发行　**人民文学出版社**
社　　址　**北京市朝内大街166号**
邮政编码　**100705**
网　　址　**http://www.rw-cn.com**

印　　制　**山东临沂新华印刷物流集团有限责任公司**
经　　销　**全国新华书店等**

字　　数　**275千字**
开　　本　**890毫米×1240毫米　1/32**
印　　张　**11.25**
版　　次　**2017年2月北京第1版**
印　　次　**2020年10月第6次印刷**

书　　号　**978-7-02-012218-9**
定　　价　**45.00元**

## 出版说明

为纪念老舍先生逝世五十周年，特别推出“老舍作品精选”丛书。

老舍先生是中国现代文学史上的文学大家，其行文习惯和用词可能与当下的规范不一致，为尊重历史原貌，一律不作改动。

# 目录

# 老张的哲学

# 第一

老张的哲学是“钱本位而三位一体”的。他的宗教是三种：回，耶，佛；职业是三种：兵，学，商；言语是三种：官话，奉天话，山东话。他的……三种；他的……三种；甚至于洗澡平生也只有三次。洗澡固然是件小事，可是为了解老张的行为与思想，倒有说明的必要。

老张平生只洗三次澡：两次业经执行，其余一次至今还没有人敢断定是否实现，虽然他生在人人是“预言家”的中国。第一次是他生下来的第三天，由收生婆把那时候无知无识的他，像小老鼠似的在铜盆里洗的。第二次是他结婚的前一夕，自动的到清水池塘洗的。这次两个铜元的花费，至今还在账本上写着。这在老张的历史上是毫无可疑的事实。至于将来的一次呢，按着多数预言家的推测：设若执行，一定是被动的。简言之，就是“洗尸”。

洗尸是回教的风俗，老张是否崇信默哈莫德呢？要回答这个问题，似乎应当侧重经济方面，较近于确实。设若老张“呜乎哀哉尚飨”之日，正是羊肉价钱低落之时，那就不难断定他的遗嘱有“按照回教丧仪，预备六小件一海碗的清真教席”之倾向。（自然惯于吃酒吊丧的亲友们，也可以借此换一换口味。）而洗尸问题或可以附带解决矣。

不过，十年，二十年，或三十年后肉价的涨落，实在不易有精密的推测；况且现在老张精神中既无死志，体质上又看不出颓唐之象，于是星相家推定老张尚有十年，二十年，或三十年之寿命，与断定十年，二十年，或三十年后肉价之增减，有同样之不易。

猪肉贵而羊肉贱则回，猪羊肉都贵则佛，请客之时则耶。

为什么请客的时候则耶？

耶稣教是由替天行道的牧师们，不远万里而传到只信魔鬼不晓得天国的中华。老教师们有时候高兴请信徒们到家里谈一谈，可以不说“请吃饭”，说“请吃茶”；请吃茶自然是西洋文明人的风俗。从实惠上看，吃饭与吃茶是差的多；可是中国人到洋人家里去吃茶，那“受宠若惊”的心理，也就把计较实惠的念头胜过了。

这种妙法被老张学来，于是遇万不得已之际，也请朋友到家里吃茶。这样办，可以使朋友们明白他亲自受过洋人的传授，至于省下一笔款，倒算不了什么。满用平声仿着老牧师说中国话：“明天下午五点钟少一刻，请从你的家里走到我的家里吃一碗茶。”尤为老张的绝技。

营商，为钱；当兵，为钱；办学堂，也为钱！同时教书营商又当兵，则财通四海利达三江矣！此之谓“三位一体”；此之谓“钱本位而三位一体”。

依此，说话三种，信教三样，洗澡三次，……莫不根据于“三位一体”的哲学理想而实施。

老张也办教育？

真的！他有他自己立的学堂！

他的学堂坐落在北京北城外，离德胜门比离安定门近的一个小镇上。坐北朝南的一所小四合房，包着东西长南北短的一个小院子。临街三间是老张的杂货铺，上自鸦片，下至葱蒜，一应俱全。东西配房是他和他夫人的卧房；夏天上午住东房，下午住西房；冬天反之；春秋视天气冷暖以为转移。既省凉棚及煤火之费，长迁动着于身体也有益。北房三间打通了槅段，足以容五十多个学生，土砌的横三竖八的二十四张书桌，不用青灰，专凭墨染，是又黑又匀。书桌之间列着洋槐木作的小矮脚凳：高身量的学生，蹲着比坐着舒服；小的学生坐着和吊着差不多。北墙上中间悬着一张孔子像，两旁配着彩印的日俄交战图。西墙上两个大铁帽钉子挂着一块二尺见方的黑板；钉子上挂着老张的军帽和阴阳合历的宪书。门口高悬着一块白地黑字的匾，匾上写着“京师德胜汛[①]公私立官商小学堂”。

老张的学堂，有最严的三道禁令：第一是无论春夏秋冬闰月不准学生开教室的窗户；因为环绕学堂半里而外全是臭水沟，无论刮东西南北风，永远是臭气袭人。不准开窗以绝恶臭，于是五十多个学生喷出的炭气，比远远吹来的臭气更臭。第二是学生一切用品点心都不准在学堂以外的商店去买；老张的立意是在增加学生爱校之心。第三不准学生出去说老张卖鸦片。因为他只在附近烟馆被官厅封禁之后，才作暂时的接济；如此，危险既少，获利又多；至于自觉身分所在不愿永远售卖烟土，虽非主要原因，可是我们至少也不能不感谢老张的热心教育。

老张的地位：村里的穷人都呼他为“先生”。有的呢，把孩子送到他的学堂，自然不能不尊敬他。有的呢，遇着开殃榜，批婚书，看风水，……都要去求他，平日也就不能不有相当的敬礼。富些的人都呼他为“掌柜的”，因为他们日用的油盐酱醋之类，不便入城去买，

---

① 德胜汛，“汛”读“训”，清时北京军队或防地名称。“德胜汛”即驻防德胜门外的军队。北京入民国后，仍沿用各汛名称。北郊德胜门外仍称“德胜汛”。

多是照顾老张的。德胜汛衙门里的人，有的呼他为“老爷”，有的叫他“老张”，那要看地位的高低；因为老张是衙门里挂名的巡击。称呼虽然不同，而老张确乎是镇里——二郎镇——一个重要人物！老张要是不幸死了，比丢了圣人损失还要大。因为那个圣人能文武兼全，阴阳都晓呢？

老张的身材按营造尺是五尺二寸，恰合当兵的尺寸。不但身量这么适当，而且腰板直挺，当他受教员检定的时候，确经检定委员的证明他是“脊椎动物”。红红的一张脸，微点着几粒黑痣；按《麻衣相法》说，主多材多艺。两道粗眉连成一线，黑丛丛的遮着两只小猪眼睛。一只短而粗的鼻子，鼻孔微微向上掀着，好似柳条上倒挂的鸣蝉。一张薄嘴，下嘴唇往上翻着，以便包着年久失修渐形垂落的大门牙，因此不留神看，最容易错认成一个夹馅的烧饼。左脸高仰，右耳几乎扛在肩头，以表示着师位的尊严。

批评一个人的美丑，不能只看一部而忽略全体。我虽然说老张的鼻子像鸣蝉，嘴似烧饼，然而决不敢说他不好看。从他全体看来，你越看他嘴似烧饼，便越觉得非有鸣蝉式的鼻子配着不可。从侧面看，有时鼻洼的黑影，依稀的像小小的蝉翅。就是老张自己对着镜子的时候，又何尝不笑吟吟的夸道：“鼻翅掀着一些，哼！不如此，怎能叫妇人们多看两眼！”

## 第二

那是五月的天气，小太阳撅着血盆似的小红嘴，忙着和那东来西去的白云亲嘴。有的唇儿一挨慌忙的飞去；有的任着意偎着小太阳的红脸蛋；有的化着恶龙，张着嘴想把她一口吞了；有的变着小绵羊跑着求她的青眼。这样艳美的景色，可惜人们却不曾注意，那倒不是人们的错处，只是小太阳太娇羞了，太泼辣了，把要看的人们晒的满脸流油。于是富人们支起凉棚索兴不看；穷人们倒在柳荫之下作他们的好梦，谁来惹这个闲气。

一阵阵的热风吹来的柳林蝉鸣，荷塘蛙曲，都足以增加人们暴燥之感。诗人们的幽思，在梦中引逗着落花残月，织成一片闲愁。富人们乘着火艳榴花，茧黄小蝶，增了几分雅趣。老张既无诗人的触物兴感，又无富人的及时行乐；只伸着右手，仰着头，数院中杏树上的红杏，以备分给学生作为麦秋学生家长送礼的提醒。至于满垂着红杏的一株半大的杏树，能否清清楚楚数个明白，我们不得而知，大概老张有些把握。

“咳！老张！”老张恰数到九十八上，又数了两个凑成一百，把大拇指捏在食指的第一节上，然后回头看了一看。这轻轻的一捏，慢慢的一转，四十多年人世的经验！

“老四，屋里坐！”

“不！我还赶着回去，这两天差事紧的很！”

“不忙，有饭吃！”老张摇着蓄满哲理的脑袋，一字一珠的从薄嘴唇往外蹦。

“你盟兄李五才给我一个电话，新任学务大人，已到老五的衙门，这就下来，你快预备！我们不怕他们文面上的，可也不必故意冷淡他们，你快预备，我就走，改日再见。”那个人一面擦脸上的汗，一面往外走。

“是那位大……”老张赶了两步，要问个详细。

“新到任的那个。反正得预备，改天见！”那个人说着已走出院外。

老张自己冷静了几秒钟，把脑中几十年的经验匆匆的读了一遍，然后三步改作两步跑进北屋。

“小三！去叫你师娘预备一盆茶，放在杏树底下！快！小四！去请你爹，说学务大人就来，请他过来陪陪。叫他换上新鞋，听见没有？”小三，小四一溜烟似的跑出屋外。“你们把《三字经》，《百家姓》收起来，拿出《国文》，快！”

“《中庸》呢？”

“费话！旧书全收！快！”这时老张的一双小猪眼睁得确比猪眼大多了。

“今天把国文忘了带来，老师！”

“该死！不是东西！不到要命的时候你不忘！《修身》也成！”

“《算术》成不成？”

“成！有新书的就是我爸爸！”老张似乎有些急了的样子。“王德！去拿扫帚把杏树底下的叶子都扫干净！李应！你是好孩子，拿条湿手巾把这群墨猴的脸全擦一把！快！”

拿书的拿书；扫地的扫地；擦脸的擦脸；乘机会吐舌头的吐舌；挤眼睛的挤眼；乱成一团，不亚于遭了一个小地震。老张一手摘黑板上挂着的军帽往头上戴，一手掀着一本《国文》找不认识的字。

“王德！你的字典？”

“书桌上那本红皮子的就是！”

“你瞎说！该死！我怎么找不着？”

“那不是我的书桌，如何找得到！”王德提着扫帚跑进来，把字典递给老张。

“你们的书怎样？预备好了都出去站在树底下！王德快扫！”老张一手按着字典向窗下看了一眼。“哈哈！叫你扫杏叶，你偷吃我的杏子。好！现在没工夫，等事情完了咱们算账！”

“不是我有意，是树上落下来的，我一抬头，正落在我嘴里。不是有心，老师！”

“你该死！快扫！”

“你一万个该死！你要死了，我把杏子都吃了！”王德自己嘟囔着说。

王德扫完了，茶也放在杏树下，而且摆上经年不用的豆绿茶碗十二个。小四的父亲也过来了，果然穿着新缎鞋。老张查完字典，专等学务大人驾到，心里越发的不镇静。

“王德！你在门口去瞭望。看见轿车或是穿长衫骑驴的，快进来告诉我。脸朝东，就是有黄蜂螫你的后脑海，也别回头！听见没有？”

“反正不是你脑袋。”王德心里说。

“李应！你快跑，到西边冰窖去买一块冰；要整的，不要碎块。”

“钱呢？”

“你衣袋里是什么？小孩子一点宽宏大量没有！”老张显示着作先生的气派。

李应看了看老张，又看了看小四的父亲——孙八爷——一语未发，走出去。

这时候老张才想起让孙八爷屋里去坐，心里七上八下的勉强着和孙八爷闲扯。

孙八爷看着有四十上下的年纪，矮矮的身量，圆圆的脸。一走一耸肩，一高提脚踵，为的是显着比本来的身量高大而尊严。两道稀眉，一双永远发困的睡眼；幸亏有只高而正的鼻子，不然真看不出脸上有“一应俱全”的构造。一嘴的黄牙板，好似安着“磨光退色”的金牙；不过上唇的几根短须遮盖着，还不致金光普照。一件天蓝洋缎的长袍，罩着一件铜钮宽边的米色坎肩，童叟无欺，一看就知道是乡下的土绅士。

不大的工夫，李应提着一块雪白的冰进来。老张向孙八说：

“八爷来看看这一手，只准说好，不准发笑！”

孙八随着老张走进教室来。老张把那块冰接过来，又找了一块木板，一齐放在教室东墙的洋火炉里，打着炉口，一阵阵的往外冒凉气。

“八爷！看这一手妙不妙？洋炉改冰箱，冬暖夏凉，一物两用！”老张挑着大拇指，把眼睛挤成一道缝，那条笑的虚线从脸上往里延长，直到心房上，撞的心上痒了一痒，才算满足了自己的得意。

原来老张的洋炉，炉腔内并没有火瓦。冬天摆着，看一看就觉得暖和。夏天遇着大典，放块冰就是冰箱。孙八看了止不住的夸奖：“到底你喝过墨水，肚子里有货！”

正在说笑，王德飞跑的进来，堵住老张的耳朵，霹雳似的嚷了一声“来了！”同时老张王德一人出了一身情感不同而结果一样的冷汗！

# 第三

门外拍拍的掸鞋的声音，孙八忙着迎出来，老张扯开喉咙叫“立——正！”五十多个学生七长八短的排成两行。小三把左脚收回用力过猛，把脚踵全放在小四的脚趾上，“哎哟！老师！小三立正，立在我脚上啦！”

“向左——转！摆队相——迎！”号令一下，学生全把右手放在眉边，小四痛的要哭，又不敢哭，只把手遮着眼睛隔着眼泪往外看。前面走的他认识是衙门的李五，后面的自然是学务大人了。

“不用行礼，把手放下，放下，放下！”学务大人显着一万多个不耐烦的样子。学生都把手从眉边摘下来。老张补了一句：“礼——毕！”

李五递过一张名片，老张低声问：“怎样？”李五偷偷的应道：“好说话。”

“大人东屋坐，还是到讲堂去？”老张向学务大人行了个举手礼。

“李先生，你等我一等，我大概看看就走。行家一过眼，站在学堂外边五分钟，就知道办的好坏，那算门里出身。”学务大人耸着肩膀，紧着肚皮，很响亮的嗽了两声，然后鼓着双腮，只转眼珠，不扭脖项的往四外一看。把一口痰用舌尖卷成一个滑腻的圆弹，好似由小唧筒喷出来的唾在杏树底下。拿出小手巾擦了擦嘴，又顺手擦擦鼻凹的汗。然后自言自语的说："哼！不预备痰盂！"

"那么老五，八爷，你们哥俩个东屋里坐，我伺候着大人。"老张说。

"不用'大人''大人'的！'先生'就好！新办法新称呼，比不得七八年前。把学生领到'屋里'去！"

"是！到'讲堂'去？"

"讲堂就是屋里，屋里就是讲堂！"学务大人似乎有些不满意老张的问法。

"是！"老张又行了一个举手礼。"向左——转！入讲——堂！"

学生把脚抬到过膝，用力跺着脚踵，震得地上冬冬的山响，向讲堂走来。

老张在讲台上往下看，学生们好似五十多根小石桩。俏皮一点说，好似五十多尊小石佛；瞪着眼，努着嘴，挺着脖子，直着腿。也就是老张教授有年，学务大人经验宏富，不然谁吃得住这样的阵式！五十多个孩子真是一根头发都不动，就是不幸有一根动的，也听得见响声。学务大人被屋里浓厚的炭气堵的，一连打了三个喷嚏；从口袋里掏出日本的"宝丹"，连气的往鼻子里吸，又拿出手巾不住的擦眼泪。

老张利用这个机会，才看了看学务大人：

学务大人约有四十五六岁的年纪。一张黑黄的脸皮，当中镶着白多黑少的两个琉璃球。一个中部高峙的鹰鼻，鼻下挂着些干黄的穗子，遮住了嘴。穿着一件旧灰色官纱袍，下面一条河南绸做的洋式裤，系着裤脚。足下一双短筒半新洋皮鞋，露着本地蓝市布家做的袜子。乍看使人觉着有些光线不调，看惯了更显得"新旧咸宜"，"允执厥中"。或者也可以说是东西文化调和的先声。

老张不敢细看，打开早已预备好的第三册《国文》，开始献技。

“《新国文》第三课，找着没有？”

“找着了！”学生都用最高的调子喊了一声。

“听着！现在要‘提示注意’。”老张顺着教授书的程序往下念。

“王德！把腰挺起来！那是‘体育’，懂不懂？”

王德不懂，只好从已然板直的腰儿，往无可再直里挺了一挺。

“听着！现在要‘输入概念’。这一课讲的是燕子，燕子候鸟也。候鸟乃鸟中之一种，明白不明白？”

“明白呀！老师！”学生又齐喊了一声。小三差一点把舌尖咬破，因为用力过猛。

“不叫‘老师’，叫‘先生’！新事新称呼，昨天告诉你们的，为何不记着？该……该记着！”老张接续讲下去：“燕子自北海道飞过小吕宋，渡印度洋而至特耳其司坦，此其所以为候鸟，明白不明白？”

“明白！老师，啊……啊……先生！”这一次喊的不甚齐整。

学务大人把一支铅笔插在嘴里，随着老张的讲授，一一记在小笔记本上。写完一节把舌头吐在唇边，预备往铅笔上沾唾液再往下写。写的时候是铅笔在舌上触两下，写一个字。王德偷着眼看，他以为大人正害口疮；而小三——学务大人正站在他的右边——却以为大人的铅笔上有柿霜糖。

“张先生，到放学的时候不到？”老张正待往下讲书，学务大人忽然发了话。

“差二十分钟，是！”

“你早些下堂，派一个大学生看着他们，我有话和你说。”

“是！李应，你看着他们念书！立——正！行——礼！”

学生们都立起来，又把手摆在眉边，多数乘着机会抓了抓鬓边的热汗，学务大人一些也没注意，大摇大摆的走出讲堂。

“谁要是找死，谁就乘着大人没走以前吵闹！”老张一眼向外，一眼向里，手扶着屋门，咬着牙根低声而沈痛的说。

大人来到东屋，李五，孙八立起来。孙八递过一碗茶，说："辛苦！多辛苦！大热的天，跑这么远！"

"官事，没法子！贵姓？"大人呷了一口茶，咕噜咕噜的嗽口。嗽了半天，结果，咽下去了。

"孙八爷，本地的绅士。"老张替孙八回答，又接着说："今天教的好坏，你老多原谅！"

"教授的还不错，你的外国地名很熟，不过不如写在黑板上好。"大人很郑重的说。

"不瞒先生说，那些洋字是跟我一个盟兄学的。他在东交民巷作六国翻译。据他说，念外国字只要把平仄念调了，准保没错。"老张又一挤眼自外而内的一笑。

"何必你盟兄说，那个入过学堂的不晓得中西文是一理。"大人掏出烟斗拧上了一袋烟，一面接着问："一共有多少学生？"

"五十四名。是！今天有两个告假的：一个家里有丧事，一个出'鬼风疹'。"

大人写在笔记本上。

"一年进多少学费？"

"进的好呢，一年一百五十元；不好呢，约合一百元的光景。"

大人写在笔记本上，然后问："怎么叫进的好不好？"

老张转了转眼珠，答道："半路有退学的，学费要不进来，就得算打伤耗。"

"呕！教科书用那一家的，商务的还是中华的？"

"中华书局的！是！"

大人写在笔记本上。把铅笔含在口内，像想起什么事似的。慢慢的说："还是用商务的好哇，城里的学堂已经都换了。"

"是！明天就换！明天就换！"

"不是我多嘴，按理说'中华'这个字眼比'商务'好听。前几天在城里听宣讲，还讲'中华大强国'，怎么现在又不时兴了呢？"孙八侃侃的说着。

"你怎能比大人懂的多，那一定有个道理。"老张看看孙八，又看了看大人。

大人咳嗽了两声，把手巾掩着嘴像要打哈欠，不幸却没打成。

"官事随时变，"李五乘机会表示些当差的经验："现在不时兴，过二年就许又复原。当差的不能不随着新事走。是这样说不是？大人！"

"是！是极了！张先生！不是我在你面前卖好，错过我，普天下察学的，有给教员们出法子的没有？察学的讲究专看先生们的缝子，破绽，……"

"大人高明，"李五，孙八一齐说。

"不过，"大人提高了嗓子说："张先生，有一件事我不能不挑你的错。"

李五，孙八都替老张着急。老张却还镇静，说："是！先生指教！"

"你的讲台为什么砌在西边，那是'白虎台'，主妨尅学生家长。教育乃慈善事业，怎能这样办呢！"大人一字一板的说。

"前任的大人说什么教室取左光，所以我把讲台砌在西边。实在说，我还懂一点风水阴阳。上司的命令不敢不遵，先生还得多原谅！"

"不用说前任的话，他会办事，还不致撤了差。不过我决不报上去。要是有心跟你为难，我就不和你当面说了，是不是？"大人笑了，李五，孙八也笑了。

大人又呷了一口茶，立起来。李五，孙八也立起来，只是老张省事，始终就没坐下。

“天热，多休息休息。”孙八说。

“不！下午还打算赶两处。李先生！”

“大人！”李五脸笑的像小酒醉螃蟹似的。

“我们上五里墩，还是黄鱼店？”

“大人请便，守备派我护送大人，全听大人的吩咐！”

“老五！好好伺候大人，我都得请你喝茶，不用说大人……”老张要说又吞回去了。

“黄鱼店罢！”大人似乎没注意老张说什么。

“大人多美言！老五，你领着大人由王家村穿东大屯由吴千总门口走，那一路都是柳树，有些遮掩，日光太毒。”老张说。

大人前面走，孙八跟着不住的道“辛苦”。李五偷偷的扯着老张的袖子，伸了伸大指，老张笑了。

## 第四

孙八告辞回家。老张立在门外，直等学务大人和李五走进树林，才深深的喘了一口气走进来。学生们在树底下挤热羊似的抢着喝茶。屋里几个大学生偷着砸洋炉里要化完的那块冰。

“哈哈！谁的主意喝我的茶！”老张照定张成就打。

“老师！不是我的主意，是小四头一个要喝的！”张成用手遮着头说。

“小四要喝？他拿多少学钱，你拿多少？他吃大米，你吃棒子面！喝茶？不怕伤了你的胃！都给我走进去！”老张看了看茶盆，可怜大半已被喝去。老张怒冲冲的走进教室，学生又小石桩一般的坐好。王德的嘴还满塞着冰渣。

“小三，小四，卜凤，王春，……你们回家去吃饭！对家里说，学务大人来了，老师给大人预备的茶水点心，给学生泡的小叶茶，叫家里看着办，该拿多少拿多少。大人察的是你们的学问，老师不能干赔钱。听明白没有？去罢！”

小三们夹起书包，小野鹿似的飞跑去了。

“你们怎么样？是认打，认罚？”

“回家对父亲说，多少送些东西给老师！”七八个学生一齐说。

“说个准数，别含糊着，亲是亲，财是财！”

“老师！我们要是说了，父亲遇上一时不方便呢？”几个大学生说。

“不方便？起初就别送学生来念书！要念书，又要省钱，作老师的怎那么天生的该饿死！不用费话，怕打的说个数目，身上发痒的，板子现成！”

老张把军帽摘下来，照旧挂在挂黑板的帽钉上。脱了长袍，把小汗衫的袖子高高挽起。一手拿起教鞭，一手从讲桌深处扯出大竹板。抡了抡教鞭，活动活动手腕。半恼半笑的说：

“给我个干脆！烧香的还愿，跳山涧的也还愿，钱是你们的，肉也是你们的。愿打，愿罚，快着定！一寸光阴一寸金，耽误我的光阴，你们赔得起黄金吗？”

五六个心慈面善的学生，觉得大热的天吃板条，有些不好意思。他们立起来，有认从家里拿一只小雏鸡的；有认拿五百钱的；老张一一记在账本上，放他们回家。其余的学生认清了：到家要钱也是挨打，不如充回光棍卖给老张几下。万一老张看着人多，也许举行一回大赦呢。

打人就要费力气，费力气就要多吃饭，多吃饭就要费钱，费钱就是破坏他的哲学，老张又何尝爱打人呢？但是，这次不打，下次就许没有一个认罚的，岂不比多吃一碗饭损失的更大？况且，万一打上心火来，吃不下东西，省一两碗饭也未可知。于是学生们的万一之望，敌不过哲学家万一之望，而要充光棍的少年们苦矣！

学生们纷纷擦拳磨掌，增高温度，以备抵抗冰凉铁硬的竹板。有的干干的落泪，却不哭喊出来。老张更怒了：“好！你是不服我呀！”于是多打了三板。有的还没走到老张跟前早已痛哭流涕的央告起来。老张更怒了：“好！你拿眼泪软我的心，你是有意骂我！”于是多打了三板。有的低声的哭着，眼泪串珠般的滚着。老张更怒了："好！你想半哭半不哭的骗我，狡猾鬼！"于是又打了三板。

老张和其他的哲学家一样，本着他独立不倚的哲学，无论如何设想，是不会矛盾的。

学生们随打随走，现在只剩下李应和王德二个，李应想："我是大学长，自然不会挨打，何况我已给他买了一块冰？"王德呢，自知吃杏子，吃冰等罪案，是无可幸免的，把手搓的鲜红，专备迎敌。

"李应！你怎样？"老张放下竹板，舒展着自己的手腕。

"我不知道！"李应低着头说。

"你以为我不打大学长吗？你不拦着他们喝茶，吃冰，是你的错处不是？"

"茶本来是该喝的，冰是我买的，错不错我不知道。"李应把脸涨红，理直气壮的说。

"哈哈……"老张狂笑了一阵，这回确是由内而外的笑，惟其自内而外，是最难测定是否真笑，因为哲学家的情感是与常人不同的。

"你不错，我错，我要打你！"老张忽然停住了笑声，又把竹板拾起来。

"我要是告退不念呢，叔父不允许。"李应自己想："叫他打呢，有什么脸去见人。"

"我告退不念了！"李应想来想去，觉得叔父怎样也比老张好说话。

"什么？不念了？你要不念就不念！"

"我叔父不叫我念书了！"李应明知自己说谎，可是舍此别无搪塞老张的话。

"你叔父？呕！你叔父！去，叫你叔父把咱老张的钱连本带利今天都还清，你是爱念不念！”

李应明白了！明白一切的关系！眼泪止不住的流下来。

“哭？会哭就好！”老张用板子转过去指着王德：“你怎么样？”

“看着办，好在谁也没吃板条的瘾。”王德笑嘻嘻的说。

王德慢慢的走过去，老张却把板子放下了。王德倒吃了一惊，心里说：“老手要是走运，老屁股许要糟糕。”继而又想到：“好在一家人，也该叫老屁股替老手一回了。反正你们挨打，疼都在我心上，乐得不换换地方呢！”王德永远往宽处想，一这样想，心里立觉痛快，脸上就笑出来，于是他笑了。

“王德！你跟我到东屋去！”

“我倒不挑选地方挨打。也别说，东屋也许比西屋凉爽一些。”王德说毕，随着老张往东屋走。老张并没拿着板子。

“王德，你今年十几岁？”老张坐下，仰着脸把右手放在鬓边。

“我？大概十九岁，还没娶媳妇，好在不忙。”

“不要说废话，我和你说正经事。”老张似乎把怒气全消了。

“娶媳妇比什么也要紧，也正经。要是说娶妻是废话，天下就没有一句正经话。”王德一面说着，一面找了一条凳子坐下。

“你知道李应的家事不知道？”老张闭着一只眼问。

“我知道他叔父也姓李。”

“别的呢？”

“我还没研究过。”王德说完，哈哈的笑起来。他想起二年前在《国文》上学了“研究”两个字，回家问他父亲：“咱们晚饭‘研究’得了没有？”被他父亲一掌打在脸上，至今想起来还觉得干辣辣的发烧。父亲不明白儿子说“研究”，你说可笑不可笑。王德越发笑的声音高了。

“你是非打不可，有什么可笑呢？”

“是可笑！人要把鼻子倒长着，下雨的时候往嘴里灌水，难道不可笑？人要把胡子长在手掌上，长成天然小毛刷子，随便刷衣裳，难道不可笑？挨打是手上疼，管不着心里笑！”

“你不知道李应家里的事？”老张早知道王德是宁挨打不止笑的人物，不如听着他笑。

“我不知道。”

“好！你今年十九，李应也十九；他可以作大学长，你为何不可以？假如我要派你作大学长，你干不干？”

王德和李应是最好的学友，他只有一件事不满意李应，就是李应作大学长。王德以为凡是老人都可恨，他的父亲因为他说“研究”就打得他脸上开花。老人，在王德想，就是专凭势力不懂人情的老古董。除了老人要算年青而学老人行为的为可恶。街坊邳三年青青的当军官，打部下的兵丁比父亲打儿子还毒狠。城里的钱六才二十多岁，就学着老人娶两个媳妇。邳三，钱六该杀！至于李应呢，岁数不大，偏板着面孔替老张吹胡子瞪眼睛的管束同学。如今老张要派王德作大学长，他自己笑着说：“王德！还没娶媳妇，就作大学长，未免可笑，而且可杀！”王德于是突然立起来，往外就走。

“你别走！”老张把他拦住。“有你的好处！”

“有什么好处？”

“你听着，我慢慢对你说。”老张把王德又推在小凳上。“你要当大学长，我从此不打你。可是你得帮我算铺子的账目。”

王德滴溜溜的转着两只大眼睛，没有回答。

“还有好处！你现在拿多少学钱，每天领多少点心钱？”

“学钱每月六吊，点心钱不一定，要看父亲的高兴不高兴。”

“是啊！你要是作大学长，听明白了，可是帮我算账，我收你四吊钱的学费。”

“给父亲省两吊钱？”

“你不明白，你不用对你父亲说，每月领六吊钱，给我四吊，那两吊你自己用，你看好不好？”

“不告诉父亲？他要是知道了，你替我挨打？”王德又笑了：设若父亲照打我一般的打老张一顿，多么有趣。

“你我都不说，他怎会知道，不说就是了！”

“嘴里不说，心里难过！”

“不会不难过？”

“白天不说，要是夜里说梦话呢？”

“你废话！”

“不废话！你们老人自然不说梦话，李应也许不说，可是我夜夜说。越是白天不说的，夜间越说的欢。”

“少吃饭，多喝水，又省钱，又省梦！”

“省什么？”

“省——梦！你看你师母，永远不作梦。她饿了的时候，我就告诉她，‘喝点水。’”

王德止不住又高声笑起来。他想：“要是人人这样对待妇女，过些年妇人不但只会喝水，而且变成不会作梦的动物。呕！想起来了，父亲常说南海有‘人头鱼’，妇人头，鱼身子，不用说，就是这种训练的结果。可是人头鱼作梦不作？不知道！父亲？也许不知道。哼！还是别问他，问老人不知道的事情，结果是找打嘴巴！”

“王德！我没功夫和你废话，就这么办！去，家去吃饭！”老张立起来。

“这里问题太多，”王德屈指一一的算：“当大学长，假充老人，骗父亲的钱，帮你算账，多喝水，少吃饭，省钱省梦，变人头鱼！……不明白，我不明白！”

“明白也这么办，不明白也这么办！去！滚！”

王德没法子，立起来往外走。忽然想起来：“李应呢？”

“你管不着！我有治他的法子！去！”

## 第五

老张把李应，王德的事，都支配停妥，呷了一口凉茶。茶走下去，肚里咕碌碌的响了一阵。“老张你饿了！”他对自己说：“肚子和街上的乞丐一样，永远是虚张声势，故作丑态。一饿就吃，以后他许一天响七八十次。”他按了按肚皮：“讨厌的东西，不用和我示威，老张有老张的办法！”命令一下，他立刻觉得精神胜过肉体，开始计划一切：

“今天那两句‘立正’叫得多么清脆！那些鬼子地名说的多么圆熟！老张！总算你有本事！……”“一百四，加节礼三十，就是一百七。小三的爹还不送几斗谷子，够吃一两个月的。学务大人看今天的样子总算满意，一报上去奖金又是三十。一百七，加三十就是二百，——二百整！铺子决不会比去年赚的少，虽然还没结账！……”“李应的叔父欠的债，算是无望，辞了李应叫他去挑巡击①，坐地扣，每月扣他饷银两块，一年又是二十四。李应走后，王德帮咱算账，每月少要他两吊钱，可是省找一个小徒弟呢。狠心罢！舍两吊钱！……”

---

① 挑巡击，当巡击兵。因当兵要经过挑选，习称“挑巡击”。

他越想越高兴，越高兴肚子越响，可是越觉得没有吃饭的必要！于是他跑北屋，拿起学务大人的那张名片细看了一看。那张名片是红纸金字两面印的。上面印的字太多，所以老张有几个不认识，他并不计较那个；又不是造字的圣人，谁能把《字典》上的字全认得？

名片的正面：

“教育讲习所”修业四月，参观昌平县教育，三等英美烟公司银质奖章，前十一师二十一团炮营见习生，北京自治研究会会员，北京青年会会员，署理京师北郊学务视察员，上海《消闲晚报》通信员。南飞生，旁边注着英文字：Nan Fi Sheng。

背面是：

字云卿，号若艇，投稿署名亦雨山人。借用电话东局1015。拜访专用。

“这小子有些来历！”老张想：“就凭这张名片，印一印不得一块多钱?！老张你也得往政界上走走啊！有钱无势力，是三条腿的牛，怎能立得稳！……”“哼！有来历的人可是不好斗，别看他嘻皮笑脸的说好话，也许一肚子鬼胎！书用的不对，讲台是‘白虎台’，院里没痰盂，……照实的报上去，老张你有些吃不住哇！”

老张越想越悲观，白花花的洋钱，一块挤着一块雪片似的从心里往外飞。“报上去了！‘白虎台’，旧教科书，奖金三十块飞了！公文下来，‘一切办法，有违定章，着即停办！’学生们全走了，一百四加节礼三十，一百七飞了！……”

老张满头冷汗，肚里乱响，把手猛的向桌上一拍，喊：“飞了！

全飞了！”

“没有，就飞了一只！”窗外一个女人有气无力的说。

“什么飞了？”

“我在屋里给你作饭，老鹰拿去了一只！”窗外的声音低微得好似梦里听见的怨鬼悲叹。

“一只什么？”

“小鸡！”窗外呜咽咽的哭起来。

“小鸡！小鸡就是命，命就是小鸡！”

“我今天晚上回娘家，把我哥哥的小鸡拿两只来，成不成？”

“你有哥哥？你恐吓我？好！学务大人欺侮我，你也敢！你滚蛋！我不能养着：吃我，喝我的死母猪！”

老张跑出来，照定那个所谓死母猪的腿上就是一脚。那个女人像灯草般的倒下去，眼睛向上翻，黄豆大的两颗泪珠，嵌在眼角上，闭过气去。

这时候学生吃过午饭，逐渐的回来；看见师母倒在地上，老师换着左右腿往她身上踢，个个白瞪着眼，像看父亲打母亲，哥哥打嫂子一样的不敢上前解劝。王德进来了，后面跟着李应。（他们并没回家吃饭，只买了几个烧饼在学堂外面一边吃，一边商议他们的事。）王德一眼看见倒在地下的是师母，登时止住了笑，上前就要把她扶起来。

“王德你敢！”老张的薄片嘴紧的像两片猴筋似的。

“师母死啦！”王德说。

“早就该死！死了臭块地！”

王德真要和老张宣战了，然而他是以笑为生活的，对于打架是不大通晓的。他浑身颤着，手也抬不起来，腿在裤子里转，而且裤子像比平日肥出一大块。甚至话也说不出，舌头顶着一口唾沫，一节一节的往后缩。

王德正在无可如何，只听拍的一声，好似从空中落下来的一个红枫叶，在老张向来往上扬着的左脸上，印了五条半紫的花纹。李应！那是李应！

王德开始明白：用拳头往别人身上打，而且不必挑选地方的，谓之打架。于是用尽全身力量喊了一声："打！"

老张不提防脸上热辣辣的挨了一掌，于是从历年的经验和天生来的防卫本能，施展全身武艺和李应打在一处。

王德也抡着拳头扑过来。

"王德！"李应一边打一边嚷："两个打一个不公道，我要是倒了，有胆子你再和他干！"

王德身上不颤了，脸上红的和树上的红杏一样。听见李应这样说，一面跑回来把师母搀起来，一面自己说："两个打一个不公道，男人打女人公道吗？"

小三，小四全哭了，大些的学生都立着发抖。门内站满了闲人，很安详而精细的，看着他们打成一团。

"多辛苦！多辛苦！李应放开手！"孙八爷从外面飞跑过来舍命的分解。"王德！过来劝！"

"不！我等打接应呢！"王德拿着一碗冷水，把几粒仁丹往师母嘴里灌。

"好！打得好！"老张从地上爬起来，掸身上的土。李应握着拳一语不发。

"李应！过来灌师母，该我和他干！"王德向李应点手。

老张听王德这样说倒笑了。孙八爷不知道王德什么意思，只见他整着身子扑过来。

"王德你要作什么？"孙八拦住他。

“打架！”王德说：“两个打一个不公道，一个打完一个打！”

“车轮战也不公道！你们都多辛苦！”孙八把王德连推带抱的拦过去。又回头对老张说：“张先生你进屋里去，不用生气，小孩子们不知事务。”然后他又向看热闹的人们说：“诸位，多辛苦！先生责罚学生，没什么新奇，散散罢！”

老张进西屋去，看热闹的批评着老张那一脚踢的好，李应那一捏脖子捏的妙，纷纷的散去。

孙八又跑到张师母跟前说：“大嫂！不用生气，张先生是一时心急。”

张师母已醒过来，两眼呆呆的看着他，一手扶着王德，一手托着自己的头，颤作一团。

“八爷！不用和她费话！李小子你算有胆气！你，你叔父，一个跑不了！你十九，我四十九，咱们睁着眼看！”老张在屋里嚷。

“闭着眼看得见？废话！”王德替李应反抗着老张。

“好王德，你吃里爬外，两头汉奸，你也跑不了！”

“姓张的！”李应靠在杏树上说：“拆你学堂的是我，要你命的也是我，咱们走着看！”

“拆房不如放火热闹，李应！”王德答着腔说。他又恢复了他的笑的生活：一来见师母醒过来，没真死了；二来看李应并没被老张打伤；三来觉得今天这一打，实在比平日学生挨打有趣得多。

“你们都辛苦！少说一句行不行？”孙八遮五盖六的劝解。“大嫂你回家住一半天去，王德你送你师母去！李应你暂且回家！你们都进屋去写字！”孙八把其余的学生全叫进教室去。

王德，李应扶着师母慢慢的走出去。

## 第六

第二天早晨，王德欢欢喜喜领了点心钱，夹起书包上学来，他走到已经看见了学堂门的地方，忽然想起来："老张忘了昨天的事没有？老张怎能忘？"他寻了靠着一株柳树的破石桩坐下，石桩上一个大豆绿蛾翩翩的飞去，很谦虚的把座位让给王德。王德也没心看，只顾想："回家？父亲不答应。上学？老张不好惹。师母？也许死了！——不能！师母是好人；好人不会死的那么快！……"

王德平日说笑话的时候，最会想到别人想不到的地方。作梦最能梦见别人梦不到的事情。今天，脑子却似枯黄的麦茎，只随着风的扇动，向左右的摆，半点主意也没有。柳树上的鸣蝉一声声的"知了"！"知了"！可是不说"知道了什么"。他于是立起来坐下，坐下又起来，路上赶早市和进城作生意的人们，匆匆的由王德面前过去，有的看他一眼，有的连看也不看，好像王德与那块破石桩同样的不惹人注意。

"平日无事的时候，"王德心里说："鸟儿也跟你说话，花草也向着你笑，及至你要主意的时候，什么东西也没用，连人都算在其内。……对，找李应去，他有主意！万一他没有？不能，他给我出过几回主意都不错！"

王德立起来，嘴里嘟嘟囔囔的向西走去，平日从学堂到李应家里，慢慢的走有十分钟也到了；今天王德走了好似好几十个十分钟，越走像离着越远。而且不住的回头，老觉着老张在后面跟着他。

他走来走去，看见了：李应正在门外的破磨盘上坐着。要是平日，王德一定绕过李应的背后，悄悄的用手盖上李应的眼，叫他猜是谁，直到李应猜急了才放手。今天王德没有那个兴趣，从远远的就喊："李应！李应！我来了！"

李应向王德点了点头，两个人彼此看着，谁也想不起说话。

"王德，你进来看看叔父好不好？"倒是不爱说话的李应先打破了这个沉寂。

李应的家只有北屋三间，一明两暗。堂屋靠墙摆着一张旧竹椅，孤独的并没有别的东西陪衬着。东里间是李应和他叔父的卧室，顺着前檐一张小矮土炕，对面放着一条旧楠木条案，案上放着一个官窑五彩瓶和一把银胎的水烟袋。炕上堆着不少的旧书籍。西里间是李应的姐姐的卧室，也是厨房。东西虽少，摆列得却十分整洁。屋外围着短篱，篱根种着些花草。李应的姐姐在城里姑母家住的时候多，所以王德不容易看见她。

李应的叔父有五十多岁的年纪，看着倒像七八十岁的老人。黄黄的脸，虽洗得干净，只是罩着一层暗光。两只眼睛非常光锐，显出少年也是精干有为的。穿着一件旧竹布大衫，洗得已经退了色。他正卧在炕上，见王德进来微微抬起头让王德坐下。待了一会儿，他叫李应把水烟袋递给他，李应替他燃着纸捻，他坐起来一气吸了几袋烟。

"王德，"李应的叔父半闭着眼，说话的声音像久病的人一样的微细。"我明白你们的事，我都明白，然而……"

"昨天我们实在有理，老张不对！"王德说。

"有理无理，不成问题。昨天的事我都明白，不必再说。只是此后应该怎样对付。现在这个事有几层：你们的师母与老张；我与老张；你们两个和老张。”李应的叔父喘了一口气。“我的事我自有办法；你们的师母我也替她想了一想。至于你们两个，你们自然有你们自己的意见，我不便强迫你们听我的嘱咐。”他的声音越说越弱，像对自己说一样，王德，李应十分注意的听着。“李应，你和王德出去，告诉他我昨天告诉你的话。”

王德起来要往外走。

“回来！你们也商议商议你们的事，回来我或者可以替你们决定一下。”他说完慢慢的卧下。两个少年轻轻的走出去。

两个走出来坐在磨盘上。

“你知道我叔父的历史？”李应问。

“他作过知县，我知道，因为和上司讲理丢了官。”

“对！以后呢？”

“我不知道！”

“我也不知道，可是昨天叔父告诉我了，叔父自从丢了官，落得一贫如洗。他心灰意冷，无意再入政界，于是想经营一个买卖，自食其力的挣三顿饭吃。后来经人介绍，和老张借了二百块钱，又借了一百，共总三百。这是叔父与老张的关系。”

“介绍人是城里的卫四。”李应停顿了一会，接着说：“卫四后来就自荐帮助叔父经理那个小买卖。后来卫四和老张沟通一气，把买卖拆到他自己手里去，于是叔父可是无法逃出老张的债。叔父是个不爱钱的人，因为不爱钱就上了人家的暗算。我和我姐姐自幼跟着叔父，我的父母，我甚至于想不起他们的面貌。”李应说着，把嘴唇接着泪珠往嘴里咽。“叔父决不会把我送在老张的学堂去读书要不是欠老张的债。老张拿我当奴隶，现在我才知道，那是他强迫叔父答应他的。叔父昨天哭的说不出话，他明白，然而他……他老了，打不起精神去抵抗一切了！这是他最痛心的事，也就是他只求一死的原因！前几天老张又和叔父说，叫我去挑巡击，他的意思是把我送在那个腐败衙门里，他好从中扣我的钱。叔父明白这么一办，不亚如把我送入地狱，可是他答应了老张。他只求老张快离开他，他宁可死了，也不肯和老张说话，他不惜断送一切，求老张快走。叔父是明白人，是好人，然而——老了！”

“我明白了！我们怎么办？”王德脸又涨红。

“不用说‘我们’，王德！你与老张没恶感，何苦加入战团？我决不是远待你！”

“李应！我爱你，爱你叔父！不能不加入！我父亲是受了老张的骗。他见了父亲，总说：‘快复辟了，王德的旧书可是不能放下，要是放下，将来恢复科考，中不了秀才，可就悔之晚矣！’我早就想不在那里念书，然而没有机会。现在我总算和老张闹破了脸，乐得乘机会活动活动。我有我的志愿，我不能死在家里！”

“我明白你的志愿，可是我不愿你为我遭些困苦！”

“我们先不必争执这一点，我问你，你打算作什么？”

“我进城去找事！只要我能挣钱，叔父的命就可以保住！”

“找什么事？”王德问。

“不能预料！”

“老张放你走不放？”

“不放，拚命！”

“好！我跟你进城！跟父亲要十块钱！”王德以为有十块钱是可以在城里住一年的。

“我一定要进城，你不必。”

“我有我的志愿，我进城不是为你，还不成？”

两个人从新想了许多方法，再没有比进城找事的好，李应不愿意同王德一齐进城，王德死说活说，才解决了。

他们一同进来见李应的叔父。

## 第七

“叔父！我们决定进城一同找事。”王德首先发言：“我要看看世界是什么样子，李应有找事的必要。两个人一同去呢，彼此有个照应。”

“好！”李应的叔父笑了一笑。

“我所不放心的是老张不放李应走。”

“我是怕我走后，老张和叔父你混闹。”

“你们都坐下，你们还是不明白这个问题的内容。老张不能不叫李应走，他也不能来跟我闹。现在不单是钱的问题，是人！”

“自然我们都是人。”王德笑着说。

“我所谓的人，是女人！”

“自然张师母是女人！”

“王德！此刻我不愿意你插嘴，等我说完，你再说。”李应的叔父怕王德不高兴，向王德笑了一笑。然后他燃着纸捻，连气吸了几口烟。把烟袋放下，又和李应要了一碗冷水漱了漱口。立起来把水吐在一个破瓦盂内，顺手整了整大衫的折缝。

“王德，李应，”李应的叔父看了看那两个少年，好像用眼光帮助他表示从言语中表示不出来的感情。“现在的问题是一个女人。李应！

就是你的姐姐！”

李应不由的立起来，被叔父眼光的引领，又一语未发的坐下。

“不用暴躁，听我慢慢的说！”那位老人接续着说：“张师母是她哥哥卖给老张的，这是十几年前的事，他欠老张的债，所以她就作了折债的东西。她现在有些老丑，于是老张想依法炮制买你的姐姐，因为我也欠他的钱。他曾示意几次，我没有理他……我不是畜……李应！拿碗冷水来！”

他把头低的无可再低，把一碗冷水喝下去，把碗递给李应，始终没抬头。

“可是现在这正是你们的机会。因为在我不允许他的亲事以前，他决不会十分毒辣，致使亲事不成。那末，李应你进城，我管保老张不能不放你走。至于你们的师母，等老张再来提亲的时候，我要求他先把她释放，然后才好议婚。我想他一定要些个赎金，果然他吐这样的口气，那末，就是我们夺回你师母自由的机会。那个五彩瓶，”他并没抬头，只用手大概的向桌上指了一指。“是我宁挨饿而未曾卖掉的一件值钱的东西。李应，那是你父亲给我的。你明天把那个瓶拿进城去，托你姑父卖出去，大概至少也卖一百块钱。你拿二十元在城里找事，其余的存在你姑父那里，等老张真要还你师母自由的时候，我们好有几十元钱去赎她。她以后呢，自己再冻饿而死，我们无力再管，自然我们希望管。可是我们让她死的时候明白，她是一条自由的身子，而不是老张的奴隶。你们师母要是恢复了她的自由，老张一定强迫我写字据卖我的侄女。”

李应的叔父停住了话，把水烟袋拿起来，没有吸烟，只不错眼珠的看着烟袋。

“死是不可免的；我怕老张的笑声，然而不怕死！”

“叔父！”李应打断他叔父的话：“你不用说‘死’成不成？”

老人没回答。

“老张！你个……”王德不能再忍，立起来握着拳头向东边摇着，好像老张就站在东墙外边似的。

“王德！坐下！”李老人呆呆的看着案上的五彩瓶。

王德坐下了，用拳头邦邦的撞着炕沿。

“我对不起人，对不起老张，欠债不还，以死搪塞，不光明，不英雄！”老人声音更微细了，好像秋夜的细雨，一滴一滴的冷透那两个少年的心情。“你们，王德，李应，记住了：好人便是恶人的俘虏，假如好人不持着正义和恶人战争。好人便是自杀的砒霜，假如好心只是软弱，因循，怯懦。我自己无望了，我愿意你们将来把恶人的头切下来，不愿意你们自己把心挖出来给恶人看。至于金钱，你们切记着：小心得钱，小心花钱。我自己年少的时候，有一片傻好心，左手来钱，右手花去，落得今日不能不死。死，我是不怕的，只是死了还对不起人，至少也对不起老张。以前的我是主张‘以德报怨’，现在，‘以直报怨’。以前我主张钱可以乱花，不准苟得，现在，钱不可苟得，也不可乱花。……王德，你用不着进城。李应去后，老张正需人帮助，他决不致于因为你和他打架而慢待你。你要是天天见老张，至少也可以替我打听他对于我的摆布。不过，你的志愿我不敢反对，进城与否，还是你自己决定。从事实上看，好似没有进城的必要。我的话尽于此，对不对我不敢说。你们去罢！不必怀念着我的死，我该死！”

李老人舒展了舒展大衫，慢慢的卧下去，随手拿起一本书，遮住自己的脸；周身一动也不动，只有襟部微微的起伏，衬着他短促的呼吸。

“设若你能还老张的钱，你还寻死吗，叔父？”王德问。

“我怎能还他的钱？”

“我回家对父亲说，他借与你钱，将来李应再慢慢的还我父亲。”

“傻孩子！你父亲那是有钱的人！”

“他有！一收粮就有好几十块！”

“几十块？那是你们一年的用度！傻孩子，我谢谢你！”

“呕！”王德疑惑了。“原来几十块钱不算富人，那么，多少才可以算富足呢？”

多么难堪夏日午时的静寂！树上的红杏，田中的晚麦，热的都不耐烦了！阵阵的热风，吹来城内的喧闹，困的睡了，不睡的听着听着哭了。这时王德和李应又坐在破磨盘上，王德看着那翎毛凋落的丑老鸦，左顾右盼的摇着秃头脑，要偷吃树上的红杏。李应低着头注视着地上的群蚁围攻一个翠绿的嫩槐树虫。老鸦轻快的一点头，衔起一个圆红杏，拍着破翅擦着篱笆飞去。王德随着老鸦把眼睛转到东边的树上，那面丑心甜的老鸦把杏递进巢内，哑哑的一阵小鸦的笑声，布散着朴美的爱情。

李应不知不觉的要用手拨散那条绿虫身上叮着的小黄蚁。他忘了他的手被王德紧紧的握着。他一抽手，王德回过头来：“李应！”“啊！王德！”两个人的眼光遇在一处，触动了他们的泪腺的酸苦。他们毫不羞愧的，毫不虚伪的哭起来。

对哭——对着知己的朋友哭——和对笑，是人类仅有的两件痛快的事。

“你哭完了没有？我完了！”王德抹着红眼。

“不哭了！”

“好！该笑了！今天这一哭一笑，在这张破磨盘上，是我们事业的开始！李应！你看前面，黑影在我们后面，光明在我们前头！笑！”

王德真笑了，李应莫名其妙不觉的也一乐，这一乐才把他眼中的泪珠挤净。

“王德，我还是不赞成你进城！”

“非去不可！我有我的志愿！”王德停顿了一会儿：“李应，你姐姐怎样呢？”他的脸红了。

“有我姑父姑母照应着她。”

“是吗？”王德没有说别的。

“你该回家吃饭，老人家要是不准你进城，不必固执。”

“父亲管不了，我有我的志愿！”王德说着往四下一看。“李应，我的书包呢？”

“放在屋里了罢？进来看看。”

两个人轻轻的走进去，李老人似乎昏昏的睡去。李应爬上炕去拿王德的书包。老人微微的睁开眼。

“王德呢？”

“在这里。”

“王德！不用和别人说咱们的事。你过来！”

王德走过去，老人拉住他手，叹了一口气。王德不知说什么好，只扭着脖子看李应。

“王德！少年是要紧的时候！我，我完了！去吧！告诉你父亲，没事的时候，过来谈一谈。”

王德答应了一声，夹起书包往外走。老人从窗上镶着的小玻璃往外望了王德一望，自言自语的说：

“可爱！可爱的少年！”

## 第八

乡下人们对于城里挂着“龙旗”，“五色旗”，或“日本旗”，是毫不关心的。对于皇帝，总统，或皇后当权，是不大注意的。城里的人们却大不同了：他们走在街上，坐在茶肆，睡在家里，自觉的得着什么权柄似的。由学堂出身的人们，坐在公园的竹椅上，拿着报纸，四六句儿的念，更是毫无疑惑的自认为国家的主人翁。责任义务且先不用说，反正国家的主人翁是有发财升官的机会，是有财上加财，官上加官的机会的。谁敢说我想的不对，谁敢说我没得权柄？呕！米更贵了，兵更多了，税更重了，管他作甚。那是乡下人的事，那是乡下人的事！……

他们不但这样想，也真的结党集社的“争自治”，“要民权”，发诸言语，见之文字的干起来。不但城里这样的如火如荼，他们也跑到乡间热心的传播福音……

北京自治讨成会，北京自治共成会，北京自治听成会，北京自治自进会，……黑牌白字，白牌绿字，绿牌红字，不亚如新辟市场里的王麻子，万麻子，汪麻子，……一齐在通衢要巷灿烂辉煌的挂起来。乡间呢，虽不能这样五光十色，却也村头村尾悬起郊外自治干成会……的大牌。乡民虽不认识字，然而会猜：

“二哥！又招兵哪！村头竖起大牌，看见没有？”一个这样说。

“不！听说围起三顷地，给东交民巷英国人作坟地，这是标记。”一个这样答。

两个，三个，四个，至于七八个，究竟猜不透到底是招兵还是作洋坟地。可是他们有自慰的方法：这七八个人之中的一个，杨木匠，断定了那块写着不可捉摸的黑字的牌子是洋槐木作的。王老叔起初还争执是柳木，经几次的鉴定，加以对于杨木匠的信仰，于是断定为洋槐木，然后满意的散去。

过了几天，二郎镇上的人们惊异而新奇的彼此告诉：“关里二郎庙明天开会。老张，孙八，衙门的官人都去，还有城里的有体面的人不计其数。老张，孙八就是咱们这里的代表。……”

这个消息成了镇上人们晚饭后柳荫下的夕阳会聚谈的资料。王老叔对孙八，老张加以十分敬意的说：

“到底人家绅士和作先生的，有表可带，才当带表，像咱们可带什么？”

褚三却撇着嘴，把头上的青筋都涨起来，冷笑着说：

“王老叔！褚三虽不曾玩过表，可是拿时候比表还准。不论阴天晴天永不耽误事。有表的当不了晚睡晚起误了事，没表的也可以事事占先。”

王老叔也赞成褚三的意见。于是大家商议着明天到关里看看热闹。太阳渐渐的向西山后面游戏去，大地上轻轻的锁上一带晚烟，那是“无表可带”的乡民们就寝的时候了。

第二天真的二郎庙外老早的立上几个巡击兵。老张，孙八都穿了夏布大衫，新缎鞋，走出走入。老张仰着脸，足下用力压着才抹上煤油的红皮鞋底，作出戛戛的轻响。

“前面的是孙八，后面的是老张。”庙外立着的乡民指指点点的说。然后两个人又走出来，乡民们又低声的彼此告诉：“这回前面是老张，后面的是孙八。”老张轻扭脖项，左右用眼一扫，好似看见什么，又好似没看见什么，和兵马大元帅检阅军队的派头一样。

城里的人们陆续着来到，巡击兵不住的喊：“闪开！闪开！这里挤，有碍代表的出入！家去看看死了人没有，开自治会与你们何干！去！去！”

乡民们也哑然自笑明白过来：“可说，自治会又不给咱一斗米，何苦在这里充义务站街员！”于是逐渐的散去，只剩下一群孩子们，还争着赏识各路代表的风光。

开会的通知定的是九点钟开会，直到十二点钟，人们才到齐。只听一阵铃声，大家都坐在二郎庙的天棚底下，算是开会。

重要人物是：北郊学务大人南飞生，城北救世军军官龙树古，退职守备孙占元（孙八的叔父），城北商会会长李山东，和老张，孙八。其余的大概都是各路代表的埋伏兵。

听说在国会里，管埋伏兵叫作“政党”，在“公民团”里叫作“捧角”，有些不体面的北京人，也管“捧角的”叫作“捧臭脚”。要之，埋伏者即听某人之指挥，以待有所动作于团体运动者也。

大家坐下，彼此交头接耳，家事，国事，天下事一齐说。谁也想不起怎样开会。倒是孙守备有些忍不住，立起来说道：“诸位！该怎么办，办哪！别白瞪着眼费光阴！”

南飞生部下听了孙守备说的不好听，登时就有要说闲话的。南飞生递了一个眼神，于是要说话的又整个的把话咽回去。南飞生却立起来说：

“我们应当推举临时主席，讨论章程！”

“南先生说的是，据我看，我们应当，应当举孙老守备作临时主席。”老张说。

“诸位多辛苦，家叔有些耳聋，这些文明事也不如学务大人懂的多，还是南先生多辛苦辛苦！”

孙八说完，南飞生部下全拍着手喊：“赞成！”“赞成！”其余的人们还没说完家事，国事，天下事，听见鼓掌才问：“现在作什么？”他们还没打听明白，只见南飞生早已走上讲台，向大家深深鞠了一躬。

“鄙人，今天，那么，无才，无德，何堪，当此，重任。”

台下一阵鼓掌，孙老守备养着长长的指甲，不便鼓掌，立起来扯着嗓子喊叫了一声：“好！”

“一个临时主席有什么重任？废话！”台下右角一个少年大声的说。

南飞生并未注意，他的部下却忍受不住，登时七八个立起来，摇着头，瞪着眼，把手插在腰间。问：

“谁说的？这是侮辱主席！谁说的，快快走出去，不然没他的好处！”

龙树古部下也全立起来，那个说话的少年也在其中，也都插着腰怒目而视。

“诸位，请坐，我们，为公，不是，为私，何苦，争执，小端。”主席依然提着高调门，两个字一句的说。

左右两党又莫名其妙的坐下，然而嘴里不闲着：“打死你！”“你敢！”“你爸爸不是好人！”“你爸爸一百个不是好人！”……

“诸位！”孙守备真怒了：“我孙家叔侄是本地的绅士。借庙作会场是我们；通知地方派兵弹压是我们；预备茶点是我们。要打架？这分明是臊我孙家的脸！讲打我当守备的是拿打架当作吃蜜，有不服气的，跟我老头子干干！”孙守备气的脸像个切开的红肉西瓜，两手颤着，一面说一面往外走：“八爷？走！会不开了！走！”

孙八要走，恐怕开罪于大众。不走，又怕老人更生气。正在左右为难，老张立起来说：

“今天天气很热，恐怕议不出什么结果，不如推举几位代表草定会章。”

四下埋伏喊了一声“赞成”。然后左角上说：“我们举南飞生！”右角上“……龙树古！”以次：“张明德”“孙占元”“孙定”“李复才”，大概带有埋伏的全被举为起草委员。主席听下面喊一声，他说一声“通过”。被举的人们，全向着大众笑了笑。只有孙老守备听到大家喊“孙占元”，他更怒了：“孙占元，家里坐着如同小皇帝，代表算什么东西！”

主席吩咐摇铃散会，大众没心听孙守备说话，纷纷往外走。他们顺手把点心都包在手巾内，也有一面走一面吃的。后来孙八检点器皿，听说丢了两个茶碗。

# 第九

孙八把叔父送上车去，才要进庙，老张出来向孙八递了一个眼色。孙八把耳朵递给老张。

“老人家今天酒喝的多点，”老张歪着头细声细气的说：“会场上有些闹脾气。你好歹和他们进城到九和居坐一坐，压压他们的火气，好在人不多。我回家吃饭，吃完赶回来给你们预备下茶水，快快的有后半天的工夫，大概可以把章程弄出来了。”

“要请客，少不了你。”孙八说。

“不客气，吃你日子还多着，不在乎今天。”老张笑了一笑。

“别瞎闹，一同走，多辛苦！”孙八把老张拉进庙来，南飞生等正在天棚下脱去大衫凉快。老张向他们一点头说；

“诸位！赏孙八爷个脸，到九和居随便吃点东西。好在不远，吃完了回来好商议一切。”

“还是先商议。”龙树古说。

“既是八爷厚意，不可不凑个热闹。”南飞生显出特别亲热的样子，捻着小黄胡子说。

“张先生你叫兵们去雇几辆洋车。”孙八对老张说。

“我有我的包车。”龙树古说，说完绕着圆圈看了看大众。

洋车雇好，大家轧着四方步，宁叫肚子受屈，不露忙着吃饭的态度，往庙外走。众人上了车，老张还立在门外，用手向庙里指着，对一个巡击兵说话。路旁的人那个不信老张是自治会的大总办。

车夫们一舒腰，已到德胜门。进了城，道路略为平坦，几个车夫各不相下的加快速度，贪图多得一两个铜元。路旁没有买卖的车夫们喊着："开呀！开！开过去了！"于是这几个人形而兽面的，更觉得非卖命不足以争些光荣。

孙八是想先到饭馆一步，以表示出作主人的样子。老张是求路旁人赏识他的威风，只嫌车夫跑的慢。南飞生是坐惯快车，毫不为奇。龙树古是要显包车，自然不会拦阻车夫。李山东是饿的要命，只恨车夫不长八条腿。有车夫的争光好胜，有坐车的骄慢与自私，于是烈日之下，几个车夫像电气催着似的飞腾。

到了德胜桥。西边一湾绿水，缓缓的从净业湖[1]向东流来，两岸青石上几个赤足的小孩子，低着头，持着长细的竹竿钓那水里的小麦穗鱼。桥东一片荷塘，岸际围着青青的芦苇。几只白鹭，静静的立在绿荷丛中，幽美而残忍的，等候着劫夺来往的小鱼。北岸上一片绿瓦高阁，清摄政王的府邸，依旧存着天潢贵胄的尊严气象。一阵阵的南风，吹着岸上的垂杨，池中的绿盖，摇成一片无可分析的绿浪，香柔柔的震荡着诗意。

就是瞎子，还可以用嗅觉感到那荷塘的甜美；有眼的由不得要停住脚瞻览一回。甚至于老张的审美观念也浮泛在脑际，唤之欲出了。不过哲学家的美感与常人不同一些：

"设若那白鹭是银铸的，半夜偷偷捉住一只，要值多少钱？那青青的荷叶，要都是铸着袁世凯脑袋的大钱，有多么中用。不过，荷叶

---

① 净业湖，即今积水潭。

大的钱，拿着不大方便，好在有钱还怕没法安置吗？……”

大家都观赏着风景，谁还注意拉着活人飞跑的活人怎样把车曳上那又长又斜的石桥。那些车夫也惯了，一切筋肉运动好像和猫狗牛马一样的凭着本能而动作。弯着腰把头差不多低到膝上，努着眼珠向左右分着看，如此往斜里一口气把车提到桥顶。登时一挺腰板，换一口气，片刻不停的把两肘压住车把，身子向后微仰，脚跟紧擦着桥上的粗石往下溜。

忽然一声“咯喳”，几声“哎哟”，只见龙军官一点未改坐的姿式，好似有个大人把他提起，稳稳当当的扔在桥下的土路上。老张的车紧随着龙树古的，见前面的车倒下，车夫紧往横里一闪。而老张因保持力量平衡的原因，把重力全放在下部，脊背离了车箱，左右摇了几摇，于是连车带人顺着桥的倾斜随着一股干尘土滚下去。老张的头顶着车夫的屁股，车夫的头正撞在龙军官的背上。于是龙军官由坐像改为卧佛。后面的三辆车，车夫手急眼快，拚命往后倒，算是没有溜下去。

龙树古把一件官纱大衫跌成土色麻袋，气不由一处起，爬起来奔过车夫来。可怜他的车夫——赵四——手里握着半截车把，直挺挺的横卧在路上，左腿上浸浸的流着人血。龙军官也吓呆了。老张只把手掌的皮搓去一块，本想卧在地上等别人过来搀，无奈烈日晒热的粗石，和火炉一样热，他无法只好自己爬起来，嘴里无所不至的骂车夫。车夫只顾四围看他的车有无损伤，无心领略老张含有诗意的诟骂。

其余的车夫，都把车放在桥下，　面擦汗，一面彼此点头半笑的说：

“叫他跑，我管保烙饼卷大葱算没他的事了！”

路上的行人登时很自然的围了一个圆圈。那就立在桥上的巡警，直等人们围好，才提着铁片刀的刀靶，撇着钉着铁掌的皮鞋，一扭一扭的过来。先问了一声："坐车的受伤没有？"

"污了衣服还不顺心，还受伤？"龙军官气昂昂的说。

"一年三百六十五天，天天坐车，就没挨过这样的苦子。今天咱'有钱买花，没钱买盆，栽在这块'啦！你们巡警是管什么的？"老张发着虎威，一半向巡警，一半向观众说。

"这个车夫怎办？"巡警问。

"我叫龙树古，救世军的军官，这是我的名片，你打电话给救世军施医院，自然有人来抬他。"

"但是……"

"不用'但是'，龙树古有个名姓，除了你这个新当差的，谁不晓得咱。叫你怎办就怎办！"

北京的巡警是最服从民意的。只要你穿着大衫，拿着印着官衔的名片，就可以命令他们，丝毫不用顾忌警律上怎怎么么。假如你有势力，你可以打电话告诉警察厅什么时候你在街心拉屎，一点不错，准有巡警替你净街。龙树古明白这个，把名片递给巡警，真的巡警向他行了一个举手礼，照办一切。龙军官们又雇上车，比从前跑的更快到九和居去了。

# 第十

中华民族是古劲而勇敢的。何以见得？于饭馆证之：

一进饭馆，迎面火焰三尺，油星乱溅。肥如判官，恶似煞神的厨役，持着直径尺二，柄长三尺的大铁杓，酱醋油盐，鸡鱼鸭肉，与唾星烟灰蝇屎猪毛，一视同仁的下手。煎炒的时候，摇着油锅，三尺高的火焰往锅上扑来，要个珍珠倒卷帘。杓儿盛着肉片，用腕一衬，长长的舌头从空中把肉片接住，尝尝滋味的浓淡。尝试之后，把肉片又吐到锅里，向着炒锅猛虎扑食般的打两个喷嚏。火候既足，杓儿和铁锅撞的山响，二里之外叫馋鬼听着垂涎一丈。这是入饭馆的第一关。走进几步几个年高站堂的，一个一句：“老爷来啦！老爷来啦！”然后年青的挑着尖嗓几声“看座呀”！接着一阵拍拍的撢鞋灰，邦邦的开汽水，嗖嗖的飞手巾把，嗡嗡的赶苍蝇，（饭馆的苍蝇是冬夏常青的。）咕噜咕噜的扩充范围的漱口。这是第二关。主客坐齐，不点菜饭，先唱“二簧”。胡琴不管高低，嗓子无论好坏，有人唱就有人叫好，有人叫好就有人再唱。只管嗓子受用，不管别人耳鼓受伤。这是第三关。二簧唱罢，点酒要菜，价码小的吃着有益也不点，价钱大的，吃了泄肚也非要不可。酒要外买老字号的原封，茶要泡好镇在冰箱里。冬天要吃鲜瓜绿豆，夏天讲要隔岁的炸粘糕。酒菜上来，先猜拳行令，迎面一掌，声如狮吼，入口三盃，气贯长虹。请客的酒菜屡进，惟恐不足；作客的酒到盃干，烂醉如泥。这是第四关。押阵的烧鸭或闷鸡上来，饭碗举起不知往那里送，羹匙倒拿，斜着往眉毛上插。然后一阵恶心，几阵呕吐。吃的时候并没尝出什么滋味，吐的时候却节节品着回甘。“仁丹”灌下，扶上洋车，风儿一吹，渐渐清醒，又复哼哼着：“先帝爷，黄骠马，”以备晚上再会。此是第五关。有此五关而居然斩关落锁，驰骋如入无人之地，此之谓“食而有勇”！

“美满的交际立于健全的胃口之上。”当然是不易的格言！

孙八等到了九和居，饭馆的五关当然要依次战过。龙树古因宗教的关系不肯吃酒。经老张再三陈说：“啤酒是由外国来的，耶稣教也是外国来的，喝一点当然也没有冲突。”加以孙八口口声声非给龙军官压惊不可，于是他喝了三瓶五星啤酒。酒灌下去，他开始和大众很亲热的谈话。谈到车夫赵四，龙军官坚决的断定是：“赵四早晨忘了祈祷上帝，怎能不把腿撞破。平日跑的比今天快的多，为何不出危险呢？”

“我们还是回到德胜门，还是……现在已经快三点钟。”孙八问。

“我看没回去的必要，”老张十二分恳切的说：“早饭吃了你，晚饭也饶不了你，一客不烦二主，城外去溜达溜达，改日再议章程。兄弟们那是容易聚在一处的。”

“章程并不难拟，有的是别处自治会的，借一份来添添改改也成了。”南先生向孙八说。

“南先生你分神就去找一份，修改修改就算交卷。好在人还能叫章程捆住吗！”龙树古显着很有办事经验的这样说。

“那么，南先生你多辛苦！”孙八向南飞生作了一个揖。

“不算什么，八爷，我们上那里去？”南飞生问。

李山东吃的过多，已昏昏的睡去。忽然依稀的听见有人说出城，由桌上把头搬起来，掰开眼睛，说："出城去听戏！小香水的'三上吊'！不用说听，说着就过瘾！走！小香水！'三上吊'！……"

老张向来不自己花钱听戏，对于戏剧的知识自然缺乏。不知小香水是那一种香水，"三上吊"又是那么一件怪事。嘴里不便问，心里说："倒要看看这件怪事！大概逃不出因欠债被逼而上吊！欠债不还而上吊，天生来的不是东西！……"他立起来拍着孙八的肩，"李掌柜最会评戏，他说的准保没错！八爷你的请，等你娶姨太太的时候，我和老李送你一台大戏！"

"真的八爷要纳小星？几时娶？"南飞生眉飞色舞的吹着小黄干胡子问。

"辛苦！南先生。听老张的！我何尝要娶妾？"

"娶妾是个人的事，听戏是大家的，八爷你去不去？你不去，我可要走了！"李山东半醒半睡的说。

"对！李掌柜，你请我，咱们走！"老张跟着就穿大衫。

"多辛苦！一同去，我的请！"

龙军官一定不肯去，告辞走了。孙八会了饭账，同着老张等一齐出城去娱乐。

## 第十一

“喂！李应！今天怎样？”

“今天还能有什么好处。钱是眼看就花完，事情找不到，真急死我！我决定去当巡警了！”

“什么？当巡警？你去，我不去，我有我的志愿。”

“你可以回家，要是找不到事作，我……”

“回家？夹着尾巴回家？我不能！喂！李应！城里的人都有第二个名字，我遇见好几个人，见面问我‘台甫’，我们也应当有‘台甫’才对。”

“找不到事，有一万个名字又管什么？”

“也许一有‘台甫’登时就有事作。这么着，你叫李文警，我叫王不警。意思是：你要当巡警，我不愿意当。你看好不好？”

“你呀！空说笑话，不办正事，我没工夫和你瞎说，今天你我各走各的路，也许比在一处多得些消息。”

“不！我一个人害怕！”王德撅着嘴说。

“晴天白日可怕什么？”

“喝！那马路上荷枪的大兵，坐摩托车的洋人，白脸的，黑脸的……。那庙会上的大姑娘，父亲说过，她们都是老虎。”

“你不会躲着他们走？”

“大兵和洋人我能躲，可是她们我又害怕又爱看。”

李应和王德自从进城，就住在李应的姑母家里。饭食是他们自备，白天出去找事，晚上回来睡觉，两个人住着李应的姑母的一间小北房。饭容易吃，钱容易花，事情却不容易找。李应急的瘦了许多，把眉头和心孔，皱在一处。王德却依然抱着乐观。

“李文警！”

“我叫李应！”

“好，李应，你往那里去？”

“不一定！”

“我呢？”王德把两只眼睁得又圆又大。

“随便！”

“不能随便，你要往东，我也往东，不是还走到一路上去？至少你要往东，我就往西。”王德从袋中掏出一枚铜元，浮放在大拇指指甲上，预备向空中弹。“要头要尾？头是往东，尾是往西。”

“王德！王德！你的世界里没有愁事！”李应微微露着惨笑。

“说！要头要尾？”

“头！”

砰的一声，王德把钱弹起。他瞪着眼蹲在地上看着钱往地上落。

“头！你往东！再见，李应！祝你成功！”王德把钱捡起笑着往西走。

李应的姑母住在护国寺街上，王德出了护国寺西口，又犹豫了：往南呢，还是往北？往南？是西四牌楼，除了路旁拿大刀杀活羊的，没有什么鲜明光彩的事。往北？是新街口，西直门。那里是穷人的住处，那能找得到事情。王德想了半天：“往北去，也许看见些新事。”

他往北走了不远，看见街东的一条胡同，墙上蓝牌白色写着“百花深处”。

“北京是好，看这胡同名多么雅！”他对自己说：“不用说，这是隐士住的地方，不然那能起这么雅致的名字。”他一面想着，一面不知不觉的把腿挪进巷口来。

那条胡同是狭而长的。两旁都是用碎砖砌的墙。南墙少见日光，薄薄的长着一层绿苔，高处有隐隐的几条蜗牛爬过的银轨。往里走略觉宽敞一些，可是两旁的墙更破碎一些。在路北有被雨水冲倒的一堵短墙，由外面可以看见院内的一切。院里三间矮屋，房檐下垂着晒红的羊角椒。阶上堆着不少长着粉色苔的玉米棒子。东墙上懒懒的爬着几蔓牵牛花，冷落的开着几朵浅蓝的花。院中一个妇人，蓬着头发蹲在东墙下，嘴里哼哼唧唧的唱着儿曲，奶着一个瘦小孩，瘦的像一个包着些骨头的小黄皮包。

王德心里想：这一定是隐士的夫人；隐士夫人听说是不爱梳头洗脸的。他立在南墙下希望隐士出来，见识见识隐士的真面目。

等来等去，不见隐士出来。院内一阵阵孩子的啼声。“隐士的少爷哭了！”继而妇人诟骂那个小孩子，“隐士夫人骂人了！”等了半天王德转了念头：“隐士也许死了，这是他的孤儿寡妻，那就太可怜了！……人们都要死的，不过隐士许死的更快，因为他未到死期，先把心情死了！……人是奇怪东西，生来还死。死了还用小木匣抬着在大街上示威。……”

王德探身偷偷的向院里望了望，那个妇人已经进到屋里去，那个小孩睡在一块小木板上。他于是怅然走出百花深处来。

“《公理报》，《民事报》……看看这儿子杀父亲的新闻。”从南来了一个卖报的。

“卖报的！”王德迎面把卖报的拦住。“有隐士的新闻和招人作事的广告没有？”

“你买不买？卖报的不看报！”

王德买了一张，夹在腋下，他想：“卖报的不看报，卖报可有什么好处？奇怪！想不出道理，城里的事大半是想不出道理的！”

王德坐在一家铺户外面，打开报纸先念小说，后看新闻。忽然在报纸的背面夹缝上看到：

“现需书记一人，文理通顺，字体清楚。月薪面议。财政部街张宅。”

当人找事而找不到的时候，有一些消息，便似有很大成功的可能。王德也是一个。

他立起来便向东城走。走得满头是汗，到了财政部街，一所红楼，门口绿色的铁栅栏悬着一面铜牌，刻着“张宅”。王德上了台阶，跺了跺鞋上的灰土，往里探视。门房里坐着一个老人，善眉善眼像世传当仆人的样子。卧着一个少年，脸洗得雪白，头油的漆黑。王德轻轻推开门，道了一声“辛苦”。

“又一个！广告比苍蝇纸还灵，一天黏多少！”那个少年的说：“你是看报来的罢？没希望，趁早回家！”

“我没见着你们主人，怎见得没希望？”王德一点不谦虚的说。

“我们上司还没起来，就是起来也不能先见你；就是见你，凭你这件大衫，遇上上司心里不痛快，好不好许判你五年徒刑。”

“我要是法官，为你这一头黑油漆就恢复凌迟。”王德从与老张决裂后，学的颇强硬。

“你怎么不说人话？”

“你才不说人话！”

“先生！”那个年老的一把拉住王德。“我去给你回一声去。我们老爷真的还没起来，我同你去见我们的大少爷。来！”

王德随着那个年老的走入院里。穿廊过户走到楼背后的三间小屋。老仆叫王德等一等，他进去回禀一声。

“进去！”老仆向王德点手。

王德进去，看屋里并没什么陈设，好像不是住人的屋子。靠墙一张洋式卧椅，斜躺着一个少年。拿着一张《消闲录》正看得入神。那个少年戴着金丝眼镜，嘴里上下金牙衔着半尺来长小山药般粗中间镶着金箍的“吕宋烟”。(不是那么粗，王德也无从看见那个人的金牙。)手上戴着十三四个金戒指，脚下一双镶金边的软底鞋。胸前横着比老葱还粗的一条金表链，对襟小褂上一串蒜头大的金钮，一共约有一斤十二两重。

“你来就事？”那个少年人把报纸翻了翻，并没看王德。

“是！”

“今年多大？”

“十九岁！”

“好！明天上工罢！”

“请问我的报酬和工作？”

“早八点来，晚八点走，事情多，打夜工。扫书房，钞文件，姨太太出门伺候着站汽车。”

“府上是找书记？”

“广义的书记！”

“薪金？”

“一月四块钱，伺候打牌分些零钱。”

那个少年始终没看王德，王德一语未发的走出去。

王德走出大门，回头望了望那座红楼。

“这样的楼房就会养着这样镶金的畜生！”

王德太粗卤！

# 第十二

王德从财政部街一气跑回李应的姑母家。李应的姑父开着一个小铺子，不常在家。姑母今天也出去。王德进到院内垂头丧气的往自己和李应同住的那间小屋走。

“王德！回来得早，事情怎样？”李应的姐姐隔着窗户问。

“姑母没在家？”

“没有，进来告诉我你的事情。进来，看院中多么热！”

王德才觉出满脸是汗，一面擦着，一面走进上房去。

“静姐！叔父有信没有？”王德好像把一肚子气消散了，又替别人关心起来。

“你坐下，叔父有信，问李应的事。信尾提着老张无意许张师母的自由。”

王德，李应和李静——李应的姐姐——是一同长起来的，无日不见面，当他们幼年的时候。李静自从她叔父事业不顺，进城住在她姑母家里。白天到学堂念书，晚间帮着姑母作些家事，现在她已经毕业，不复升学。

她比李应大两岁，可是从面貌上看，她是妹妹，他是哥哥。她轻轻的两道眉，圆圆的一张脸，两只眼睛分外明润，显出沉静清秀，她小的时候爱王德比爱李应还深，她爱王德的淘气，他的好笑，他的一笑一个酒窝，他的漆黑有神的眼珠……

王德的爱她，从环境上说，全村里再没有一个女子比她清秀的，再没有一个像她那样爱护他的，再没有一个比她念的书多的……

他们年幼的时候，她说笑话给他听，他转转眼珠又把她的笑话改编一回，说给她听，有时编的驴唇不对马嘴。他们一天不见不见也见几次；他们一天真见不着，他们在梦里见几次。他们见不着的时候，像把心挖出来抛在沙漠里，烈风吹着，飞砂打着，热日炙着；他们的心碎了，焦了，化为飞灰了！他们见着，安慰了，快活了，他们的心用爱情缝在一处了！

他们还似幼年相处的那样亲热，然而他们不自觉的在心的深处多了一些东西，多了一些说不出的情感。幼年的时候彼此见不着，他们哭；哭真安慰了他们。现在他们见不着，他们呆呆的坐着，闷闷的想着，他们愿杀了自己，也不甘隔离着。他们不知道到底为什么，好像一个黄蝴蝶追着一个白蝴蝶一样的不知为什么。

他们的亲爱是和年岁继续增加的。他们在孤寂的时候，渺渺茫茫的有一点星光，有一点活力，彼此掩映着，激荡着。他们的幽深的心香，纵隔着三千世界，好像终久可以联成一线，浮泛在情天爱海之中的。他们遇见了，毫不羞愧的谈笑；他们遇不见，毫不羞愧的想着彼此，以至于毫不羞愧的愿意坐在一处，住在一处，死在一处……

“静姐！张师母的历史你知道？”

“一点，现在的情况我不知道。”

“你——你与——”

“王德，你又要说什么笑话？”

“今天笑话都气跑了，你与老——”

“老什么，王德？”

“静姐，你有新小说没有，借给我一本？”

“你告诉我你要说的话！”

“我告诉你，你要哭呢？”

“我不哭，得了，王德，告诉我！”

“老张要，”王德说到这里，听见街门响了一声，姑母手里拿着大包小罐走进来。

两个人忙着赶出去，接她手中的东西，姑母看了王德一眼没有说什么。王德把东西放在桌上，脸红红的到自己的小屋里去。

李静的姑母有六十来岁的年纪，身体还很健壮。她的面貌，身材，服装，那一样也不比别人新奇。把她放在普通中国妇女里，叫你无从分别那是她，那是别人。你可以用普通中国妇人的一切形容她，或者也可以用她代表她们。

她真爱李应和李静，她对她的兄弟——李应的叔父——真负责任看护李应们。她也真对于李氏祖宗负责任，不但对于一家，就是对于一切社会道德，家庭纲纪，她都有很正气而自尊的负责的表示。她是好妇人，好中国妇人！

“姑娘！你可不是七八岁的孩子，凡事你自己应当知道谨慎。你明白我的话？”

“姑母你大概不愿意我和王德说话？王德和我亲兄弟一样，我爱他和爱李应一样。”

“姑娘！姑娘！我活了快六十岁了，就没看见过女人爱男人不怀着坏心的。姑娘你可真脸大，敢说爱他！”

“姑母，说‘爱’又怕什么呢？”李静笑着问。

“姑娘你今天要跟我顶嘴，好！好静儿！我老婆子就不许你说！你不懂爱字什么讲？别看我没念过书！”

“得了，姑母，以后不说了，成不成？”李静上前拉住姑母的手，一上一下的摇着，为是讨姑母的喜欢。

“啊！好孩子！从此不准再说！去泡一壶茶，我买来好东西给你们吃。”

好妇人如释重负，欢欢喜喜把买来的水果点心都放在碟子里。

李静把茶泡好，李应也回来了。姑母把王德叫过来，把点心水果分给大家，自己只要一个烂桃和一块挤碎了的饽饽。

“姑母，我吃不了这么多，分给你一些。”李应看姑母的点心太少，把自己的碟子递给她。

“不！李应！姑母一心一意愿意看着你们吃。只要你们肥头大耳朵的，就是我的造化。阿弥陀佛！佛爷保佑你们！有钱除了请高香献佛，就是给你们买吃的！”

好妇人不说谎，真的这样办！

“李应，你的事怎样？”李静故意避着王德。

“有些眉目，等姑父回来，我和他商议。”

“你见着他？”姑母问。

“是，姑父晚上回来吃饭。”

“李应！快去打酒！你姑父没别的嗜好，就是爱喝杯咸菜酒！好孩子快去！”

“李应才回来，叫他休息一会，我去打酒。”王德向那位好妇人说。

“好王德，你去，你去！”好妇人从一尺多长的衣袋越快而越慢的往外一个一个的掏那又热又亮的铜钱。“你知道那个酒店？出这条街往南，不远，路东，挂着五个金葫芦。要五个铜子一两的二两。把酒瓶拿直了，不怕摇荡出来，去的时候不必，听明白没有？快去！好孩子！……回来！酒店对过的猪肉铺看有猪耳朵，挑厚的买一个。他就是爱吃个脆脆的酱耳朵，会不会？——我不放心，你们年青的办事不可靠。把酒瓶给我，还是我去。上回李应买来的羊肉，把刀刃切钝了，也没把肉切开。还是我自己去！”

“我会买！我是买酱耳朵的专家！”王德要笑又不好意思，又偷着看李静一眼。

“我想起来了。”好妇人真的想了一会儿。“你们两个也不用出去吃饭，陪着你姑父一同吃好不好？”

王德没敢首先回答，倒是李应主张用他们的钱多买些菜，大家热闹一回。姑母首肯，又叫李应和王德一同去买菜打酒。因为作买卖的专会欺侮男人，两个人四只眼，多少也可少受一些骗。然后又嘱咐了两个少年一顿，才放他们走。

李静帮助姑母在厨房预备一切，李静递菜匙，姑母要饭杓；李静拿碟子，姑母要油瓶；于是李静随着姑母满屋里转。——一件事也没作对。

## 第十三

王德，李应买菜回来，姑母一面批评，一面烹调。批评的太过，至于把醋当了酱油，整匙的往烹锅里下。忽然发觉了自己的错误，于是停住批评，坐在小凳上笑得眼泪一个挤着一个往下滴。

李应的姑父回来了。赵瑞是他的姓名。他约有五十上下年纪，从结婚到如今他的夫人永远比他大十来岁。矮矮的身量，横里比竖里看着壮观的像一个小四方肉墩。短短的脖子，托着一个圆而多肉的地球式的脑袋。两只笑眼，一个红透的酒糟鼻。见人先点头含笑，然后道辛苦，越看越像一个积有经验的买卖人。

赵姑父进到屋里先普遍的问好，跟着给大家倒茶，弄的王德手足无措。——要是王德在赵姑父的铺子里，他还有一点办法：他至少可以买赵姑父一点货物，以报答他的和蔼。

赵姑母不等别人说话，先告诉她丈夫，她把醋当作了酱油。赵姑父听了，也笑得流泪，把红鼻子淹了一大块。

笑完一阵，老夫妻领着三个青年开始享受他们的晚饭。赵姑父递饭布菜，强迫王德，李应也喝一点酒，尝几块猪耳朵。

二两酒三个人喝，从理想与事实上说，赵姑父不会喝的超过二两或完全二两。然而确有些醉意，顺着鬓角往饭碗里滴滴有响的落着珍珠似的大汗珠。脸上充满了笑容，好像一轮红日，渐渐的把特红的鼻子隐灭在一片红光之中，像喷过火的火山掩映在红云赤霞里似的。

酒足饭饱，赵姑父拧上一袋关东烟，叫李应把椅子搬到院中，大家团团的围坐。赵姑母却忙着收拾杯盘，并且不许李静帮忙。于是李静泡好一壶茶，也坐在他姑父的旁边。

"姑父！我告诉你的事，替我解决一下好不好？"李应问。

"好！好！我就是喜欢听少年们想作事！念书我不反对，作事可也要紧；念书要成了书呆子，还不如多吃几块脆脆的猪耳朵。"赵姑父喷着嘴里的蓝烟，渐渐上升和浅蓝的天化为一气。"铺子里不收你们念书的作徒弟，工厂里不要学生当工人，还不是好凭据？你去当巡警，我说实在话，简直的不算什么好营业。至于你说什么'九士军'，我还不大明白。"

"救世军。"李应回答。

"对！救世军！那是怎么一回事？"

"我今天早晨出门在街上遇见了老街坊赵四。他在救世军里一半拉车，一半作事。他说救世军很收纳不少青年，挣钱不多，可是作的都是慈善事。我于是跑到救世军教会，听了些宗教的讲论，倒很有理。"

"他们讲什么来着？"王德插嘴问。

"他们说人人都有罪，只有一位上帝能赦免我们，要是我们能信靠他去作好事。我以为我们空挣些钱，而不替社会上作些好事，岂不白活。所以……"

"李应！这位上帝住在那里？"王德问。

"天上！"李应很郑重的回答。

"是佛爷都在天上……"赵姑父半闭着眼，衔着烟袋，似乎要睡着。"不过，应儿，去信洋教我有些不放心。"

“我想只要有个团体，大家齐心作好事，我就愿意入，管他洋教不洋教。”李应说。

“你准知道他们作好事？”李静问。

“你不信去看，教堂里整齐严肃，另有一番精神。”

“我是买卖人，三句话不离本行，到底你能拿多少钱，从教堂拿。”

“赵四说一月五块钱，不过我的目的在作些好事，不在乎挣钱多少。”

“好！你先去试试，不成，我们再另找事。”赵姑父向李应说完，又向着王德说：“你的事怎样？”

“许我骂街，我就说。”王德想起那个镶金的人形兽。

“别骂街，有你姐姐坐在这里，要是没她，你骂什么我都不在乎。这么着，你心里骂，嘴里说好的。”

王德于是把日间所经过的事说了一遍。然后又发挥他的志愿。

“你看，”王德向赵姑父说：“我入学堂好不好？事情太不易找，而且作些小事我也不甘心！”

“念书是好意思，可是有一样，你父亲能供给你吗？你姐姐，”赵姑父指着李静说：“念了五六年书，今天买皮鞋，明天买白帽子，书钱花得不多，零七八碎差一点没叫我破产，我的老天爷！我不明白新事情，所以我猜不透怎么会一穿皮鞋就把字认识了。你知道你的家计比我知道的清楚，没钱不用想念书，找事作比什么也强。——姑娘，可别多心，我可无意说你花我的钱，我不心疼钱！好姑娘，给姑父再倒碗茶！”

赵姑父的茶喝足，把烟袋插在腰里。向着屋里说：

“我说——我要回铺子，应儿们的事有和我说的地方，叫他们到铺子找我去。”

“我说——”屋内赵姑母答了腔，然后拿着未擦完的碟子走出来。“今天的菜好不好？”

“好！就是有些酸！”

“好你个——发酸？可省酱油！酱油比醋贵得多！”

老夫妇哈哈的笑起来，赵姑父又向李静说：

“谢谢姑娘，作饭倒茶的！等着姑父来给你说个老婆婆！”

“不许瞎说，姑父！”李静轻轻打了她姑父一下。

“好姑娘，打我，等我告诉你婆婆！”

赵姑父笑着往外走，姑母跟着问东问西。李应们还坐在院里，约摸赵姑父已走出去四五分钟，依然听得见他的宏亮而厚浑的笑声。

## 第十四

中秋节的第二天，老张睡到午时才醒。因为昨天收节礼，结铺子的账，索欠户的债，直到四更天才紧一紧腰带浑衣而卧的睡下。洋钱式的明月，映出天上的金楼玉宇，铜窟银山，在老张的梦里另有一个神仙世界。俗人们“举杯邀月”，“对酒高歌”，……与老张的梦境比起来，俗人们享受的是物质，老张享受的是精神，真是有天壤之判了！

因肚子的严重警告，老张不能再睡了，虽然试着闭上眼几次。他爬起来揉了揉眼睛，设法想安置老肚的叛乱。

“为什么到节令吃好的？”他想：“没理由！为什么必要吃东西？为什么不像牛马般吃些草喝点水？没理由！”

幸亏老张没十分想，不然创出《退化论》来，人们岂不退成吃草的牛马。

“有了！找孙八去！一夸他的菜好，他就得叫咱尝一些，咱一尝一些，跟着就再尝一些，岂不把老肚敷衍下去！对！……”

老张端了端肩头，含了一口凉水漱了漱口，走过孙八的宅院来。

“八爷起来没有？”

“笑话，什么时候了，还不起来，张先生，辛苦，进来坐！”

“我才起来。”

“什么，酒又喝多了？”

“那有工夫喝酒？结账，索债就把人忙个头朝下！没法子，谁叫咱们是被钱管着的万物之灵呢！”

“张先生，我有朋友送的真正莲花白，咱们喝一盅。”

“不！今天我得请你！”老张大着胆子说。

“现成的酒菜，不费事！”

孙八说完，老张挤着眼一笑，心里说：“想不到老孙的饭这么容易希望！”

酒饭摆好，老张显着十分亲热的样子，照沙漠中的骆驼贮水一般，打算吃下一个礼拜的。孙八是看客人越多吃，自己越喜欢。不幸客人吃的肚子像秋瓜裂缝一命呜呼，孙八能格外高兴的去给客人买棺材。

“八爷！我们的会期是大后天？”老张一面吃一面说，又忙着从桌上往嘴里捡喷出来的肉渣。

“大概是。”

“你想谁应当作会长？”

“那不是全凭大家选举吗？”孙八爷两三月来受自治界的陶染，颇有时把新词句用的很恰当。

“谁说的？自治会是我们办的，会员是我们约的，我们叫谁作会长谁才能作！”说着，老张又夹起一块肥肉片放在嘴里。

“可就是！就是！你说谁应当作会长？”

“等一等，八爷还有酒没有？我还欠一盅，喝完酒请大嫂热热的，酸酸的，辣辣的给咱作三碗汤饭，咱们一气吃完，再谈会务，好不好？”

“好！”孙八去到厨房嘱咐作汤饭。

老张吃完三碗汤饭，又补了三个馒头，几块中秋月饼，才摸了摸肚子，说了一句不能不说的："我饱了！"然后试着往起捧肚子，肚子捧起，身子也随着立起来，在屋内慢慢的走。舌根有些压不住食管，胃里的东西一阵阵的往上顶。

"八爷！有仁丹没有？给我几粒！新添的习气，饭后总得吃仁丹！"老张闭着嘴笑了一笑，以防食管的泛滥。

孙八给了老张几粒仁丹，老张吃下去，又试着往椅子上坐。

"小四！小四！"孙八喊。

"来了！叫我干什么？正跟小三玩得好好的！"

"去告诉你妈快沏茶！"

小四看了老张一眼，偷偷在他爹的耳根说："老师不喝茶，他怕伤胃。"孙八笑了一笑。小四回头看老张，恐怕老张看出他的秘密，赶紧对老张说："老师，我没告诉我爹你不喝茶！"

"好孩子，说漏了！我不喝坏茶？你爹的茶叶多么香，我怎能不喝，快去，好孩子！"

孙八满意了，小四忸忸怩怩的一条腿蹦到厨房去。

"八爷！据我的意见是举令叔，咱们的老人家，作会长。"

"家叔实在没有心干这个事，况且会里的人们不喜欢老年人。"

"八爷你听着，我有理由：现在会中的重要人物是谁？自然是南飞生，龙树古，和你我。咱们几个的声誉，才力全差不多，要是我们几个争起来，非把会闹散不可。闹散了会并不要紧，要紧的是假若政府马上施行自治，我们无会可恃，岂不是'大姑娘临上轿穿耳朵眼'，来不及吗？所以现在一来要避免我们几个人的竞争，二来要在不竞争之中还把会长落在我们手里，这就是我主张举令叔，咱们的老人家的原因。"

"原因在那？"孙八问。

“我的八爷！这还不显而易见！你看，你是本地绅士，令叔是老绅士。身分，财产，名望，从那里看这个会长也得落在孙家。要是被别人抬了去，不但是你孙家的羞耻，也是咱们德胜汛的没面目。可是，你这个绅士到底压不过咱们老人家的老绅士去。你运动会长，南飞生们可以反对，我们要抬出去咱们老人家，保管他们无话可说。老人家自然不愿办事，那么，正好，叫老人家顶着名，你我暗中操持一切。你听明白了，我可不是有意要咱们老人家。一句话说到底，我们不能叫外人把会长拿了去！”

“是！就是！越说越对！”孙八立起来向窗外喊：“小三的妈！换好茶叶沏茶！”

“你我和李山东自然没有不乐意举老人家的，”老张接着说：“龙树古呢，我去跟他说，他不敢不服从咱们。剩下一个南飞生叫他孤掌难鸣干瞪眼。至于职员呢，把调查股股长给老龙，文牍给南飞生，会计是我的，因为你怎好叔父作会长，侄子作会计。你来交际。我管着钱，你去交际，将来的结果是谁交际的广，谁占便宜。”

“就是！李山东呢？”

“他——，他的庶务！掌柜的当庶务叫作‘得其所哉’！”

“可是，我们这样想，会员们能照着办吗？”

“八爷！你太老实了！老实人真不宜于办文明事！会员不是你我约来捧场的吗？你拿钱买点心给他们吃，他们能不听你的命令吗？”

“好！就这么办！张先生你多辛苦，去告诉他们。”

“自然！赔些车钱不算什么！”老张拍着肚皮：一来为震动肠胃，二来表示着慷慨热心。

“车钱我的事，为我叔父作会长，叫你赔钱，天下没有这种道理！”

“小事！我决不在乎！”老张说着捧起肚子就往起站。

“你等等，天还早，我去给你拿车钱！”

“不！”老张摇着头摆着手往外就走。

孙八一手拦着老张，一手从衣袋里掏出两块钱。老张不接钱，只听着孙八把钱往自己衣袋里放。哨啷一声两块钱确乎沈在自己衣袋的深处，不住的说：“那有这么办的！”然后又捧着肚子坐下。

两个人又谈了些关于自治会的事情。孙八打算如果叔父作了会长，他就在城里买一所房，以便广为交际。老张是自治成功，把学堂交给别人办，自己靠着利息钱生活，一心的往政界走。两个人不觉眉飞色舞，互相夸赞。

“说真的，八爷，作什么营业也没有作官妙。作买卖只能得一点臭钱，（钱少而由劳力得来的，谓之臭钱。看老张著《经济原理》第二十三章。）作官就名利兼收了！比如说，商人有钱要娶小老婆，就许有人看不起他。但是人一作官，不娶小老婆，就没人看得起。同是有钱，身分可就差多了！”

“就是！就是！”

“说话找话，八爷！你到底要立妾不要？”老张的主要目的才由河套绕过来，到了渤海口。

“我没心立妾，真的！”孙八很诚恳的说。

“八爷！八爷！你得想想你的身分啊！现在你是绅士，自治一成功你就是大人，有几个作大人的不娶妾？我问问你！武官作到营长不娶小，他的上司们能和他往来不能？文官作到知事不娶小，有人提拔他没有？八爷！你可是要往政界走的，不随着群走，行吗？”老张激昂慷慨，差一些没咬破中指写血书。

“你八嫂子为我生儿养女的，我要再娶一个，不是对不起她吗？”

“娶妾不是反对八嫂！”老张把椅子搬近孙八，两支猪眼挤成一道缝，低声而急切的说：“你要入政界，假如政界的阔人到府上看看，凭八嫂子的模样打扮，拿得出手去吗？你真要把八嫂陈列出去，不把人家门牙笑掉才怪！事实如此，我和八嫂一点恶感没有，你听清楚了！况且现在正是妇女贱的时候，你是要守旧的，维新的，大脚的，缠足的，随意挑选，身价全不贵，我们四十多的人了，不享这么一点福，等七老八十老掉了牙再说？而且娶妾是往政界走的第一要事，乐得不来个一举两得！论财产呢，你是财神，我是土地，我还要尝尝小老婆的风味，况且你偌大的大绅士，将来的大人！八爷！你细细想想，我说的有什么不受听，你自管把拳头往老张嘴上抡！”

“岂敢！岂敢！你说的都有理！”

“本来是有理的！我为什么不劝你嫖？其实嫖也是人干的事。因为有危险！自己买个姑娘，又顺心，又干净，又被人看得重，是只有好处没有害处。八爷，你想想！你有意呢，我老张不图分文，保管给你找个可心的人！”

孙八没有回答。

“你自己盘算着，我得进城了！”老张立起来，谢了谢孙八的饭，往外走，孙八送出大门。

小三，小四正在门外树底下玩耍，见老张出来，小四问：

“明天放学不放，老师？”

“一连放了三天还不够？”老张笑着说。真像慈蔼和祥的老师一样。

“好你个老师！吃我们的饭，不放我们的学，等我告诉我妈，以后永远不给你作饭！”

“你爹给我吃。”

“我爹？叫我妈打他的屁股！”

“胡说！小四！”孙八轻轻打了小四一掌。

“你妈才霸道！”老张看了孙八一眼。

“不霸道，像张师母一样？敢情好！”小四是永远不怕老张的。

“小四！快来！看这个大蜘蛛，有多少条腿！哟……”

“是吗，小三？……”小四跑到墙根去。

老张乘着机会逃之夭夭了！

# 第十五

老张本想给龙树古写封信，告诉他关于选举的计划。继而一想，选举而外，还有和龙树古面谈的事。而且走着进城不坐车，至少可以比写信省三分邮票。于是他决定作个短途的旅行。

龙树古住在旧鼓楼大街，老张的路线是进德胜门较近。可是他早饭吃得过多，路上口渴无处去寻茶喝。不如循着城根往东进安定门，口渴之际，有的是护城河的河水，捧起两把，岂不方便，于是决定取这条路。

古老雄厚的城墙，杂生着本短枝粗的小树；有的挂着半红的虎眼枣，迎风摆动，引的野鸟飞上飞下的啄食。城墙下宽宽的土路，印着半尺多深的车迹。靠墙根的地方，依旧开着黄金野菊，更显出幽寂而深厚。清浅的护城河水，浮着几只白鸭，把脚洗得鲜黄在水面上照出一圈一圈的金光。

老张渴了喝水，热了坐在柳树底下休息一会。眼前的秋景，好像映在一个不对光的像匣里，是不会发生什么印象的。他只不住的往水里看，小鱼一上一下的把水拨成小圆圈，他总以为有人从城墙上往河里扔铜元，打得河水一圈一圈的。以老张的聪明自然不久的明白那是小鱼们游戏，虽然，仍屡屡回头望也！

老张随喝随走，进了安定门。又循着城根往旧鼓楼大街走。

龙树古的住宅是坐东朝西的，一个小红油漆门，黑色门心，漆着金字，左边是“上帝言好事”，右边是“耶稣保平安”。左边门框上一面小牌写着“救世军龙”。

龙树古恰巧在家，把老张让到上屋去。老张把选举的事一一说明，龙树古没说什么，作为默认。

谈罢选举，老张提起龙树古的欠债，龙军官只是敷衍，满口说快还，可是没有一定日期。老张虽着急，可是龙树古不卑不亢的支应，使老张无可发作。

院中忽然一阵轻碎的皮鞋响，龙凤——龙军官的女儿——随着几个女友进来，看老张在上屋里，她们都到东屋里去说笑。

“姑娘还上学？”老张直把她们用眼睛——那双小猪眼——送到东屋去，然后这样问。

“现在已毕业，在教会帮我作些事。”

“好！姑娘也能挣钱，算你姓龙的能干！”

“那全凭上帝的保佑！”

“我要是有这么好的一个女儿，我老张下半世可以衣食无忧。可惜我没有那个福分。”老张很凄惨的说。

“我不明白你的意思。”

“这不难明白！现在作官的人们，那个不想娶女学生，凭姑娘这些本事，这个模样，何愁不嫁个阔人；你后半世还用愁吃穿吗！”

“我们信教的还不能卖女儿求自己的富贵！”龙树古板着面孔，代表着上帝的尊严。

“老龙！不能只往一面想啊！论宗教，我不比你懂得少，你现时的光景比前三四年强得多，为什么？上帝的恩典！为什么你有这么好的女儿？上帝的恩典！上帝给你的，你就有支配的权力。上帝给你钱，你可以随意花去，为什么不可以把上帝给的女儿，随意给个人家，你自己享些福？信佛，信耶稣，全是一理，不过求些现世福报。我说的宗教的道理，你想是不是？”

龙树古没回答，老张静静的看老龙的脸。

“你的债总还不清，并不是不能还，是不愿意还！”老张又刺了老龙一枪。

“怎么？”

“你看，有这么好的姑娘，你给她说个婆家，至少得一千元彩礼，债还还不清？把债还清，再由姑娘的力量给你运动个一官半职的，这不是一条活路？再说，收彩礼是公认的事，并不是把女儿卖了。你愿意守着饼挨饿，我就没有办法了！”

龙树古还没说话。

老张立起来背着手在屋内走来走去，有时走近门窗向龙姑娘屋里望一望。

“你也得替我想想，大块银饼子放秃尾巴鹰，谁受的了？你想想，咱们改日再见。你愿意照着我的主意办，我是分文不取，愿意帮忙！”

老张说完，推开屋门往外走，又往东屋望了望。

龙树古只说了一句“再见”！并没把老张送出去。

老张走远了，自己噗哧的一笑，对自己说：“又有八成，好！”他高兴异常，于是又跑到东城去看南飞生，以便暗中看看南飞生对于自治会的选举有什么动作。见了南飞生，南飞生对于会务一字没说，老张也就没问。

可幸的南飞生留老张吃晚饭，老张又吃了个“天雨粟，鬼夜哭”。吃完忙着告辞，手捧圆肚，一步三叹的挤出安定门。

## 第十六

老张奔走运动，结果颇好，去到孙八处报功邀赏。孙八又给他两块钱。两个人拟定开会通知，还在二郎庙开会。

城内外的英雄到齐，还由南飞生作主席。他先把会章念了一遍，台下鼓掌赞成，毫不费事的通过。（注意！其中一条是“各部职员由会长指派之。”）

会章通过，跟着散票选举。会员彼此的问：“写谁？”“写自己成不成？”……吵嚷良久，并无正确的决定，于是各人随意写。有的只画了一个“十”字，有的写上自己名字，下面还印上一个斗迹。乱了半点多钟，大家累得气喘喘的才把票写好。

坏了！没地方投放，执事先生们忘了预备票匭。有的主张各人念自己的票，由书记写在黑板上；有的主张不论谁脱下一只袜子来，把票塞进去，……最后龙树古建议用他的硬盖手提箱权当票匭。大众同意，把票纸雪片般的投入箱里，纷纷的散去，只有十几个人等着看选举结果。

南飞生念票，老张记数目，孙八，龙树古左右监视。

票纸念完，南，孙，张全倒吸一口凉气瞪了眼，原来龙树古当选为会长。

老张把心血全涌上脸来，孙八把血都降下去。一个似醉关公，一个似病老鼠，彼此看着说不出话。南飞生不露神色，只是两手微颤，龙树古坦然的和别的会员说闲话，像没看见选举结果似的。

“这个选举不能有效！”老张向大众说：“票数比到会的人数多，而且用的是老龙的箱子，显有弊病！”

“就是！就是！”孙八嚷。

“怎见得票数不符？”台下一个人说：“入场既无签到簿，就无从证明到会的人数。现在会员差不多散净，当然票数比现在的人数多。至于票匦有无弊病，以龙君的人格说，似乎不应当这样血口喷人。况且事前有失检察，事后捏造事实，这是有心捣乱，破坏自治！”

一个闷雷把老张打得闭口无言。

“上了当！怎办？”孙八把老张扯在一旁问。

“联络南飞生一齐反对老龙！”老张递给南飞生一个眼色，南飞生走下台来。

“怎么办？南先生！南大人！”老张问。

“事前为什么不和我联成一气？事已至此，我也没有法！”南飞生把头摇得像风车似的。

“你得辛苦辛苦！”孙八说。

“我只有一条法子。”

“听你的，南先生！”孙八真急了！

“我们现在强迫他指定职员，”南飞生依然很镇静的说：“他要是把重要职员都给我们呢，我们联络住了，事事和他为难，不下一两个月，准把他挤跑。他要是不把重要职员给我们，我们登时通电全国，誓死反对。”

“就是！就是！南先生你去和他说。”孙八真是好人，好人是越急越没主意的。

南飞生还没走到龙树古面前，只听会员中的一位说：

“请会长登台就职！”

龙树古慢慢的立起来往台上走，南飞生把他拦住。

“会计是你的！”龙树古向南飞生低声的说。南飞生点了点头，把会长的路让开。

会长登台先说了几句谦虚话，然后指定职员。

“南飞生先生，会计。”

老张打了一个冷战。

“孙定先生，交际。”

“辛苦！”孙八向自己说。

“张明德先生，庶务。”

老张又打了一个半冷半热的冷战。

“李复才先生，调查。……”

台下一鼓掌，龙树古又说了几句关于将来会务的设施，然后宣布散会。

龙会长下来和孙八等一一的握手，（个个手心冷凉。）然后同南飞生一同进城。

孙八气得要哭，李山东肚子饿极了，告辞回铺子去吃饭。

“好！一世打雁，今天叫雁啄了眼！老张要不叫你姓龙的尝尝咱世传独门的要命丸什么滋味，咱把家谱改了不姓张！”

“就是！张先生你得多辛苦！”

“八爷！你真要争这口气？”

“我要！我要！我要！”

“好！找个小馆先吃点东西，老张有办法！”老张显出十分英雄的气概，用腿顶屁股，用屁股顶脊骨，用脊骨顶脖子，用脖子顶着头，节节直竖的把自己挺起来。听说在《进化论》上讲，人们由四足兽变为两足动物，就是这么挺起来的。

两个人在德胜门关里找了一个小饭馆，老张怒气填胸，把胃的容量扩大，越吃越勇，直到“目眦尽裂”，“怒发冲冠”！

“八爷！你真要争气？”

“千真万真！”

“好！你不反对我的计划？”

“你说！我是百依百随！”

“第一你要娶妾不娶？”

“我——”

“八爷！你开付饭账，改日再见！”老张站起就走。

“这叫什么话，你坐下！”

“你看，头一件你就给我个闷葫芦。就是说一天，还不是吊死鬼说媒，白饶一番舌吗？”

“你坐下，娶！娶！”

“本来应当如此！”老张又坐下。“你听着，龙树古有个女儿，真叫柳树上开红花，变了种的好看。他呢，现在债眼比炮眼还大，专靠着她得些彩礼补亏空。我去给你把她买过来，你听清楚了，他可不欠我的债。买他女儿作妾，这还不毁他个到底！”

“我——”

“要作就作，不作呢，夹起尾巴去给龙军官，龙会长磕头，谁也不能说八爷不和善！”

“老张你太把我看小了！作！作！你多辛苦！”

“不用急！”老张先下热药，后下凉剂，使病人多得些病痛的印象。“这里决没危险！他的债非还不可，我们出钱买他的女儿，叫作正合适。这手过钱，那手写字据，决不会有差错！”

孙八只是点头，并未还言。

“八爷！你会饭账！你在家里等喜信罢！亲事一成，专等吃你的喜酒！把脸卷起来，乐！乐！”

孙八真的乐了！

## 第十七

一个回教徒，吃香蕉的时候并不似吃猪肉那样怀疑。为什么？那未免太滑稽，假如单纯的答道："不吃猪肉而吃羊肉，正如人们吃香蕉而不吃鱼油蜡烛。"这个问题只好去问一个脾气温和的回教徒，普通人们只用"这个好吃"和"那个不好吃"来回答，是永远不会确切的。

同样，龙树古为什么信耶稣教？我除了说"信教是人们的自由"以外，只好请你去问龙树古。

假如你非搜根探底的问不可，我只好供给你一些关于龙树古的事迹，或者你可以由这些事迹中寻出一个结论。

龙树古的父母，是一对只赌金钱不斗志气"黑头到老"的夫妻。他们无限惭愧的躺在棺材里，不曾践履人们当他们结婚的时候所给的吉祥话——"白头偕老"。他们虽然把金钱都赌出去，可是他们还怀着很大的希望，因为他们有个好儿子，龙树古自幼就能说他父母要说的话，作他父母要作的事。龙老者背着龙树古和人们常说："有儿了要不像树古那样孝顺，那叫作骆驼下骡子，怪种！"

龙老者专信二郎神，因为二郎神三只眼，当中那只眼专管监察赌场而降福于虔诚的赌徒。龙老太太专信城隍爷，龙树古小的时候曾随着母亲作过城隍出巡时候的轿前红衣神童。总之，龙树古自幼就深受宗教的陶染。

他在十八岁的时候，由他父母把东城罗老四驾下的大姑娘，用彩绣的大轿运来给他作媳妇。那位大姑娘才比他多七八岁，而且爱他真似老姐姐一样。有时候老夫妇不在家，小夫妇也开过几次交手战，可是打架与爱情无伤，打来打去，她竟自供献给他一个又白又胖的小女孩——龙凤。

龙凤生下来的第二天，就经一个道士给她算命。道士说：她非出家当尼姑不可，不然有克老亲。龙老夫妇爱孙女心盛，不忍照道士所说的执行。果然，龙凤不到三岁把祖父母全都克死。至今街坊见着龙凤还替龙老夫妇抱屈伤心！

龙树古自双亲去世，也往社会里去活动。不幸，他的社会，他的政府，许马贼作上将军，许赌棍作总长，只是不给和龙树古一样的非贼非盗的一些地位。更不幸的，他的夫人当龙凤八九岁的时候也一命呜呼！她的死，据医生说是水火不济，肝气侵肺。而据邻居说，是龙凤命硬，克伐十族。不然，何以医生明知是肝气侵肺，而不会下药攻肝养肺？

龙树古自丧妻之后，仍然找不到事作，于是投到救世军教会，领洗作信徒。最初信教的时候，邻居都很不满意他，甚至于见了龙凤，除不理她之外，私下里还叫她“洋妞儿”！后来龙树古作了军官，亲友又渐渐改变态度，把龙凤的“洋妞儿”改为“女学生”。

龙凤现在已有二十岁，她的面貌，谁也不能说长得丑，可是谁也不说她是个美人。因为她红润的脸永远不擦铅粉和胭脂，她的浓浓的眉毛永远不抹黑墨，她的长而柔软的头发永远不上黄蜡和香油。试问天下可有不施铅华的美人？加以她的手不用小红袖盖着，她的脚不用长布条裹得像个小冬笋，试问天下可有大手大脚的美人？

“野调无腔的山姑娘！她是没有妈的孩子，咱们可别跟她学！”这是邻居们指着龙凤而教训他们的女孩子的话。

他们父女却非常的快活，龙树古纵有天大的烦恼，一见了他的爱女，立刻眉开眼笑的欢喜起来。她呢，用尽方法去安慰他，伺候他，龙树古现在确乎比他夫人在世的时候，还觉得舒服一些。

我关于龙军官的事情，只能搜罗这一些，假如有人嫌不详细，只好请到鼓楼大街一带去访问。那些老太婆们可以给你极丰富的史料，就是那给龙凤算命的道士，有几位夫人，她们都说得上来。

## 第十八

李应真的投入救世军。王德依然找不到事作，除了又跟父亲要了几块钱而外，还是一团骄傲，不肯屈就一切。李应早间出去，晚上回来，遇上游街开会，回来的有时很晚。王德出入的时间不一定，他探听得赵姑母出门的消息，就设法晚些出去或早些回来，以便和李静谈几句话。李静劝他好几次，叫他回家帮助父亲操持地亩，老老实实的作个农夫，并不比城里作事不舒服。王德起初还用话支应，后来有一次自己管不住自己的嘴了。他说：

“静姐！我有两个志愿，非达到不可：第一，要在城里作些事业；第二，要和你结婚。有一样不成功，我就死！”

李静脸上微红，并未回答。

王德这几句话，在梦里说过千万遍，而不敢对她说。今天说出来了，随着出了一身热汗。好像久被淤塞的河水找着一个出口，心中的一切和河水的泛溢一般无法停止。

“静姐！静姐！”他上前拉住她的手。“我爱你！”

“兄弟！你怎么有些呆气？”

“我不呆，我爱你，我爱你！”王德虽然已经心乱了，可是还没忘用“爱”字来代表他心中的话。

“你放开我的手，姑母这就回来！”

他不放开她的手，她也就没再拒绝而由他握着，握得更紧了一些。

“我不怕姑母，我爱你！我死，假如你不答应我！”

“你先出去，等姑母下午出门，你再来！”

“我要你现在答应我！你答应了我，从此十年不见面，我也甘心，因为我知道世界上有一个爱我的人！说！静姐！”

“你真是年青，兄弟！我下午答复你还不成？姑母就回来！”

王德知道姑母的慈善与严厉，心中的血都蒸腾起来化为眼中的泪。李静的眼睛也湿了。两个人用握在一处的手擦泪，不知到底是谁的手擦谁的眼泪。

“我爱你！姐姐！”王德说完，放开她的手走出去。

他出了街门，赵姑母正从东面来，他本来想往东，改为往西去，怕姑母看见他的红眼圈。

李静手里像丢了一些东西，呆呆的看着自己，从镜子里。不知不觉的抬起自己的手吻了一吻，她的手上有他的泪珠。

赵姑母进来，李静并没听见。

“静儿！快来接东西！”

她懒懒的用手巾擦干了眼睛，出来接姑母买来的东西，——不知道是什么东西。

“姑娘！怎么又哭了！”

“没哭，姑母！”她勉强着笑了一笑。

“我知——道你小心里的事，不用瞒我。”

“真的没哭！”

“到底怎么了？”

“我——有些不舒服。直打喷嚏，好像是哭了似的。”

“是不是？你姑父不听话，昨天非给你烂柿子吃不可。瞧，病了没有！这个老——”好妇人开始着急了。“好孩子，去躺一躺，把东西先放在这里。想吃什么？姑母给你作。对了，你爱吃嫩嫩的煮鸡子，我去买！我去买！”

“姑母，我不想吃什么，我去躺一躺就好了！”

“不用管我，我去买！孙山东的小铺有大红皮油鸡子，这么大。”赵姑母用手比着，好像鸡子有茶壶那么大。说完，把脚横舒着，肥大的袖子抡的像飞不动的老天鹅一样跑出去。

李静躺在床上，不知想的什么，不知哭的什么，但是想，哭！

想起自己去世的父母，自己的叔父，李应，王德……。不愿意哭，怕伤了姑母的心，然而止不住。……不愿意想，然而一寸长的许多人影在脑子里转。……忘了王德，为谁哭？为王德哭？想的却不仅是他！……

爱情要是没有苦味，甜蜜从何处领略？爱情要是没有眼泪，笑声从何处飞来？爱情是神秘的，宝贵的，必要的，没有他，世界只是一片枯草，一带黄沙，为爱情而哭而笑而昏乱是有味的，真实的！人们要是得不着恋爱的自由，一切的自由全是假的；人们没有两性的爱，一切的爱是虚空的。现在李静哭了，领略了爱的甜味！她的心像冲寒欲开的花，什么也不顾的要放出她的香，美，艳丽！她像黑云里飞着的孤雁，哀啼着望，唤，她的伴侣！她自己也不知道哭什么，想什么，羞愧什么，希望什么。只有这一些说不出的情感是爱情的住所。爱情是由这些自觉的甜美而逐渐与一个异性的那些结合，而后美满的。在这种情境之中的，好像一位盲目的诗人，夜间坐在花丛里，领略着说不出的香甜；只有一滴滴的露珠，湿透了他的襟袖，好似情人们的泪！

赵姑母去了不到十分钟就回来了。从门外就半哭半笑的喊：

"静儿！静儿！姑母可是老的要不得了！"

李静坐起来隔着玻璃往外看，只见姑母左手拿着两个鸡子，右手从衣襟上往下擦鲜黄的蛋汁。

"可要不得了，我这不中用的老东西！四个鸡子摔了一半！只顾快走，不看电线杆子，你看！"赵姑母说着，擦着，哭着，笑着，同时并举的忙着。

赵姑母把鸡子放在小铁锅里煮，手擦眼泪，嘴吹锅里的热气，以便看鸡子在锅里滚了几个滚。还不住的说："姑娘爱吃嫩的，爱吃嫩的……"嘴里只顾说，心里不记时间，捞出鸡子一看，已经一个煮裂了缝。

最激烈的中国家庭革命，就是子女拒绝长辈所给的吃食。吃九个半，假如长辈给你十个，至少你也是洋人转生的。李静不愿意惹姑母闹脾气，慢慢把鸡子吃了。然后打起精神，要帮着姑母作事，姑母拦着不叫作。

"姑母，我真好了！"李静说。

"是不是？一吃鸡子准好！我年青的时候，公公婆婆活着，鸡子？一根鸡毛也吃不着！我的肚子啊，永远空着多半截，就是盼着你叔父接我回娘家住几天，吃些东西。一吃就好！公公婆婆也不是对我不好，他们对儿媳妇不能不立规矩。幸亏有你叔父，要不是他，我早就饿成两层皮了！说起你叔父，现在受这罪，老天爷要是戴着眼镜，决不至于看不出好坏人！静儿！等你姑父回来，你跟他要一块钱，给你叔父买些东西给他送了去。我那个兄弟，待我真是一百一，我可忘不了他！"

姑母侄女一阵乱谈，姑母把说过一百二十五回的话，又说到一百二十六回。李静不用听，就可以永远回答的不错。

吃过午饭，赵姑母到东城去看亲戚。

王德并没往远处去，只围着护国寺庙前后转。有时走进庙里，从破烂的殿门往里呆呆的看着不走时运缺袍少帽的菩萨。他约摸着赵姑母已经出门，匆匆的跑回来。轻轻开了街门，先往自己屋里走，以备万一姑母没出门好再走出去。到了自己屋里，学着小说中侦探的样子，把耳朵靠在墙上听姑母屋里有无动静。听了半天，一无人声，二无犬吠，才慢慢开开门，低声叫了一声“静姐！”

“你进来，王德！”

李静坐在一张小椅上，王德没说话，走上前去吻了她一下。

接吻除了野蛮人可以在晴天白日之下作，文明人是不作的，纵然作，也在黑影里。现在这两个野蛮化的男女，居然如此，你说，……我没的说！

他们真敢冒险，真敢乱作，他们又吻了一吻，你说，……

…………

“你去罢，王德，我明白你的心！”

# 第十九

老张正要打龙树古的门，门忽然开开。老张往旁边一闪，走出一个少年，看了老张一眼，往前走去。

“李应！你上这里来作什么？”老张向前赶了几步。

“你管不着！”李应停住步。

“小小年纪，不必记仇，告诉我，到这里干什么？”

“见龙军官！”

“啊，见老龙！见他干什么？”

“有事！”

“好，不用告诉我，我打听得出来！”

李应怒冲冲的走去，老张看着他的后影，哧的笑了一声。

老张回过头来，门前站着龙凤，她也望着李应。老张心里痒了一下，心里说：“可惜咱钱不多，把一朵鲜花，往孙八身上推！无法！……”跟着，他换了一副笑容，走上前去：

“凤姑娘！你父亲在家？”

“我给你通知一声去。”龙凤把黑布裙轻轻一撩跑进去，好像一个小黑蝴蝶。老张低头把眼光斜射到她的腿腕：“多么细软的腿腕！”她又跑出来说：“请进来！”

老张进去，龙凤开开屋门，老张一看屋里，倒吸了一口凉气！

堂屋中间摆着一张长桌，盖着雪白的桌布。当中一瓶鲜花，四下摆着些点心和茶具。龙军官坐在桌子的一头，左边坐着三个黄头发，绿眼珠，尖鼻子，高脑门的洋人；右边坐着两个中国人，嘀哩嘟嗵说外国话。老张除了庚子联军入京的时候，作过日本买卖以外，见着外国人，永远立在十丈以外看，现在相隔只有五尺，未免腿脚有些发软。

“请进来！”龙军官并没看老张。

老张鼓一鼓勇气，把腿搬起来往里挪。龙树古把手向右边的一个空椅一指，老张整团的咽唾液，坐下，坐的和洋人离着仅二尺多！

“张先生，北城的绅士，也是教育家。”龙军官向大众介绍，老张不住点头。

“凤姑娘你也坐下！”龙凤坐在她父亲的对面。

父女把茶倒好，龙军官向左边中间坐的那个年老的外国人说：

“请葛军官祈祷谢茶。”

那位军官用中国话迟迟顿顿的祷告起来，其余的全垂头合目屏住气。老张乘机会看看合眼的洋人什么样子，因为洋人睡觉是不易见到的。只听一声“阿门！”众人全抬起头睁开眼，老张开始把眼闭上。

龙军官把茶递给大众，一一的问：“要糖和牛奶不要？”问到老张，他说了一个字“要”！心里想：“反正多要两块糖不吃亏！”

龙凤把点心递给大家，老张见洋人拿点心往嘴里送，他才大胆的拿了一块。

龙树古说说笑笑，洋人听不懂的，由右边坐的那两个人给翻译，于是洋人也笑了。龙凤和洋人是中西两搀的说，老张一点也不明白，只乘着大家不留神又拿了一块点心，把牛奶茶闭着气一口灌下去。

“赵四好了没了？”那个年老的洋人问。

“早好了！现在早晚祷告，很有进步！”龙树古回答。

“为粥厂捐钱怎样？”一个年青的洋人问。

“已捐进三百七十五元二毫。”挨着老张坐着的人说。

“这位张先生是慈善家，每年要捐钱的。”龙树古笑着向洋人说。

那位老洋人向老张一笑，用中国话问：“你好不好？”

“好！”老张仿着洋腔说。

“你捐钱不捐？现在。”洋人又问。

老张看着龙树古，龙树古替老张回答：

“他捐！年年要捐的！”龙军官紧跟向一个中国人说：“把捐册拿出来，请张先生认捐。”

“我没带着钱！”老张忙着说。

“不要紧！”那位拿着捐册的人说：“写了数目以后我们派人去取。久仰大善士！久仰！”

“凭老龙叫洋人念咒，洋人就登时低头念，咱现在惹不了他！”老张一面想，一面接捐册。从头至尾看了一遍，张，王，李，赵，不是五元就是三元，并没有半个铜子或一毛钱的。又看了一遍，结果发现了有一位是捐五毛钱的。于是老张咬着牙写了五角小洋的捐。

大家又闲谈了半天，龙树古和那位年老的外国人商议，去见李大善士劝捐，于是大家立起预备出去。

老张向龙军官丢了一个眼色，军官装没看见，反向龙凤说：

“把东西收拾起来，晚饭不用等我，我回来的早不了！”然后龙军官又回过头来向老张说：“多谢帮我们的款！一同出去好不好？”

老张随着众人出了街门，龙树古向老张说了声“再见！”跟着洋人扬长而去。老张蹲在墙根下发呆。

他呆呆的想了半天，立起来又去敲门。

“张先生还没走？”龙凤开开门说。

"我不能走，我的话还没和你父亲说完。"

"父亲回来得早不了，你愿意等着也好。"龙凤说完，邦的一声把门关上。

债没讨成，亲事没说定，倒叫洋人诈去五毛钱，老张平生那受过这样的苦子！计无可出，掏出小账本写上了一句：

"十一月九日，老张一个人的国耻纪念日。"

# 第二十

“下雨是墨盒子，刮风是香炉。”是外国人对于北京的简妙的形容。中国人听了这两句话，只有夸赞形容的妙，而不觉得一个都城像墨盒子和香炉为不应当的。本来，为什么都城一定不像香炉和墨盒子，为什么世界不……

李静和姑父要了一块钱，买了些点心之类，出城去看她的叔父。出了她姑母的门，那冬天每日必来的北风已经由细而粗的刮起来。先是空中一阵阵的哨子响，好似从天上射来的千万响箭。跟着由野外吹来的黄沙和路上的黑土卷成一片灰潮，从一切有孔的东西打过穿堂。兜着顺着风走的人，兽的脚踵，压着逆着风走的脚面，把前者催成不自主的速进，把后者压成钉在地上的石桩。一阵风过，四外天空罩上一圈沙雾，阳光透过，好像飘浮着一层黄雪。跟着由远而近的响声又作，远处的高树先轻轻的点头，近处的一切可动的东西也渐次摇动。继而后面的怒潮又排山倒海而来，远近上下的东西就在吼叫中连成一片不可分析的波动与激荡。如此一阵，一阵，又一阵，树枝折了，薄的土墙倒了，路上的粪土吹净了，到红日西落的时候，才惨淡荒寒的休息一刻，等着夜里再攻袭大地的一切。

李静握着她的毛项巾，半闭着眼，走三步停两步的往前奔。走了好大半天才到德胜门。那城门洞的风更与众不同，好似千万只野牛，被怒火烧着，争着从城洞往外挤；它们的利角，刺到人的面上，比利刃多一点冷气，不单是疼。那一个城门洞分秒不停的涨着一条无形有声的瀑布，狂浪打的人们连连转身，如逆浪而行的小鱼。李静倒退着，挨着城墙，用尽全身力量，费了五分钟，才挤出去。出了城门风势更野了，可是吹来的黄沙比城里的腥恶的黑土干净多了。她奋斗着，到底到了家，只是鼻洼的沙土，已经积了半寸多厚。

篱墙被风吹的“咯吱，咯吱”的响，那座破磨盘，在她的眼里，一起一落的好像要被风刮走。除了这些响声，屋里连一声咳嗽都没有。她好似到了一个阴寒沈寂的山洞。

“叔父！我回来了！”

“啊？静儿？快进来！”

她的叔父围着一个小火炉，看着一本书。见了李静，他喜欢的像一个蜜蜂被风刮进一间温室满列着鲜花。可是他说话的声音依然非常低细，当风吼的时候，没有人可以听清楚他说的什么。

“叔父！是我！”

“快坐下烤一烤手！”

“我先去洗一洗脸。”她用那冻红的手指摸着脸蛋。

“不用！先坐下，我看看你！”

“叔父，我给你买来些点心。”她把点心包给她叔父看，纸包上已裹满了沙土。

“你又跟你姑父要了钱？以后千万别再跟他要，他的钱不是容易来的！”

“是！叔父你近来怎样？”

“我？照旧。好，你去洗脸！你又胖了一些，我放心了！”

她洗了脸，从袋中拿出两块钱来：

“叔父，这是李应给你的。”

“好！放在桌上罢。”

“叔父，你吃什么？我给你作一作！”李静见桌上放着一块冻豆腐和些葱蒜之类。

“好！给我作作。我自己作腻了！不吃，像缺些什么似的；吃，真是麻烦！”

李静一面收拾一切，一面和叔父说李应，王德的事，叔父点头的时候多于说话。饭食作好，叔侄欢欢喜喜的吃了。

“静儿你今年多大了？”她叔父低声问。

“叔父，你把我的岁数也忘了，到年底二十二！”李静半笑着，心中实在悲伤她叔父已把记忆力丧失。

“叔父老了！”他把手托住头额默默不语的半天，然后又问：“那么你二十二了，你自己的事怎样？”

“什么是我自己的事，叔父？”

“妇女是没有自己的事的，人们也不许妇女有自己的事；可是我允许你主张你自己的事！”

“你是要叫我在城里找一点事作？”

“那有事给你们作！我的意思是你自己的婚事。静儿，你待你叔父要和待你母亲一样，要说什么，说！”

“这个事——”

“静儿！我先说罢！现在有人要买你作妾，你要是心目中有相当的人，赶快决定。你有了托身之处，我呢，怎样死也甘心！”

李静明白叔父所指的人，因为王德曾给过她些暗示。

“叔父！除死以外有第二个办法没有？”她把那两条好看的眉毛拧在一处。

“没有！没有！你靠近我一些，我细细的告诉你！”李静把小凳搬近了他一些，她叔父的声音，像半枯的黄叶，在悄悄的寒风里，作着悲哀的微响。“我明说罢：老张要买你！我打算在他提婚之际，把张师母救出来，现在已算失败，不用细说。第一步失败，第二步不能再延宕。就是你有合适的人，我赶快与你们立了婚约。我呢，对不起老张，只好一死！”

“叔父，你想我和李应要是有心的，能叫你死不能？”李静的声音颤了！

“静儿！把气稳下去！我活着怎见比死了强？这样的废物死了，除了你和李应哭我一场，以外别无影响。我宁愿死不愿见老张。他上次来，带着两个穿土色军衣的兵。他说：‘不还钱，送侄女，两样全不作，当时把你送到监牢里去！’那两个灰色的东西立在窗外喊：‘把他捆了走，不用费话！’……静儿！死了比这个强！”

“我不能看着你死，李应也不能！不能！不能！”她的脸变成灰色了！

“你听着！子女是该当享受子女的生命的，不是为老人活着！你要是不明白我的心，而落于老张之手，你想，我就是活着，不比死还难过？断送个半死的老人和一个青年，那个便宜，事情为什么不找便宜的作？我只要听你的事，告诉我！”

“姑母管束很严，我见不着生人，除了王德。”

“王德是个好孩子！”

“我们还都年青。”

“爱情是年青人讲的！好！静儿！我去和你王伯父商议。”

“可是我不能听着你寻死，叔父！”

“静儿！风小一点了，进城罢！我明白你们，你们不明白我！姑娘回去罢，问你姑父姑母好！”老人立起来，颤着把手扶在她肩上细细的端详她。她不能自制的哭了。

“静儿，走罢！唉！……”

# 第二十一

李静昏昏沈沈的进了德胜门，风是小了，可是泪比来的时候被风吹出来的更多了！

过了德胜桥，街上的人往前指着说："看！董善人！"一个老妇人急切的向一个要饭的小姑娘说："还不快去，董善人在那里，去！"

李静也停住看：一位老先生穿着一件蓝布棉袍盖到脚面，头上一顶僧帽，手中一挂串珠。圆圆的脸，长满银灰的胡子，慈眉善目的。叫花子把他围住，他从僧帽内慢慢掏，掏出一卷钱票，给叫花子每人一张。然后狂笑了一阵，高朗朗的念了一声"阿弥陀佛"！

李静心中一动，可是不敢走上前去，慢慢的随着那位老先生往南走。走过了蒋养房东口，那位先生忽然又狂笑了一阵，转过身来往回走，进了到银锭桥去的那条小巷。李静看着他进了小巷，才开始往姑母家走。

她低着头走，到了护国寺街东口。

"静姐！你回来了！"

王德立在一个铺子的外面，脸冻的通红。

"静姐！我的事成功了！"他像小孩子见着亲姐姐一样的亲热。

"是吗？"她说。

“是！给大强报校对稿子，访新闻。二年之后，凭我的才力，就是主笔。姐姐！你知道主笔都是文豪！”

“王德！”

“在！”

“姑母在家没有？”

“上铺子和姑父要钱去了。”

“快走，到家我告诉你要紧的事。”

“得令！”

王德随着赵姑父在天桥戏棚听过一次文武带打的戏。颇觉得戏剧的文学，有短峭明了的好处，每逢高兴，不知不觉的用出来。

两个人到了家，李静急切的对王德说：“王德！你去给我办一件事，行不行？”

“行！可是等我说完我的事。”

“王德！”李静急得要哭，“我求你立刻给我办事去！”

“不！我要不先告诉明白你我的事，我心里好像藏着一条大蟒，一节一节的往外爬，那是这么一件事，我今天……”

“王德！你太自私了！你不爱我？”

“我不爱你，我是个没长犄角的小黄牛！”

“那么我求你作事，为什么不注意听？”

“说！姑娘！我听！说完你的再说我的！”

“你知道北城有一位董善人？你去给我打听他的住址。”

“你打听他作什么？”

“你要是爱我，请不必细问！”

“今天的事有些玄妙！不准问，不准说！好！不问就不问，王德去也！”

王德扯腿往外跑，邦的一声开开街门，随着“哎哟”了一声。李静跟着跑出来，看见王德一手遮着头，一手往起竖门闩。

“王德！打着没有？”

“没有！除了头上添了一个鹅峰。”王德说罢又飞跑去了。

不到十分钟，王德跑回来。

“王德，你的头疼不疼？”她摸了摸他的头依然是滚热的。

“不疼！静姐！我跑到街上，心生一计：与其到北城打听，不如去问巡警。果然巡警告诉我那位善人的住址，是在银锭桥门牌九十八号，你的事完了，该我说了罢？”

“说罢。”

“姐姐！你有什么心事？‘说罢’两个字不像你平日的口气。”

“没有心事，你的事怎样？”

“作访员，将来作主笔！这绝不是平庸的事业！你看，开导民智，还不是顶好的事？”

“你要作文章，写稿子，报馆要是收你的稿件才怪！”

“静姐，你怎么拿我取笑！”王德真不高兴了。

“你不信我的话，等姑父回来问他，听他说什么！”

“一定！问了姑父，大概就可以证明你的话不对！”王德撅了嘴，心里想：怎样作稿子，怎样登在报上，怎样把有自己的稿子的报，偷偷放在她的屋里，叫她看了，她得怎样的佩服。……

李静想她自己的事，他想他自己的事，谁也不觉寂寞的彼此看着不说话。

李应回来了。

“李应！好几年没见！”王德好容易找到一个爱听他的事情的，因为李静是不愿听的。

“王德，怎么永远说费话？今天早晨还见着，怎就好几年？”李应又对他姐姐说：“叔叔说什么来着？”

“对，姐弟说罢！今天没我说话的地方！”

“王德！别瞎吵！”李应依旧问她：“叔父怎样？”

“叔父身体照常，只嘱咐你好好作事。”李静把别的事都掩饰住。

“王德你的事情？”李应怕王德心里不愿意，赶快的问。

“你问我？这可是你爱听？好！你听着！”王德可得着个机会。“今天我出城，遇见一位亲戚，把我介绍到大强报报馆，一半作访员，一半作校对。校对是天天作，月薪十元；访稿是不定的，稿子采用，另有酬金。明天就去上工试手。李应，学好了校对和编稿子，就算明白了报馆的一大部分，三二年后我自己也许开个报馆。我决不为赚钱，是为开通民智，这是地道的好事。”

王德说完，专等李应的夸奖。

“错是不错。”李应慢慢的说：“只是世界上的事，在亲自经验过以前，先不用说好说坏。”

“好！又一个闷雷！在学堂的时候我就说你像八十岁的老人。你说话真像我老祖！”王德并没缺了笑容。

“事实如此！并不是说我有经验，你没有。”

“我到底不信！世界上的事就真是好坏不能预料的吗？”

“你不明白我的意思，王德！等有工夫咱们细说，现在我要想一想我自己的事。”

李应说完走到自己的屋去，李静去到厨房作晚饭，只剩下王德自言自语的说：

“对！咱也想咱自己的事！”

## 第二十二

老张对龙树古下了“哀的美敦书”：

“老龙！欠咱的钱，明天不送到，审判厅见！如有请求，钱不到人到，即仰知悉！张[印]”

龙树古慌了，立刻递了降书，约老张在新街口泰丰居见面，筹商一切条件；其茶饭等费概由弱国支付！

双方的战术俱不弱，可是由史学家看，到底老张的兵力厚于老龙，虽然他是军官，救世军的军官。

双方代表都按时出席，泰丰居的会议开始。

“老龙！说干脆的！大块洋钱你使了，现在和咱充傻，叫作不行！”老张全身没有一处不显着比龙树古优越，仰着头，半合着眼，用手指着老龙。

“慢慢商议，不必着急。”龙军官依然很镇静。

“不着急是儿子！晶光的袁世凯脑袋，一去不回头，你不着急，我？没办法，审判厅见！”老张扭着头不看老龙，而看着别的茶客吃东西。

“打官司，老张你不明白法律。”

“怎么？”

“你看，现在打官司讲究请律师。假如你争的是一千元的财产，律师的费用，就许是五六百。打上官司，三年五年不定完案不完，车钱你就赔不起。即使胜诉，执行之期还远得很，可是车饭和律师出厅费是现款不赊。你要惜钱不请律师，我请，律师就有一种把没理说成有理的能力。”

“我很有几位法界的朋友，”龙军官不卑不亢的接着说：“他们异口同声的说，宁受屈别打官司，除了有心争气，不计较金钱损失的。老张你平心静气的想想，顶好我们和平着办，你不信呢，非打官司不可，我老龙只有奉陪！”

老张翻了翻眼珠，从脑子里所有的账本，历史，翻了一个过。然后说：

“打官司与否，是我的自由，反正你成不了原告。你的话真罢假罢，我更没工夫想。不过老龙你我的交情要紧，似乎不必抓破了脸叫旁人看笑话。你到底怎么办？”

“慢慢的还钱。”

“别故意耍人哪，老龙！这句话我听过五百多回了！”

“你有办法没有？”

“有！只怕你不肯干！”

“咱听一听！”

“还是那句话，你有那么好的姑娘，为什么不可以得些彩礼，清理你的债务？”

“没有可靠的人替我办，彩礼也不会由天上飞下来，是不是？”

“你看这里！”老张指着他自己的鼻梁说：“你的女儿就和我的一样，只要你肯办，老张敢说：作事对得住朋友！”

“你的计划在那里？”

“你听着，你看见过孙八爷没有？”

“不就是那位傻头傻脑的土绅士吗？”

“老龙，别小看了人！喝！土绅士？人性好，学问好。而且是天生下来的财主！”

“他有钱是他的。”

“也许是咱们的！孙八爷年纪不大，现在也不过三十上下。前者他和我说，要娶一位女学生。我听过也就放在脑后，后来我看见凤姑娘，才想起这桩事。凭姑娘的学问面貌，孙八的性格地位，我越看越是一对天造地设的漂亮小夫妇。可是我总没和你说。”

“没明说，示过意？”

“老龙，老朋友，别一句不让！”老张故意卖个破绽，示弱于老龙，因为人们是可以赢一句话而输掉脑袋的！“果然你愿意办，我可以去对孙八说。事情成了，姑娘有了倚靠，你清了债，是不是一举两得？现在听你的，说个数目。”

“三十万块钱。”

“老龙！”老张笑起来。“别要少了哇！总统买姑娘也犯不上化三十万哪！”

“要卖就落个值得，五个铜子一个，我还买几个呢！”

“这不是卖，是明媒正娶，花红轿往外抬！彩礼不是身价！”

“那末，不写字据？”

“这——，就是写，写法也有多少种。”

“老张！咱们打开鼻子说亮话：写卖券非过万不可，不写呢，一千出头就有商议。好在钱经你的手，你扣我的债。那怕除了你的债剩一个铜子呢，咱买包香片茶喝，也算卖女儿一场，这痛快不痛快？”

“你是朋友，拿过手来！”老张伸出手和龙军官热热的握了一握。“卖券不写，婚书是不可少的！”

“随你办，办得妥，你的钱就妥。不然，钱再飞了，咱姓龙的不负延宕债务的责任。有我的女儿，有孙八的钱，有你这个人，就这么办，我敬候好音！”

“好朋友！来！今天先请咱喝盅喜酒！”

弱国担负茶饭，已见降书之内，龙军官无法要了些酒菜喂喂老张。

泰丰居会议闭幕，外面的狂风又狂吼起来。老张勇敢而快活的冲着北风往家里走，好似天地昏暗正是他理想的境域！

# 第二十三

王德撅着嘴，冲着尖锐杀肉的北风往赵姑母家里走，把嘴唇冻的通红。已经是夜里一点钟，街上的电灯被风吹得忽明忽灭，好似鬼火，一闪一闪的照着街心立着的冷刺猬似的巡警。路旁铺户都关了门，只有几家打夜工的铜铁铺，依然叮叮的敲着深冬的夜曲。间断的摩托车装着富贵人们，射着死白的光焰，比风还快的飞过；暂时冲破街市上的冷寂。

这是王德到报馆作工的第七夜。校对稿件到十一点钟才能完事，走到家中至早也在十二点钟以后。因赵姑父的慈善，依然许王德住在那里，夜间回来的晚，白天可以晚起一些，也是赵姑父教给王德的。

身上一阵热汗，外面一阵凉风，结果全身罩上一层粘而凉的油漆。走的都宁愿死了也不愿再走，才到了赵姑父家。他轻轻开开门，又轻轻的锁好，然后蹑足屏气的向自己屋里走。北屋里细长的呼声，他立住听了一会儿，心里说道："静姐！我回来了！"

王德进到自己屋里，把蜡烛点上，李应的眼被烛光照得一动一动的要睁开，然后把头往被窝里钻进去。

"李应，李应！"王德低声的叫。李应哼了一声，又把头深深的藏在被里。王德不好意思把李应叫醒，拿着蜡烛向屋内照了一照，看见李应床下放着一双新鞋。然后熄了蜡烛上床就寝。

王德睡到次日九点钟才醒，李应早已出去。

“王德！该起来了！”窗外李静这样说。

“就起。”

“昨天什么时候回来的？”

“不用说，昨天我要没血性，就死在外面了！”

“午后出去不？”

“不一定。”

“姑母下午出城去看叔父。”

“好！我不出去，有话和你说。”

“我也想和你谈一谈。”

李静到厨房去作事，王德慢慢的起来，依然撅着嘴。

赵姑母预备出门，比上阵的兵丁繁琐多了，诸事齐备，还回来两次：一次是忘带了小手巾，一次是回来用碟子盖好厨房放着的那块冻豆腐。

赵姑母真走了，王德和李静才坦然坐在一处谈话。

“姐姐，谁先说？”

“你先说，不然你也听不下去我的。”她温媚的一笑。

“好姐姐！我现在可明白你与李应的话了！你们说我没经验，说我傻，一点不假！说起来气死人，姐姐，你想报馆的材料怎么来的？”

“自然是有人投稿，主笔去编辑。”

“投稿？还编辑？以前我也那样想。”

“现在呢？”

“用剪子！”

“我不明白你的意思。”

“东一块西一块用剪子剪现成的报，然后往一处拼，他们的行话叫作‘剪子活’!”

“反正不是你的错处。”

“我不能受！我以为报纸的效用全没了，要这样办！还有，昨天我写了一个稿子，因为我在路上看见教育次长的汽车轧死一个老太太，我照实的写了，并没有加什么批语，你猜主笔说什么？他说：‘不愿干，早早的走，别给我惹是非。你不会写一辆汽车撞死一个无名女人，何必一定写出教育次长的车？’我说：‘我看见什么写什么，不能说谎！’主笔拍着桌子和我嚷：‘我就不要你说实话！’姐姐！这是报馆！我不能再干！我不能说谎欺人！”

“可是事情真不易找，好歹忍着作罢！”李静很诚恳的安慰他。

“良心是不能敷衍的！得！我不愿再说了，你有什么事？”

“唉！”李静把手放在膝上，跟着笑了一笑，她天生来的不愿叫别人替她发愁。

王德看出她的心事，立刻又豪气万丈，把男儿英雄好义的气概拿出来，把手轻轻的放在她的手背上。

“姐姐！我可以帮助你吗？这样世界我活够了，只愿为知己的一死！那是痛快事！”

“兄弟，我所以不愿意对你说的缘故，也就是因为你年青好气。为我的事，不用说丧了你的命，就是伤了一块皮肤，我也不能作！”她松松握住他的手。

“姐姐！假如你是男的，我愿帮助你，况且你是女的，到底什么事？”

“我只能对你说，你可千万别告诉李应，他的性情并不比你温和。我不怕死，只怕死一个饶一个不上算，不聪明。”

“到底什么事？人要不完全和牛马一样，就该有比牛马深挚的感情！姐姐快说！”王德把腰板挺直这样说。

“你记得有一次你说老张要对我作什么？”

“我记得，姑母进来，所以没说完。”

“还是那件事，你知道？”

“知道！现在怎样？”

“我现在的心愿是不叫叔父死！我上次为什么叫你去打听那位董善人？”

“到如今我还不明白。”

“也是为这回事。我的心愿是：求那位善人借给我叔父钱还老张，我情愿给善人当婢女。可是我已见过他了，失败了！”李静呆呆的看着地上，停住说话。

“姐姐，详细说说！”他把她的手握紧了些。

“我乘姑母没在家，去找了那位善人去。恰巧他在家，当时见了我。我把我的心愿说给他听，他是一面落泪一面念佛。等我说完，他把我领到他的后院去，小小的一间四方院，有三间小北房，从窗眼往外冒香烟，里面坐着五六个大姑娘，有的三十多岁，有的才十七八岁，都和尼姑一样坐在黄布垫上打着木鱼念经。我进去，只有那个最年青的抬头看了看我。其余的除把声音更提高了一些，连眼皮也没有翻。”

“尼姑庵？”王德好像问他自己。

“我看了之后，善人又把我领到前面去，他开始说话：‘姑娘你要救叔父是一片孝心’，‘百善孝为先’，我是情愿帮助你的。可是你要救人，先要自救。你知道生来‘女身’，是千不幸万不幸，就是雌狐得道也要比雄狐迟五百年，才能脱去女身，人类也是如此。不过童女还比出嫁的强，因为打破欲关，净身参道，是不易得的。那几个姑娘，两个是我的女儿，其余的都是我由火坑内救出来的。我不单是由魔道中把她们提拔出来，还要由人道把她们渡到神道里去。姑娘，我看你沈静秀美，道根决不浅，假如你愿意随我修持，你叔父的钱是不难筹措。’我迟疑了半天没有回答他，他又接着说：‘姑娘，这件事要是遇在十年前，我当时就可以拿钱给你；现在呢，我的财产已完全施舍出去。我只觉得救人灵魂比身体还要紧。你愿意修行呢，我可以写个捐册，去找几位道友募化，他们是最喜欢听青年有志肉身成圣的。不然，我实在无法去筹钱。姑娘你想，社会上这么多苦人，我们只要拿金银去延长他们的命，而不拔渡他们的灵魂，可有什么益处；况且也没有那么些金银？你先回去，静心想一想，愿意呢，我有的是佛经，有的是地方，你可以随着她们一同修持。这是你自己的事，你的道气不浅，盼你别把自己耽误了！世上有人给你钱，可是没人能使你超凡入圣，你自己的身体比你叔父还要紧，因为你正是童身，千金难买，你叔父的事，不过才几百块钱！’我当时没有回答他，就回家来了。”

“到底你愿当尼姑不？”

“为什么我愿意？”

“你不愿意，他自然不借给你钱！”

“那还用说！”李静的脸变白了。

“姐姐！我们为什么不死呢？”王德想安慰李静，不知说什么好，不知不觉的把这句话说出来。

“王德！要是少年只求快死，世界就没人了！我想法救叔父，法子想尽，嫁老张也干，至于你我，我的心是你的，你大概明白我！”

她不能再支持了，呜咽咽哭起来。他要安慰她，要停住她的哭，可是他的泪比她的还多。

# 第二十四

王德与李静对哭，正是赵姑母与李静的叔父会面的时候。赵姑母给她兄弟买的点心，茶叶，三大五小的提在手内，直把手指冻在拴着纸包的麻绳上，到了屋内向火炉上化了半天，才将手指舒展开，差一些没变成地层内的化石。

她见了兄弟，哭了一阵，才把心中的话想起来，好似泪珠是妇女说话的引线。她把陈谷子烂芝麻尽量的往外倒，她说上句，她兄弟猜到下句，因为她的言语，和大学教授的讲义一样，是永远不变，总是那一套。

有人说妇女好说话，所以嘴上不长胡子，证之赵姑母，我相信这句话有几分可信。

说来说去，说到李静的婚事问题。

“兄弟！静儿可是不小了，男大当娶，女大当嫁，可别叫她小心里怨咱们不作人事呀！再说你把她托付给我，她一天没个人家，我是一天不能把心放下。女儿千金之体，万一有些差错，咱们祖宗的名声可要紧呀！”

“自然……”

“你听我的，”她不等他说完，抢着说：“城里有的是肥头大耳朵的男子，选择个有吃有穿的，把她嫁出去，也了我们一桩心事。不然姑娘一过了二十五岁，可就不易出手啊！我们不能全随着姑娘的意思，婚事是终身大事，长的好不如命儿好；就说半壁街周三的儿子，脸上一千多个麻子，嘴还歪在一边，人家也娶个一朵花似的大姑娘。别看人家脸麻嘴歪，真能挣钱，一月成千论百的往家挣。我要有女儿，我也找这样的给！我不能随着女儿的意思，嫁个年青俊俏的穷小子。兄弟，你说是不是？”

“也忙不得。”她兄弟低声的说。

“兄弟，你不忙，你可不知道我的心哪！你不进城，是不知道现在男女这样的乱反。我可不能看着我的侄女和野小子跑了！什么事到你们男人身上，都不着急，我们作妇人的可是不那样心宽。我为静儿呀，日夜把心提到嘴边来！她是个少娘无父的女孩子，作姑母的能不心疼她？能不管束她？你不懂，男人都是这样！”这位好妇人说着一把一把的抹眼泪。

她把点心包打开，叫兄弟吃，她半哭半笑的说：

“兄弟，吃罢！啊！没想到你现在受这个罪！兄弟！不用着急，有姐姐活着，我不能错待了你！吃罢！啊！我给你挑一块。”她拿了一块点心递给他。

他把一口点心嚼了有三分钟，然后还是用茶冲下去。他依然镇静的问：

“姐姐！假如现在有人要娶静儿，有钱有势力，可以替我还了债，可是年岁老一点。还有一个是姑娘心目中的人，又年青又聪明。姐姐你想那一个好？”

“先不用问那个好，我就不爱听你说姑娘心目中有人。我们小的时候，父母怎样管束我们来着？父母许咱们自己定亲吗？要是小人们能办自己的事，那么咱们这群老的是干吗的？我是个无儿无女的老绝户，可是我不跟绝户学。我爱我侄女和亲生的女儿一样，我就不能看着她信意把她自己毁了！我就不许她有什么心目中人，那不成一句话！”

好妇人越说越有理，越说越气壮，可惜她不会写字，要是她能写字，她得写多么美的一篇文字！

“那么，你的意思到底怎样？”他问。

“只要是你的主意，明媒正娶，我只等坐红轿作送亲太太！你要是不作主呢，我可就要给她定婚啦！你是她叔父，我是她姑母，姑奶奶不比叔父地位低，谁叫她把父母都死了呢！我不是和你兄弟要姑奶奶的脾气，我是心疼侄女！”

“我明白了！”他低头不再说。

“兄弟你本来是明白人！说起来，应儿现在已经挣钱成人，也该给他张罗个媳妇了！你可不知道现在年青人心里那个坏呀！”

“慢慢的说罢！不忙！”他只好这样回答她。

赵姑母又说了多少个女子，都可给李应作妻子。鞋铺张掌柜的女儿，缠得像冬笋那样小而尖的脚；李巡长的侄女，如何十三岁就会缝大衫；……她把这群女子的历史，都由她们的曾祖说到现在，某日某时那个姑娘在厨房西南角上摔了一个小豆绿茶碗，那个茶碗碎成几块，又花了几个钱，叫锯碗的钉上几个小铜钉，源源本本的说来。她的兄弟听不清，我也写不清，好在历史本来是一本写不清的糊涂账！

## 第二十五

住在北京城而没到过中央公园[1]的，要不是吝惜十个铜元，是没有充分的时间丢在茶桌藤椅之间；要不是憎嫌那伟壮苍老的绿柏红墙，是缺乏赏鉴白脸红唇蓝衫紫裤子的美感；要不是厌恶那雪霁松风，雨后荷香的幽趣，是没有排御巴黎香水日本肥皂的抵抗力。假如吝惜十枚铜元去买门票，是主要原因，我们当千谢万谢公园的管理人，能体谅花得起十枚铜元的人们的心，不致使臭汗气战胜了香水味。至于有十个铜元而不愿去，那是你缺乏贵族式的审美心，你只好和一身臭汗，满脸尘土的人们，同被排斥于翠柏古墙之外，你还怨谁？

王德住在城里已有半年，凡是不买门票随意入览的地方，差不多全经涉目。他的小笔记本上已写了不少，关于护国寺庙会上大姑娘如何坐在短凳上喝豆汁，土地庙内卖估衣的怎样一起一落的唱着价钱，……可是对于这座古庙似的公园，却未曾瞻仰过，虽然他不断的由天安门前的石路上走。

他现在总算挣了钱，挣钱的对面自然是花费；于是那座公园的铁

---

① 中央公园，即今中山公园。

门拦不住他了。他也一手交票，一面越着一尺多高的石门限，仰着头进去了。

比护国寺，土地庙……强多了！可是，自己的身分比在护国寺，土地庙低多了！在护国寺可以和大姑娘们坐在同一条板凳上，享受一碗酸而浓于牛乳的豆汁。喝完，一个铜元给出去，还可以找回小黄铜钱至于五六个之多。这里，茶馆里的人们：一人一张椅子，一把茶壶，桌上还盖着雪白的白布。人们把身子躺在椅子上，脚放在桌上，露出红皮作的鞋底连半点尘土都没有，比护国寺卖的小洋镜子还亮。凭王德那件棉袄，那顶小帽，那双布鞋，坐在那里，要不过来两个巡警，三个便衣侦探，那么巡警侦探还是管干什么的！

他一连绕了三个圈，然后立在水榭东边的大铁笼外，看着那群鸭子，（还有一对鸳鸯呢！）伸着长长的脖子，一探一探的往塘畔一条没有冻好的水里送。在他左右只有几个跟着老妈的小孩子娇声细气的嚷："进去了！又出来了！嘴里衔着一条小鱼！……"坐大椅子的人们是不看这个的。

他看了半天，腿有些发酸。路旁虽有几条长木椅，可是不好意思坐下，因为他和一般人一样的，有不愿坐木椅的骄傲。设若他穿着貂皮大氅稳稳当当的坐在木椅上，第二天报纸上，也许有一段"富而无骄，伟人坐木椅"的新闻，不幸他没有那件大氅，他要真坐在那里，那手提金环手杖的人们，仰着脸，鼓着肚皮，用手杖指着那些古松，讲究画法，王德的鼻子，就许有被手杖打破之虞！

"还是找个清静的地方去坐！"他对自己说。

他开始向东，从来今雨轩前面绕过北面去。更奇怪了！大厅里坐着的文明人，吃东西不用筷子，用含有尚武精神的小刀小叉。王德心里想：他们要打起架来，掷起刀叉，游人得有多少受误伤的！

吃洋饭，喝洋茶，而叫洋人拿茶斟酒，王德一点也不反对。因为他听父亲说过：几十年前，洋人打破北京城，把有辫子的中国人都拴起来用大皮鞭子抽。（因此他的父亲到后来才不坚决的反对剪发。）那么，叫洋人给我们端茶递饭，也还不十分不合人道。不过，要只是吃洋饭，喝洋茶，穿洋服，除给洋人送钱以外，只能区区的恫吓王德，王德能不能怕这冒充牌号的二号洋人！

然而王德确是失败了，他从家里出来的时候，虽没有像武官们似的带着卫兵，拿着炸弹，可是他脑中的刀剑，却明晃晃的要脱鞘而出的冲杀一阵。可怜，现在他已经有些自馁了："我为何不能坐在那里充洋人？"他今日才像雪地上的乌鸦，觉出自己的黑丑，自己的寒酸！千幸万幸，他还不十二分敬重"二号洋人"，这些念头只在他心上微微的划了一道伤痕，而没至于出血；不然，那些充洋人的不全是胎里富，也有的是由有王德今日的惭愧与希企而另进入一个新地域的！

王德低着头往北走，走到北头的河岸，好了，只有一片松林，并没有多少游人。他预料那里是越来越人少的，因为游公园的人们是不往人少的地方出闷锋头的。

他靠着东墙从树隙往西边的桥上看，还依稀的看得出行人的衣帽。及至他把眼光从远处往回收，看见一株大树下，左边露着两只鞋，右边也露着两只，而看不见人们的身体。那容易想到是两个人背倚着树，面向西坐着，而把脚斜伸着。再看，一双是男鞋，一双是女鞋，王德又大胆的断定那是一男一女。

王德的好奇心，当时把牢骚赶跑，蹑足潜踪的走到那株树后，背倚树干，面朝东墙，而且把脚斜伸出去坐下。你想："假若他们回头看见我的脚，他们可以断定这里一共六只脚，自然是三个人。"

他坐下后，并听不见树那边有什么动静，只好忍耐着。看看自己的脚，又回头看看树那边的脚；看着看着，把自己的脚忽然收回来，因为他自己觉得那么破的两只鞋在这样美丽的地方陈列着，好像有些对不起谁似的。然而不甘心，看看树那边的鞋破不破。如果和我的一样破，为什么我单独害羞。他探着头先细细看那双男鞋，觉得颇有些眼熟。想起来了，那是李应的新鞋。

“真要是李应，那一个必是她——李静！”王德这样想。于是又探过头看那双女鞋，因为他可以由鞋而断定鞋的主人的。不是她，她的鞋是青的，这是蓝的。“不是静姐，谁？李应是见了女人躲出三丈多远去的。别粗心，听一听。”

树那边的男子咳嗽了两声。

“确是李应！奇怪！”他想着想着不觉的嘴里喊出来：“李应！”

“啊！”树那边好像无意中答应了一声。

王德刚往起立，李应已经走过来，穿着刺着红字的救世军军衣。

“你干什么来了，王德？”李应的脸比西红柿还红。

“我——来看‘乡人摊’！”

“什么？”

“乡人摊！”王德笑着说。

“什么意思？”

“你不记得《论语》上‘乡人摊，朝服立于阼阶？’你看那茶馆里的卧椅小桌，摆着那稀奇古怪的男女，还不是乡人摊？”

“王德，那是‘乡人傩’[1]，老张把字念错！”

“可是改成摊，正合眼前光景，是不是？”

两个人说着，从右边转过来一位姑娘。王德立刻把笑话收起，李应脸上像用钝刀刮脸那么刺闹着。倒是那位姑娘坦然的问李应：“这

① 乡人傩，“傩”读“挪”，旧时迎神驱疫的仪式。这里有意把“傩”改为“摊”，字形近似，变成了讽刺。

是你的朋友？”

“是，这就是我常说的那个王德！”

“王先生！”那位姑娘笑着向王德点了点头。

王德还了那位姑娘一个半截揖，又找补了一鞠躬，然后一语不发的呆着。

“你倒是给我介绍介绍！”她向李应说。

“王德，这是龙姑娘，我们在一处作事。”

王德又行了一礼，又呆起来。

李应不可笑，王德也不可笑，他们和受宫刑的人们一样的不可笑。而可怜！

龙凤的大方活泼，渐渐把两个青年的羞涩解开，于是三个人又坐在树下闲谈起来。

龙凤是中国女人吗？是！中国女人会这样吗？我“希望”有这么一个，假如事实上找不到这么一个。

李应，龙凤都拿着一卷《福音报》，王德明白他们是来这里卖报而不是闲逛。

三人谈了半天话，公园的人渐形多起来，李应们到前边去卖报，王德到报馆作工去了。

# 第二十六

北京的市自治运动，越发如火如荼进行的起劲。南城自治奉成会因为开会没有摇铃，而秩序单上分明写着“振铃开会”，会长的鼻子竟被会员打破。巡警把会所封禁，并且下令解散该会。于是城内外，大小，强弱，各自治团体纷纷开会讨论对待警厅的办法。有的主张缓进，去求一求内务总长的第七房新娶十三岁的小姨太太代为缓颊。有的主张强硬，结合全城市民向政府示威，龙树古的意见也倾向于后者。

龙树古在二郎庙召集了会议，讨论的结果，是先在城北散一些宣言，以惹起市民的注意，然后再想别的方法。

散会后老张把龙会长叫到僻静的地方，磋商龙凤的身价问题。老张说：孙八已经肯出一千元。龙树古说：一千出头才肯商议。老张答应再向孙八商议。龙树古又对老张说：如果不写卖券，他情愿送老张五十块钱，老张依然皱着眉说不好办，可是没说不要五十块钱。

“婚书总得写？”老张问。

“我们信教的，不懂得什么是婚书，只知道到教堂去求牧师祝婚。孙八要是不能由着我到教堂去行婚礼，那末我为什么一定随着他写婚书？”龙树古稳健而恳切的陈说。

“不写婚书，什么是凭据？别难为我，我是为你好，为你还清了债！”

“我明白，我不清债，谁卖女儿！不用说这宗便宜话！”

“我去和孙八说，成否我不敢定，五十元是准了？”

“没错！”

“好朋友！”

又是五十块！老张心里高兴，脸上却愁眉不展的去找孙八。

孙八散会后已回了家，回家自然是要吃饭。那么，老张为何也回孙八的家？

孙八才拿起饭碗，老张也跟着拿起饭碗。孙八是在孙八家里拿起饭碗。老张也在孙八家里拿起饭碗。老张的最主要的二支论法的逻辑学，于此又有了切实的证明。他的二支论法是：

“你的就是我的，我的就是我的。”

“八爷！今天人家老龙高抬脚作主席，我的脸真不知道往那里放！”

“我的脸要没发烧，那叫不要脸！你多辛苦！”孙八气得像惹恼的小青蛤蟆一样，把脖子气得和肚子一般粗。

“可是，不用生气。那个穷小子今天递了降书，挂了白旗。”

“什么降书？”孙八以为“降书”是新出版的一本什么书。

“八爷！你是贵人多忘事，你的事自己永远不记着。也好，你要作了总统，我当秘书长。不然，你把国家的事也都忘了。”

孙八笑了，大概笑的是“你作总统”。

“你没看见吗？”老张接着说：“今天老龙立在台上，只把眼睛钉在你身上。散会后他对我说，凭八爷的气度面貌，决不委屈他的女儿。这就是降书！现在饭是熟了，可别等凉了！八爷你给个价钱！”

“我还真没买过活人，不知道行市！”孙八很慎重的说。

“多少说个数目！”

“我看一百元就不少！”孙八算计了半天，才大胆的说。

老张把饭碗放下，掩着嘴，发出一阵尖而不近人情的怪笑。喉内格格的作响，把饭粒从鼻孔射出，直笑的孙八手足无措，好像白日遇见了红眼白牙的笑鬼！

“一百元？八爷！我一个人的八爷！不如把一百元换成铜元，坐在床上数着玩，比买姑娘还妥当！我的八爷！”跟着又是一阵狂笑，好像他的骨髓里含着从远祖遗传下来的毒质，遇到机会往外发散。

“太少？”孙八想不起说什么来。

“你想想，买匹肥骡子得几百不？何况那么可爱的大姑娘！”

“你也得替我想，你知道叔父的脾气，他要知道我成千论百的买人，能答应我不能？”

“可有一层啊，买人向来是秘密的事，你不会事前不对他说；事后只说一百元买的，这没什么难处。再说为入政界而娶妾，叔父自有喜欢的，还闹脾气？你真要给叔父买个小老婆，我准保叔父心花笑开骂你一阵。老人们的嘴和心，比北京到库伦还远，你信不信？”

“就是，就是！到底得用多少？”孙八明白了！像孙八这样的好人，糊涂与明白的界线是不很清楚的。

小孩子最喜欢出阁的姐姐，因为问一答十，样样有趣，而且说的是别一家的事。孙八要是个孩子，老张就是他出阁的姐姐，他能使孙八听到别一世界的事，另一种的理。

“卖古玩的不说价钱，凭买主的眼力，你反正心里有个数！”

“辛苦！张先生！我真不懂行！”

要都是懂行的，古玩铺去赚谁的钱！要都是懂行的，妓女还往谁身上散布杨梅！

“这么着，我替老龙说个数，听明白了，这可是我替老龙说，我可分文不图！据老龙的意思，得过千呢！”老张把手左右的摆，孙八随着老张的手转眼珠，好似老张是施展催眠术。

“过千——”

“哼！要写卖券，还非过万不行呢！照着亲戚似的来往，过千就成！”

“自然是走亲戚好！到底得一千几？”

说也奇怪，老实人要是受了催眠，由慎重而变为荒唐比不老实人还快。

“一千出头，那怕是一千零五块呢。”

“就是一千零五罢！”孙八紧着说，惟恐落在后头。

“哈哈……！八爷你太妙了！我说的是个比喻！假如你成千累万的买东西，难道一添价就是五块钱吗？”

孙八低着头计算，半天没有说话。

“八爷！老张可不图一个芝麻的便宜啊！你的钱，老龙的姑娘，咱们是白跑破了一对红底青缎鞋！好朋友爱好朋友，八爷，说个痛快的！”

老张是没机会到美国学些实验心理学，可惜！不然，岂止于是一位哲学家呢！老张是没有功夫多写文章，可惜！不然他得写出多么美的文字！

话虽说了不少，饭可是没吃完。因为吃几口说几句话，胃中有了休息的时候，于是越吃越饿，直到两点多钟，老张才说了一句不愿意说而不能不说的“我够了！”其实主要的原因，还是因为桌上的杯盘已经全空了。

饭后老张又振荡有致的向孙八劝诱。孙八结果认拿一千二百元作龙凤的身价。

“八爷！大喜！大喜！改日喝你的喜酒！”

# 第二十七

除了李应姊弟与赵老夫妇外，王德的第一个朋友要算蓝小山。蓝先生是王德所在的报馆的主任，除去主笔，要属蓝先生地位为最优。要是为他地位高，而王德钦敬他，那还怎算的了我们的好王德！实在，蓝先生的人格，经验，学问，样样足以使王德五体投地的敬畏。

王德自入报馆所写的稿子，只能说他写过，而未经印在报纸上一次。最初他把稿子装在信封里，交与主笔，而后由主笔扔在字纸篓里；除了他自己不痛快而外，未曾告诉过旁人，甚至于李氏姊弟；因为青年是有一宗自尊而不肯示弱于人的心。后来他渐渐和蓝先生熟识，使他不自主的把稿子拿出来，请蓝先生批评；于此见出王德和别的有志少年是一样，见着真有本事的人是甘于虚心受教的。有的稿子蓝先生批评的真中肯，就是王德自己是主笔，也不肯，至于不能，收那样的稿子。有的蓝先生却十分夸奖：文笔怎样通顺，内容怎样有趣；使王德不能不感激他的赏识，而更恨主笔的瞎眼。

蓝先生的面貌并不俊俏，可是风流大雅，王德自然不是以貌取人的。

蓝先生大概有二十五六岁，一张瘦秀椭圆的脸，中间悬着一支有棱有角的尖鼻。鼻梁高处挂着一对金丝蓝光小眼镜，浅浅的蓝光遮着一双“对眼”，看东西的时候，左右眼珠向鼻部集中，一半侵入眼角，好像鼻部很有空地作眼珠的休息室；往大了说，好似被天狗吞过一半，同时并举的日月蚀，不过有蓝眼镜的遮掩，从远处看不大出来。薄薄的嘴唇，留着日本式的小胡子，显出少年老成。长长的头发，直披到项部，和西洋的诗哲有同样的丰度。现在穿着一件黑羔皮袍，外罩一件浅黄色的河南绸大衫。手里一把白马尾拂尘，风儿吹过，绸大衫在下部飘起，白拂尘遮满前胸，长头发散在项后，上中下三部迎风乱舞，真是飘然欲仙。头上一顶青缎小帽，缝着一个红丝线结，因头发过厚的原因，帽沿的垂直线前边齐眉，后边只到耳际。足下一双青缎绿皮脸厚底官靴，膝部露着驼毛织的高筒洋式运动袜。更觉得轻靴小袖，妩媚多姿！

别的先不用说，单是关于世界上的教育问题的著作，据他告诉王德，曾念过全世界总数的四分之三。他本是个教育家，因与办教育的人们意见不合，才辞了教席而入报界服务。现在他关于“报馆组织学”和“新闻学”的书又念了全数的四分之三。论实在的，他真念过四分之四，不过天性谦虚，不愿扯满说话；加以“三”字的声音比“四”字响亮，所以永远说四分之三。

王德遭主笔的冷眼，本想辞职不干，倒是经蓝先生的感动，好似不好意思离开这样的好人。

“大生！”蓝先生送给王德的号是“大生”；本于“大德曰生”。王德后来见医生门外悬的匾额真有这么一句，心中更加悦服。而且非常骄傲的使人叫他“大生”。有的时候也觉得对他不十分恭敬似的，如果人们叫他“王德”。蓝先生说：“你的朋友叫什么来着？我说的是那个信耶稣教的。”蓝先生用右手食指弹着纸烟的烟灰，嘴中把吸进去的烟从鼻孔送出来，又用嘴唇把鼻孔送出来的烟卷进去，作一个小循环。一双对眼从眼镜框下边，往下看着烟雾的旋转，轻轻的点头，好似含着多少诗思与玄想！

“李应。”王德说。

“不错！我这几天写文章过多，脑子有些不大好。他为什么信教？”

“他——他本是个诚实人，经环境的压迫，他有些不能自信，又不信社会上的一切，所以引起对于宗教的热心。据我想这是他信教的原因，不敢说准是这样。”王德真长了经验，说话至于不把应当说的说圆满了！

“那是他心理的微弱！你不懂‘心理学’罢？”

“‘心理学’——”

“我从你头一天到这里就看出你不懂‘心理学’，也就是我的‘心理学’的应用。”

王德真感动了！一见面就看出懂不懂‘心理学’，而且是‘心理学’的应用！太有学问了！王德把自傲的心整个的收起来，率直的说：

“我不明白‘心理学’！”

“你自然不明白！就是我学了三年现在还不敢说全通。我只能说明白些‘宗教心理’，‘政治心理’，至于‘地理心理’，‘植物心理’，可就不大通了！好在我明白的是重要的，后几项不明白还不甚要紧。”

“到底‘心理学’是什么，有什么用？”王德恳切的问。

“‘心理学’是观察人心的学问！”

王德依旧不明白，又问：

“先生能给我一个比喻吗？”

“大生！叫我‘小山’，别天天叫先生，一处作事，就该亲兄弟一样，不要客气！至于举个例——可不容易。”蓝先生把手托住脑门，静静的想了三四分钟。“有了！你明白咱们主笔的脾气不明白？”

“我不明白！”王德回答。

“是啊！这就是你不明白‘心理学’的原因。假如你明白，你就能从一个人的言语，动作，看出他的心。比如说，你送稿子给咱们主笔，他看了一定先皱眉。你要是明白他的心理，就可断定这一皱眉是他有意收你稿子的表示，因为那是主笔的身分。他一皱眉，你赶快说：‘请先生删改’。你的稿子算准登出来。你要是不明白这一点，他一皱眉，你跟他辨别好歹，得，你就上字纸篓去找你的稿子罢！这浅而易懂，这就是‘心理学’！”

王德明白了！不是我的稿子不好，原来是缺乏‘心理学’的知识。但是人人都明‘心理学’，那么天下的事，是不是只要逢迎谄媚呢？他心中疑惑，而不敢多问，反正蓝先生有学问，纵然不全对，也比我强得多。

“是！我明白了！”王德只能这样回答！

“大生！以后你写稿子，不必客气，先交给我，我替你看了，再送给主笔，我敢保他一定采用。我粗粗的一看，并不费神，你一月多得几块钱，岂不很好！”蓝小山把将吸尽的烟头，猛的吸了一口，又看了看，不能再吸，才照定痰盂掷去。然后伸出舌头舐了舐焦黄的嘴唇。

“谢谢你的厚意。”王德着实感激小山。

“大生，你一月拿多少钱？”

“从报馆？”

“从家里！”

“我只从报馆拿十块钱，不和家里要钱。”王德很得意他的独立生活。

“十块钱如何够花的！”

“俭省着自有剩钱的！”

“奇怪！我在这里一月拿五十，还得和家里要六十，有时候还不够。我父亲在东三省有五个买卖，前任总统请他作农商总长，你猜他说什么？‘就凭总统年青的时候和我一同念书那样淘气，现在叫我在他手下作事，我不能丢那个脸！’你说老人家够多么固执！所以他现在宁多给我钱，也不许我入政界，不然我也早作次长了！”

王德又明白了：不怪小山那样大雅，本来人家是富家子弟，富家子弟而居然肯用功读书，毫无骄慢的态度，就太可佩服了！

“大生！”小山接着说：“你要真是能省钱，为何不储蓄起来？我不储蓄钱，可是永远叫朋友们作，谁能保事情永远顺心；有些积蓄，是最保险！”蓝小山顺手从衣袋中掏出几本红皮的小本子在王德眼前摆了一摆，然后又放在衣袋里。王德仿佛看见那些小红本上印着金字像“大同银行”的字样。蓝小山接着说：“我看不起金钱，可是不反对别人储蓄钱，因为贫富不同，不可一概而论的。我父亲的五个买卖之中，一个就是银号，所以朋友们很有托我给他们办理存款的事的。大生！你要有意存钱，不拘数目多么小，我可以帮你的忙！”

“是！等我过一两个月，把衣服齐整齐整，一定托你给我办。”王德心里不知怎样夸赞小山才好。有钱的人而能体谅没钱的，要不是有学问，有涵养，焉能有这样高明的见解。

“干什么买衣服？你看我！”小山掀起那件河南绸的大衫，“就是这件大衫，我还嫌他华丽，要不是有时候去见重要人，就这件袍罩我全不穿！肚子里有学问，不在穿得好坏。”

“那么我下月薪水下来就托你给我存在银行里两块钱！”王德不敢多说，因为每句话都被小山批评得恳切刺心。

“你也可以自己到银行里去！”

“我向来没上过银行。”

“交给我也好，好在存款的折子，你自己拿着，自然不至不放心！”

“你替我拿着，比我还可靠，那能不放心！”

“自然，这五本全是我朋友的存款单，一本也不是我自己的。”小山又指了指他自己的衣袋。

小山又说了些别的话，王德增长不少知识。然后小山进城去办事，王德开始作他的工作。

王德真喜欢了！自幼至今除了李应的叔父，还没遇过一个有学问像蓝小山的。就是以李应的叔父比蓝小山，那个老人还欠一些新知识。以李应比小山，李应不过是个性情相投的朋友，于学问上是得不着什么益处的，而小山，只有小山，是道德学问样样完美的真正益友！

王德欢欢喜喜的作完工，一路唱着走进城来。风还是很大，路上还是很静寂，可是快乐是打破一切黑暗的利器；而有好朋友又是天下第一的乐事，王德的心境何独不然。

## 第二十八

赵姑母又老掉了一个牙，恰巧落牙的时候，正是旧历的除夕；她以为这是去旧迎新的吉兆，于是欢欢喜喜的预备年菜。李静也跟着忙碌。赵姑父半夜才回来，三个人说笑一阵。赵姑母告诉丈夫，她掉了一个牙。他笑着答应给她安一个金牙，假如来年财神保佑铺子多赚些钱。她恐怕吞了金，执意不肯。于是作为罢论。

王德回家去过年，给父亲买了一条活鱼，有二尺长。给李应的叔父买了一支大肥鸡。王老者笑的把眉眼都攒在一处舍不得分开，开始承认儿子有志气能挣钱。他把鱼杀了，把鱼鳞抛在门外，冻在地上，以便向邻居陈说，他儿子居然能买一条二尺见长欢蹦乱跳的活鱼。

李应也回家看叔父，买了些食物以讨叔父的欢心。可是李老人依旧不言不语，心中像有无限的烦苦。

孙八爷带着小三，小四一天进城至于五六次之多，购办一切年货。小三，小四偷着把供佛的年糕上面的枣子偷吃了五个，小三被他母亲打了一顿，小四跑到西院去搬来祖父孙守备说情，才算脱出危险。

老张算账讨债，直到天明才完事。自己居然疯了似的喝了一盅酒，吃两个值三个铜元一个的鸡卵。而且给他夫人一顿白米粥吃——

一顿管饱的白米粥！老张因年岁的关系，志气是有些消沈，行为是有些颠狂！真给妻子一顿白米粥吃！

龙树古父女也不烧香，也不迎神，只是被街上爆竹吵的不能睡。父女围着火炉，闲谈一回，又玩一回扑克牌。

南飞生新近把劝学员（学务大人）由“署理”改为“实任”。亲友送礼庆贺者，不乏其人，他把他夫人的金镯典当三十块钱，才把礼物还清，好不忙碌。快乐能使人忙碌，忙碌也生快乐，南大人自然也忙也乐，或是且忙且乐！

蓝小山先生大除夕的还研究“植物心理学”，念到半夜又作了几首诗。蓝先生到底与众不同！

每个人有他自己异于别人的生趣与事业，不能一样，也无须一样。可是对于年节好似无论谁也免不了有一番感触，正如时辰钟到了一定的时候就响一声或好几声。生命好似量时间的机器！

…………

“新禧！新禧！多多发财！”人们全这样说着。

“大地回春，人寿年丰，福自天来，……”红纸黑字这样贴在门上。

新年！难道不是？

快乐！为什么不？

贺年！谁敢不去？

“！”对了！“？”自寻苦恼！

没告诉你世界就是那么一团乱气吗？

蜗牛负着笨重的硬壳，负着！

傻象（其实心里不傻）插着长而粗的牙，插着！

人们扛着沈而旧的社会，扛着！

热了脱去大衫，冷了穿上棉袍，比蜗牛冬夏常青穿着灰色小盖聪明多了！

社会变成蜗牛壳一样，生命也许更稳固。夏天露出小犄角，冬天去蛰宿，难道不舒服？

一时半刻那能变成蜗牛，那么，等着罢！

第一个到孙八家里贺年的，谁也猜得到是老张。孙八近来受新礼教的陶染，颇知道以“鞠躬”代“叩首”，一点也不失礼。可是老张却主持：既是贺旧历新春就不该用新礼。于是非给孙八磕头不可。他不等孙八谦让，早已恭恭敬敬的匍匐地上磕了三个头。然后又坚持非给八嫂行礼不可。幸而孙八还明白：老张是老师，万没有给学生家长内眷行礼的道理；死劝活说的，老张才不大高兴的停止。

中国是天字第一号的礼教之邦。就是那不甚识字的文明中国人也会说一句：“礼多人不怪。”

孙八受了老张的礼，心中好过不去；想了半天，把小三，小四叫进来，叫他们给老张行礼，作为回拜。

小三，小四还年幼，不甚明白什么揖让进退，谁也不愿意给老师磕头。孙八强迫着他们，小三磕了一个头站起就跑，小四把手扶在地上，只轻轻点了几点头。老师却不注意那个，反正有人跪在面前，就算威风不小。

两个人坐下闲谈，谈来谈去，又谈到老张日夜计划的那件事上。

“八爷，大喜！老龙已答应了你给的价钱！”

“是吗？”孙八仿佛听到万也想不到的事情！

“是！现在只听你选择吉期！钱自然是在吉期以前给他的！”

“他得给我字据，或立婚书！”孙八问。

“八爷！只有这一件事对不起你，我把嘴已说破，老龙怎么也不肯写婚书！他也有他的理由，他们信教的不供财神，和不供子孙娘娘，月下老人一样！他不要求你到教堂行婚礼，已经是让步！”老张锁着眉头，心中好像万分难过。

孙八看老张那样可怜，不好意思紧往下追，可是还不能不问：

“没婚书，什么是凭证？”

老张低着头，没有回答。

孙八也不再往上问。

“要不这么办，”老张眼中真含着两颗人造的泪珠。“八爷。你信得及我呢，把钱交给我，等你把人抬过来，我再把钱交给老龙。他知道钱在我手里不能不放心。八爷，你看怎样？再不然呢，我把我的新媳妇给你，假如你抱了空窝，受了骗！”

“你的新媳妇？张先生你可真算有心，为什么以前不告诉我？”

“以前跟你说过，我也有意于此，现在虽有七八成，到底还没定规准。”

“谁家的姑娘？”

“我只能告诉你，她是咱村里的，等大定规了，我再告诉你她的姓名。我很盼望和你能在同日结婚凑个热闹，只是一时不能办妥，怕你等不了我。”

“再有一两个月还不成？”

“不敢说。”

“快办，一块热闹！”孙八笑着说。

好人受魔鬼试探的时候，比不好人变的还快。孙八好像对于买姑娘贩人口是家常便饭似的随便说了，不但一点不以为奇，而且催着别人快办。世上不怕有蓝脸的恶鬼，只怕有黄脸的傻好人。因为他们能，也甘心，作恶鬼的奴仆，听恶鬼的指使，不自觉的给恶鬼扩充势力。社会永远不会清明，并不是因恶鬼的作祟，是那群傻好人醉生梦死的瞎捣乱。恶鬼可以用刀用枪去驱逐，而傻好人是不露形迹的在树根底下钻窟窿的。

孙八是个好人，傻好人，唯独他肯被老张骑着走。老张要是幸而有忏悔的机会，孙八还许阻止他。老张明白他自己，是可善可恶的，而孙八是一块黑炭，自己不知道自己怎么就黑了，而且想不起怎么就不黑了，因为他就没心。

“快！我紧着办！大概五月节以前可以妥当了！”老张说。

“好，我预备我的，你去快办你的！什么时候交钱，我听你的信。就照你的主意办！”

老张又给孙八出了许多主意，怎样预备一切，孙八一五一十的都刻在心上，奉为金科玉律。

老张告辞回家，孙八把他送出大门外，临别嘱咐老张：

“别叫叔父和你八嫂子知道了！”

## 第二十九

赵四何许人也？戏园饭店找不着他，公园文社找不着他……。他在我们面前，只在德胜桥摔破了腿，后来把李应介绍到救世军去。只知道他是赵四，他的父母，祖父母，当人们问他的时候，他只一笑的说："他们都随着老人们死了。"至于赵夫人，我们也只能从理想上觉得，似乎应当有这么一位女人，而在事实上，赵四说："凭咱的一副面孔，一件蓝小褂，也说娶妇生子？"

赵四在变成洋车夫以前，也是个有钱而自由的人。从他的邻居们的谈话，我们还可以得到一些现在赵四决不自己承认的事实。听说他少年的时候也颇体面，而且极有人缘在乡里之中。他曾在新年第二日祭财神的时候，买过八十多条小活鲤鱼，放在一个大竹篮内，挨着门分送给他的邻居，因为他们是没钱或吝啬买活鱼祭神的。他曾架着白肚鹰，拉着黄尾犬，披着长穗羊皮袍，带着烧酒牛肉干，到北山山环内去拿小白狐狸；灰色或草黄的，看见也不拿。他曾穿着白夏布大衫，青缎鞋，噗咚一声的跳在西直门外的小河里去救一个自尽的大姑娘。你看人们那个笑他！他曾招集逃学的学童们在城外会面，去到苇塘捉那黄嘴边的小苇雀，然后一同到饭馆每人三十个羊肉东瓜馅的煮饺子，吃完了一散。……

常人好的事，他不好；常人不好的事，他好。常人为自己打算的事，他不打算；常人为别人不打算的事，他都张罗着。

他的高兴还没尽，而他的钱净了！平日给人家的钱，因为他不希望往回讨，现在也就要不回来；而且受过他的好处的人，现在比没受过他的钱的还不愿招呼他。有好几次，他上前向他们道辛苦，他们扭转脖项，给他看后脑瓢。于是赵四去到城外，捡了一堆砖块，在城墙上用白灰画了个圆圈，练习腕力和瞄准，预备打他们的脑瓢。

在赵四想，这不过是一种游戏：有钱的时候用饺子耍你们，没钱的时候用砖块耍你们，性质本来是一样的。谁想头部不坚固的人们，只能享受煮饺子，而受不住砖块。有一次竟打破了一个人的脑袋而咕碌咕碌的往外冒动物所应有的红而浓的血。于是赵四被巡警拿到监狱中，作了三个月的苦力。

普通人对于下过狱的人们，往往轻描淡写的加以徽号曰“土匪”，而土匪们对于下过狱的人们，谥以嘉名曰“好汉”。那一个对？不敢说。

赵四被大铁链锁着的时候，并不觉得自己是土匪，也不自认为好汉。因为要是土匪，他的劣迹在那里？要是好汉，为什么被人家拿锁疯狗的链子拴上？

可是他渐渐明白了：有钱便是好汉，没钱的便是土匪，由富而贫的便是由好汉而土匪。他也明白了：人们日用的一切名词并没有定而不移的标准，而是另有一些东西埋伏在名词的背后。他并没改了他旧日的态度，他只是要明白到底怎么样才算一条好汉。而身入监狱，倒像给了他得以深思默想的好机会。有钱是好汉？没钱是土匪？他又从新估量了！

他又悟出一条笨道理来。作好汉不一定靠着钱，果然肯替别人卖命，也许比把钱给人更强。假如不买鲤鱼分送邻居，而替他们作几桩卖力气的事，或者他们不至于把我像鲤鱼似的对待，——鲤鱼是冷血动物，当然引不起热血动物的好感。

他想到这里，于是去找牢中的难友讨论这个问题。有的告诉他，帮助别人是自找无趣，金钱与心力是无分别的，因为不愿帮助人的，在受别人帮助后不会用自己不愿帮助别人的心想明白别人有爱人的心。不图便宜，谁肯白白替别人作事！有的笑着而轻慢的说，假若你把砖头打在国务总理脑袋上，你早到法国兵营，或荷兰使馆去享福了。用砖头打普通人是和给钱与他们一样不生好结果的。有的说，到底金钱是有用的，以金钱买名誉是货真价廉的；你以前的失败，是因为你的钱花的不当，而不是钱不肯叫你作好汉。在正阳门大街上给叫化子半个铜元，比在北城根舍整套的棉衣还体面；半夜出来要饭的是天然该饿死，聪明而愿作好汉的谁肯半夜黑影里施钱作好人！……

赵四迷惑了，然而在夜静的时候自己还觉得自己想的对。于是他出狱之后，早晨把家里的零碎东西拿到早市去卖，下半天便设法帮助别人，以实行他作好汉的理想。

有一次他把一个清道夫的水瓢抢过来替他往街心洒水，被巡警打了几拳，而且后来听说那个清道夫也被免了职。有一次他替邻家去买东西，他赔了十几多个铜元的车钱，而结果邻舍们全听说赵四替人家买东西而赚了钱！有一次他替一位病妇半夜里去请医生，医生困眼朦胧的下错了药，而人们全瞒怨赵四时运不济至于把有名的医生连累的下错了药！……

他灰心了！狱中想出的哲学到现在算是充分的证明，全不对！舍己救人也要凑好了机会，不然，你把肉割下来给别人吃，人们还许说你的肉中含有传染病的细菌。

他的东西卖净了，现在是自己活着与死的问题了！他真算是个傻老，生死之际还想那条吃饭的道路可以挣饭吃而又作好事。他不能不去拉洋车了，然而他依然想，拉洋车是何等义勇的事：人家有急事，咱拉着他跑，这不是舍命救人！

哈哈！坐车的上了车如同雇了两条腿的一个小牛，下了车把钱甚至于扔在地上，不用还说一声“劳驾”！或“辛苦了”！更难堪的，向日熟识的人，以至于受过赵四的好处的人，当看见他在路上飞跑的时候，他们嚷：“赵四！留神地上的冰，别把耳朵跌在腔子里去，跌进去可就不方便听骂啦！”他从前认识的和尚道士们称他为施主，为善人，现在却老着面皮向他说：“拉洋车的，庙前不是停车处，滚！”当赵四把车停在庙外以便等着烧香的人们的时候。

其实“拉洋车的”或是“洋车夫”这样的头衔正和人们管教书的叫“教员”，住在南海的那位先生叫“总统”有同样的意义，赵四决不介意在这一点上。不过有时候巡警叫他“怯八义”“傻铛铛”……赵四未免发怒，因为他对于这些名词，完全寻不出意义；而且似乎穷人便可以任意被人呼牛呼马而毫无抵抗力的。

“人是被钱管着的万物之灵！”老张真对了！赵四没有老张那样的哲学思想，只粗野的说：“没钱不算人！”

人们当困窘的极点或富足的极点，宗教的信仰最易侵入；性质是一样的，全是要活着，要多活！

可是赵四呢，信孔教的人们不管他，信吕祖的人们不理他，佛门弟子嘲笑他。这样，他是没有机会发动对于宗教的热心的。不幸，偏有那最粗浅而含洋气的救世军欢迎他和欢迎别人一样，而且管他叫“先生”。于是赵四降服了，往小处说，三四年了，就没听过一个人管他叫“先生”。其实赵四也傻，叫一声“先生”又算什么！“先生”和“不先生”分别在那里？而赵四偏有这一点虚荣心！傻人！

有学问的人嫌基督教是个好勇斗狠的宗教。而在赵四想：“学学好勇，和鬼子一般蛮横，顶着洋人的上帝打洋人，有何不可！”傻哉赵四！和别的普通中国人一样不懂大乘佛法，比普通中国人还傻，去信洋教！

赵四自入救世军，便一半给龙树古拉车，一半帮助教会作事，挣钱不多，而确乎有一些乐趣；至不济，会中人总称呼他“先生”。

# 第三十

赵四与李应是老街坊；李应在他叔父未穷的时候，也是住在城里的。……

李应在家里住了三天，也算过了新年。先到姑母家，然后到龙树古家，都说了些吉祥话。最后转到教会去找赵四。见了赵四，不好意思不说一句“新喜”！不是自己喜欢说，也不是赵四一定要他说，只是他觉的不说到底欠着一些什么似的。

“有什么可喜？兄弟！”赵四张着大嘴笑的把舌根喉孔都被看见，拉着李应的手问李老人身体怎样。他不懂得什么排场规矩，然而他有一片真心。

这时候会里没有多少人，赵四把他屋里的小火炉添满了煤；放上一把水壶，两个人开始闲谈。

赵四管比他年长的叫哥哥，小的叫兄弟。因为他既无子侄，又永远不肯受他人的尊称，所以他也不称呼别人作叔，伯，或祖父。他记得西城沟沿住的马六，在四十二岁的时候，认了一个四十岁的义父，那位先生后来娶了马六的第二个女儿作妾，于是马六由义子而升为老泰山。赵四每想起来，就替他们为难：设若马六的女儿生下个小孩子，应当算马六的孙呢，还是兄弟？若马六是个外国人，倒好办；不幸马六是中国人而必定把家庭辈数尊长弄的清清楚楚，欲清楚而不得，则家庭纲纪弛矣！故赵四坚持“无辈数主义”，一律以兄弟相称，并非仅免去称呼之繁歧，实有益于行为如马六者焉！

“兄弟！”这是赵四叫李应。“为什么愁眉不展的？”

“哼！”李应很酸苦的笑了一笑。

“有心事？”

“四哥！你明白这个世界上没有可乐的事！”

“好兄弟，别和四哥要文理，四哥不懂！我知道大饼十个铜元一斤，你要没吃的，我分给你半斤，我也吃半斤，这叫爱人。顺心的一块说笑；看着从心里不爱的呢，少理他；看着所不像人的呢，打，杀，这叫爱恶人；因为把恶人杀了，省得他多作些恶事，也叫爱人！有什么心事，告诉我，我也许有用！”

“四哥！我告诉你，你可别对外人说呀！”

“我和谁去说？对总统去说？人家管咱们拉洋车的臭事吗！”

屋中的火烧的红红的，赵四把小棉袍脱下来，赤着背，露着铁铸的臂膀；穿着一条一条的青筋。

“四哥！穿上衣服，万一受了寒！”

“受寒？屋里光着，比雪地里飞跑把汗冻在背上舒服的多！说你的事！”赵四说完，两只大手拍着胸膛；又把右臂一抡，从腋下挤出“瓜”的一声。

“我有两件事：一件是为自己，一件是为我姐姐！”李应慢慢的说。

“我知道小静儿，哼，不见她有几年了！”赵四腋下又“瓜”的响了一声。

“先说我自己的事！”李应脸红了！“四哥！你知道凤姑娘？”

“我怎么不知道，天天见。”

"年前龙军官对我说，要把她许给我。"

"自然你爱她！"赵四立起来。

"是！"

赵四跳起来，好似非洲土人的跳舞。腋下又挤的"瓜"的一声响，恰巧门外放了一个大爆竹，赵四直往腋下看，他以为腋下藏着一个炸弹。然后蹲在地上，笑的说不出话。

"四哥你怎么了？"李应有些起疑。

"好小子爱好姑娘，还不乐！"

"先别乐！我身上就这一件棉袍。手中分文没有，叫我还敢往结婚上想！我一面不敢过拂龙军官的好意，一面又不敢冒险去作，我想了几天也不敢和叔父说。"李应看着炉中的火苗，跳跳钻钻的像一群赤着身的小红鬼。

"定下婚，过几年再娶！"

"四哥，你还不明白这件事的内容。"

"本来你不说，我怎能明白！"

"龙军官欠城外老张的钱，现在老张迫着他把凤姑娘给城外孙八作妾，所以龙军官急于叫我们结婚，他好单独对付老张。说到老张，就与我的姐姐有关系了：他要娶我姐姐折我叔父欠他的债。我第一不能结婚，因为又年青又穷；第二我不能只管自己而把我叔父和姐姐放在一旁不管……"

"兄弟！你要这么告诉我，我一辈子也明白不了！老张是谁？孙八是怎么个东西？"赵四把眼睛瞪的像两个肉包子，心中又着了火。

李应也笑了，从新把一切的关系说了一遍。

"是杀老张去，还是用别的法子救她？"李应问。

"等等！咱想一想！"赵四把短棉袄又穿上，脸朝着墙想。

"兄弟！你回家去！四哥有办法！"

“有什么办法？”

“现在不能说，一说出来就不灵验了！”

李应又坐了一会儿，赵四一句话也没说。李应迷迷糊糊的走出教会，赵四还坐在那里像位得道的活神仙。

# 第三十一

蓝小山告诉王德，他每天到饭馆吃饭至少要用一块半钱，而吃的不能适口。王德不晓得一块多钱的饭怎样吃法，因为他只吃过至多二毛钱一顿的；可是不能不信没有这样的事，虽然自己没经验过。

报馆开张了，王德早早的来上工。他一进门只见看门的左手捧着一张报纸，上面放着一张薄而小的黑糖芝麻酱饼；右手拿着一碗白开水往蓝小山的屋里走。

王德没吃过一块半钱一顿的饭，可是吃过糖饼，而糖饼决不是一块半钱一张，况且那么薄而小的一张！

蓝小山正坐在屋里，由玻璃窗中看见王德。

“大生进来！”

王德不好意思拒绝，和看门的前后脚进去。看门的问：“要别的东西不要，蓝先生？”

“去罢！”小山对仆人的词调永远是简单而含有命令气的。

王德坐下，小山拿起糖饼细嚼缓咽的自由着。

“我的胃可受不了那么油腻的东西！你知道，亲友到年节非请我吃饭不可。他们的年菜是油多肉多，吃的我肚子疼的不了；不吃罢，他们又要说我骄傲择食！难题，难题！今天我特意买张糖饼吃，你知道，芝麻酱是最能补肚子的！中国家庭非改革不可，以至于作饭的方法都非大改特改不可！”小山说着把饼吃完，又把一碗开水轻轻的灌下去。喝完水，从抽屉里拿出两块金黄色橘子皮。把一块放在口中含着，把那一块放在手心里，像银号老板看银子成色的样子，向王德说：

“大生！说也可笑！一件平常的事，昨天一桌十几多个人会都不知道。”

“什么事，小山？”

“你看，橘子是广州来的最好，可是怎能试验是不是广州货呢？”

“我不知道！”

“你也不知道？你看这里！”小山把橘皮硬面朝外，白皮朝里往墙上一贴，真的贴住了！“这是广州来的！贴不上的是假的！昨天在西食堂吃大餐，我贴给他们看；这是常识！”

小山说罢，从墙上把橘皮揭下来又放在抽屉里。

两个人谈来谈去，谈到婚姻问题。谈男女的关系是一班新青年最得意的事。而且两个男的谈过一回关于女子的事，当时觉得交情深厚了许多。

“我明白女子的心理，比男子的还清楚，虽然我是男子。”小山说。“我明白恋爱原理比谁也透澈，虽然我现在无意于结婚，女子就是擦红抹粉引诱男性的一种好看而毫无实在的东西！恋爱就是苟合的另一名词，看见女子，不管黑白，上去诱她一回。你看透她的心理，壮着你自己的胆量，你就算是恋爱大家！我现在无意结婚，等我说要时候，我立在中央公园不用说话，女的就能把我围上！”

“我——我不敢——”

“有话请说，好在是闲谈。”

“我不敢说你的经验准对。”王德的脸又红了！“我信女子是什么都可以牺牲的，假如她爱一个男子，男子不明白她们，反而看着她们是软弱，是依赖！至于恋爱的道理我一点也不懂，可是我觉得并不是苟合，而是神圣！”

王德说不出道理来，尤其这是头一次和小山辩论，心中不能坦然的细想，就是想起来的，口中也传达不出来。

小山把一双眼珠又集中在鼻部，不住的点头。

“大生！你是没交结过女的，所以你看她们那么高。等你受过她们的害以后，你就明白我的话了！”

“我也有个女朋友……”王德被人一激，立刻把实话说出来。后悔了，然而收不回来了！

“是吗?”小山摘下眼镜，擦了擦眼镜，揉了揉眼。面部的筋肉全皱起来，皱起的纹缕，也不是哭的表示，也不是笑，更不是半哭半笑，于无可形容之中找出略为相近的说，好像英国七楞八瓣的小“牛头狗”的脸。

“是!”王德永远看不起“说过不算”的人，于是很勇敢的这样承认。

“告诉我，她是谁?我好帮助你把她弄到手!”小山用比皮袄袖子长出一块的那件绸大衫的袖子，轻轻拂了王德的脸一下。

“她与我和亲姊弟一般，如今我们希望比姊弟的关系更进一层!我不愿听这个‘弄’字，我十分敬爱她!”王德今天开始有一些不爱小山了，然而只在讲爱情的一点，至于别的学问，小山依旧是小山；人们那能十全呢?会作好诗好文的，有时候许作出极不光荣的事，然而他的诗文，仍有他的价值。

“到底她是谁?‘弄’罢‘不弄’罢，反正我是一片好心要帮助你！女子的心理你不如我明白的多!”

“李应的姐姐，我们自幼就相知!”王德很郑重的说。

“呕！在教会的那个李应？”

“他的姐姐！”

“好！好！你们已定婚？”

“彼此心许，没有正式的定规！”

“好！我帮助你！我无意结婚，因为我看女子是玩物，我看不起她们，可是我愿帮助别人成其好事，借此或者也可以改一改我对于女子的成见！”

王德——诚实的少年——把一切的情形告诉小山。小山满口答应替王德出力，然后两个人分头去作他们的事。

…………

老张与蓝小山的哲学不同，所以他们对于女子的态度也不同。老张买女子和买估衣一样，又要货好又要便宜；穿着不合适可以再卖出去。小山是除自己祖母以外，是女人就可以下手，如其有机可乘！从讲爱情上说，并不是祖母有什么一定的难处，实在因为她年老了！谄媚她们，把小便宜给她们，她们是三说两说就落在你的陷阱。玩耍腻了一个，再去谄媚别个，把小便宜给别个，于是你得新弃旧，新的向你笑，旧的向你哭，反正她们的哭笑是自作自受！

老张要不是因人家欠他的债，是不肯拿钱买人的，可是折债到底是损失金钱，于此，他不如小山只费两角钱为女人们买一张电影票！那不是老张的脑力弱于小山，见解低于小山，而是老张与小山所代表的时代不同，代表的文化不同！老张是正统的十八世纪的中国文化，而小山所有的是二十世纪的西洋文明。老张不易明白小山，小山不易明白老张，不幸他们住在同一个社会里，所以他们免不了起冲突，相攻击，而越发的彼此不相能。不然，以老张的聪明何苦不买一张电影票弄个女的，而一定折几百元的债！不然，小山何不花三百元买进，而五百元卖出，平白赚二百元钱，而且卖出之前，还可以同她……

## 第三十二

"妇女是干什么的?"

王德听了蓝小山的话，心中疑惑，回家之后当着赵姑母又不敢问李静，于是写了一个小纸条偷偷的递给李静。

李静的答复，也写在一个纸条上，是:

"妇女是给男人作玩物的!"

王德更怀疑了:蓝小山这样说，李静也这样说!不明白!再写一个纸条，细问!

写纸条是青年学生最爱作的，如果人们把那些字纸条搜集起来，可以作好好的一篇青年心理学。可惜那些纸条不是撕了，就是掷在火炉内;王德是把纸条放在嘴里嚼烂而后唾在痰盂内的。几年前他递给一个学友一张纸条，上写:"老张是大王八"。被老张发现了，打的王德自认为"王八"，这是他所以嚼烂纸条的原因。

李静的纸条又被王德接到，写着:

"我只好作玩物了，假如世上有的男子——王德，你或者是一位，——不拿妇女当玩物，那只好叫有福的女子去享受，我无望了！”

赵姑母是步步紧跟李静，王德无法和她接近，又不好意思去问李应，于是低着头，拧着眉，往街上去。

时候尚早，不到上报馆作工的时间。他信马由缰的走到中央公园，糊里糊涂的买了一张门券进去。正是新年，游人分外的多；王德不注意男人，专看女的，因为他希望于多数女子的态度上，得一点知识，以帮助他解决所要解决的问题。

一群一群的女子，有的把红胭脂擦满了脸，似女性的关公；有的光抹一层三分多厚的白粉，像石灰铺的招牌；有的穿着短袍没有裙子，一扭一扭的还用手拍着膝上腰下特别发展的那一部分；有的从头到尾裹着貂皮，四个老妈搀着一个，蚯蚓般的往前挪；有的放开缠足，穿着高底洋皮鞋，鞋跟露着一团白棉花；有的白脸上戴着蓝眼镜，近看却是一只眼：

“她们一定是玩物了！”王德想：“有爱关公的，有爱曹操的，这是她们打扮不同而都用苦心打扮的原因！……”

“有没有例外？我是个不以女子当玩物的男子，有没有不以玩物自居的女子？李静？……”

王德越想越乱，立在一株大松树下，对松树说：“老松！你活了这么多的年岁，你明白罢？”老松微微的摇着头。“白活！老松！我要像你这样老，什么事我也知道。”王德轻轻的打了老松几下，老松和老人一样的没知觉，毫无表示。王德无法，懒懒的出了公园到报馆去。

“小山！你的话对了！”王德一心的要和小山谈一谈。

“什么话？”

"女子是玩物！"

"谁说的？"

"你昨天说的，跟我说的！"

"我没有！"

"昨天你吃糖饼的时候说的，忘了？"

"是了！我想起来了！原谅我，这几天过年把脑子都过昏了！天天有那群讨厌的亲友请吃酒，没法子不得不应酬！你看，昨天晚上九点钟，还被参谋次长拿电话把我约去；一来他是我父亲的好友，二来我作着报界的事，怎好得罪他，去罢！大生！那位先生预备的'桂花翅子'，是又柴又硬，比鱼头还难吃！我要是有那样的厨子，早把他送警察厅了！"小山串珠般的说，毫没注意王德的问题。

朋友到交的熟了以后，即使有一些讨厌，也彼此能原谅，王德不喜欢听小山这套话，然而"参谋次长"与"桂花翅子"两名词，觉得陪衬的非常恰当，于是因修辞之妙，而忘了讨厌之实。

"大生！你有新闻稿子没有？"小山没等王德说话，又这样问。

"没有！"

"快写几条，不然今天填不上版！"

"我真没有可写的！"

"随便写：城北王老太婆由洋车摔下来，只擦破手掌上一块皮；一辆汽车碰在一株老树上，并没伤人。……谁能刨根问底的要证据。快去写，不然是个塌台！"小山很急切的，似乎对于他的职务非常负责。

"造谣生事，我不能作！"王德真不高兴了！

"得了！大生！捧我一场！造谣生事是我一个人的罪，与你无干，你只是得帮帮好朋友！"小山不住的向王德垂着手鞠躬。瘦瘦的身子往前弯着，像一条下完卵的小母黄花鱼。

好话是叫好人作恶的最妙工具，小山要强迫王德，王德许和小山宣战！然而小山央告王德，什么事再比拒绝别人央告难过？于是王德无法，写了半天，只能无中生有的写了三条。小山看了，不住的夸奖，尤其关于中央公园的一条，特别说好。他拿着笔一一的加以题目，那条关于中央公园的事，他加上一个：

“游公园恰遇女妖，过水榭巧逢山怪。”

听说因为这个题目，那天的报纸多卖了五百多张。当然那天的卖报的小孩子吆喝着：“看看公园的老妖！”

“人们买报原来是看谣言！”王德把妇女问题搁下，又想到新闻纸上来。“到底是报馆的错处呢，还是人们有爱看这种新闻的要求呢？”

王德越想越不高兴，有心辞职不干，继而想到李静告诉过他，凡事应当忍耐，又把心头的怒气往下压。……她的话，她是要作玩物的……不足信！

王德担着一切好青年所应有的烦闷，作完了工，无精失采的进城。

# 第三十三

“凤姑娘！凤姑娘！”赵四低着头，眼睛看着自己的脚面，两只手直挺挺的贴在身边，叫一声凤姑娘，肘部向外部一动。

“四哥，有事吗？”龙凤问。

“凤姑娘！凤姑娘！”

“请说呀。”龙凤笑了。

“我说，可是说实话！”

“不听实话可听什么？”

“说实话，有时候真挨打！”

“我不能打你罢？”

“那么，我要说啦！”赵四咽了一口唾沫，自己对自己说：“娘的，见姑娘说不出话来！”

他以为龙凤听不见，其实她是故意装耳聋。

“四哥，咱们到屋里坐下说好不好？”龙凤就要往屋里走。

“不！不！拉洋车的跑着比走着说的顺溜，立着比坐着说的有劲！姑娘你要愿意听，还是站在这里说，不然我说不明白！”

“好！四哥请说！”她又笑了一笑。

这时候才过元宵节，北风已不似冬天那么刺骨的冷。淡淡的阳光射在北窗上，她才把两盆开的正好的水仙花，放在窗台上吸些阳光。她一面不住的闻那水仙的香味，一面听赵四说话。

“姑娘，你认识城外的老张？”赵四乘着她闻水仙花，看了她一眼，又快快的把眼光收回到自己的脚上。

“我知道他，他怎样？”

“他，他不是要买你当那不是姑娘们应当当的铛铛吗？”

“四哥！什么是铛铛？”

“巡警管我叫铛铛，我不明白什么意思，所以用他来说一切不好的事。姑娘你聪明，大概明白我的意思！”

“啊——我明白了！”龙凤呆呆的看着水仙花，被风吹的那些花瓣一片一片的颤动，射散着清香。

“要是明白了，不想办法，那么明白他作什么？”

“四哥！你有办法吗？”

“有是有，只是不好出口，你们妇人不许男人说直话！”

“你拿我当作男人，或是当作我没在这里，随便说！”

“好！听着！”赵四把手活动起来，指手画脚的说：“是这么一件事，孙八要买你作小媳妇，老张从中弄鬼！”赵四停住了，干嗽了两声。

“四哥，说！我不怪你！”龙凤急切的说。

“都是老张的主意，卖了你，好叫你父亲还清他的债。李应告诉我说，你父亲有意把你许给李应，而李应迟疑不决，向我要主意！你父亲的心意我一点不知道，我以为你和李应该早早的定规一切，别落于老张的手里！你看李应怎样？”

赵四脸红的像火烧云，看着她。奇怪，她不着急，只轻轻的摆弄她的裙缝。“到底女人另有个脾气，我要是她，不拿大刀去杀老张，我是个王八！”赵四心里这样说。

“四哥，我不拒绝李应，这是现在我能告诉你的，别的等我想想，四哥，我谢谢你！”

“好说！我走罢！你自己想想！”赵四往外走，高兴异常，今天居然跟个大姑娘说了一套痛快话！

赵四走后，龙凤坐在台阶上，听着微风吹动窗上的纸，墙头小猫撒着娇嫩而细长的啼唤，看着自己的手指，有时候放在口边咬一下指甲，一些主意想不出。坐了半天有意无意的立起来，把两盆水仙搬进屋去。顺手捡起一条灰色围巾披在肩头，到教会去找李应。

李应自从和赵四商议以后，心里像有一块硬而凉的大石头，七上八下的滚。他不喜说话，尤其不喜叫别人看破他的心事；可是有时候手里拿着铅笔，却问别人：“我的铅笔”？有时候告诉别人：“我要上东城”，却说成：“东城是西城不是”！旁人笑了，他也笑了，跟着一阵脸红，心里针刺似的难过。

他正在预备拿《圣经》到市场去卖，数了几次也没数清拿的是多少本。忽然赵四扶着他的肩头，低声的说：“凤姑娘在外面等着你！”

李应夹着《圣经》和龙凤往北走，谁也不知往那里走，也不问往那里走。

走到了城北的净业湖，两个人找了一块大青石坐下。

没有什么行人，桥上只有一个巡警走来走去，把佩刀的链子摆的哗啷哗啷响。湖内冻着厚冰，几个小孩穿着冰鞋笑笑嘻嘻的溜冰。两岸的枯柳一左一右的摇动着长枝；像要躲开那严酷的寒风似的。靠岸的冰块夹着割剩下的黄枯苇，不断的小麻雀捉住苇干，一起一伏的摆动他们的小尾巴。太阳已往西去，罩着一层淡黄的雾，斜射着银灰的冰块，连成一片寒气。那小孩的疾驰，那小麻雀的飞落，好像几个梭儿，在有忧思的人们眼前织成一个愁网。

两个人坐了一刻，又立起来沿着湖边走几步，因为桥上的巡警不住的用侦探式的眼光射着他与她。

“凤姐！”李应先说了话：“这光洁的冰块顶好作个棺材盖上我的臭皮骨！”

龙凤叹了一口气，把围巾紧了一紧，回头看着那恋恋不忍辞去大地的斜阳。

他们又不说了，忽然两个人的中间，插入两只大手，捉着他们的手腕。两个人惊的都把头向中间转过来，那两只大手松开了，后面哈哈的笑起来。

“四哥！别这么闹！”李应半怒的说。

“好兄弟！吓死，不比盖上大冰块痛快！”

三个人又坐下，那桥上的巡警走过来。

“警爷！”赵四说：“我们是救世军出来卖《圣经》的，拿我们当拐带妇女看，可是小鹞子拿刺猬，错睁了眼！”

龙凤怕巡警怒了，赶快立起来向巡警解说，并且把李应拿着的《圣经》给他看。巡警握着刀柄，皮鞋擦着地皮慢慢的走开。

“四哥！”龙凤对赵四说：“你怎么对巡警那么说话，他要是怒了呢！”

“发怒！警爷永远不会！他们是软的欺，硬的怕，你不怕他，他就麻你！他们不管阔人街上拉屎，单管穷人家里烧香！不用说这个，你们两个到底怎样！”

“只有一条路，死！”李应说。

“不准说死，死了再想活可就太难了！跑！跑是好的法子！”

“往那里跑，怎么跑，有跑的钱没有！”龙凤问。

“去求龙军官，你父亲！你们要跑，他定有主意，他能甘心卖你——他的亲女儿——吗？”

“我不能跑，我跑了我的姐姐怎办?”李应问。

赵四手捧着头，想了半天，立起来一阵风似的向南跑去，跑出好远，回头说了一声：

“明天会上见!”

# 第三十四

赵四自己刮了一阵风，激烈而慌促的把自己吹到李应姑母的家。风要是四方相激，往往成裹着恶鬼的旋风。人要是慌急，从心里提出一股热气，也似旋风似的乱舞。于是赵四在门外耍开了旋风。赵姑母门上的黑白脸的门神，虽然他的灵应，有些含糊其词，可是全身武装到底有些威风。赵四看了他们一眼，上前握定门环在门神的腮上当当的打起来，打的门神干生气一声也不言语。

“慢打！慢打！”赵姑母嚷：“报丧的也不至这么急啊！”

赵姑母看见赵四的服装，心里有些发慌，怕赵四是明伙强盗。赵四看见她也慌了：少年妇女是花枝招展的可怕，老年妇女是红眼皴皮的可怕。不论怎样，反正见妇女不好说话！

“找谁？说！”

“老太太，这里有一位小老太太姓李的吗？”赵四又冒着不怕三冬冷气，永像灶上蒸锅似的热汗。

“胡说！我的侄女是大姑娘！什么小老太太！啊！”

“‘老太太’不是比‘大姑娘’尊贵？我是谦恭！”

“你是那里来的野小子，你给我走。不然，我叫巡警，拿你到衙门去！”老妇人一抖手，把街门邦的一声关上，一边唠叨，一边往里走。

赵四不灰心，坐在石阶上等着，万一李静出来呢？

太阳已经落下去，一阵阵的冷风吹来的炒栗子的香味，引的赵四有些饿的慌。不走！坚持到底！院里炒菜的响声，妇女的说话，听的真真的，只是她不出来。

黑影里匆匆的走过一个人来，一脚踹在赵四身上。

“什么？”

“什么！肉台阶比地毡还柔软！”

“四哥？”

“是那一块！”

“在这里干什么？”

“等挨骂！”

“不用说，我姑母得罪了你。她老人家说话有时候不受听，四哥别计较！”

“谁计较她，谁是儿子！告诉我，你和她商议出什么没有？”

“不能有结果，我不能放下我姐姐不管！”

“好小子！你能把你姐姐叫出来不能？”

“四哥！你太是好人了，不过你想的不周到。姑母在家，我如何能把她叫出来！”

“改日你能不能叫我见见她？”

“那倒可以，等我和姑母说，我领她去逛公园，我们可以见面谈一谈！”

“好！就这么办！一定！”赵四说完，走上台阶摸了摸门环，自己说了一句“没打坏”！

“四哥！你吃了饭没有？”李应问。

“没有！”

“有饭钱没有？”

“没有！”

“我这里有些零钱，四哥你拿去买些东西吃！”李应掏出一张二十铜元的钱票。

赵四没等李应递给那张钱票，扯开大步一溜烟的跑去。李应赶了几步，如何赶得上赵四！

“兄弟！咱是给别人钱的，不是求钱的！明天见！”赵四跑远，回头向李应说。

赵四跑回教会，才上台阶，后面一个人拍了他的脊背一下。

“借光！”那个人说：“这里有位李应吗？”

“有！”赵四回答。

“你和他熟识？”

“我的朋友！”

“好！朋友初次见面，赏个脸，咱们到饭馆吃点东西，我有话和你说。”那个人笑嘻嘻的说。

“有话这里也可以说，不必饭馆！”

“这么着，”那个人掏出一块钱来。“你自己爱买什么买什么，这块钱是你的！”

“你要问我什么，问！要是拿钱晃我，我可是脸急！”

“奇怪！穷人会不爱钱！那有的事！这是梦中罢？”赵四真把那个人闹迷惑了！

“我问你，”那个人低声含笑，抿着嘴笑，像妓女似的抿着嘴笑。拍着赵四的肩头，亲热的问：“朋友！李应有个姐姐？”

“有！怎样？”

“她定了婚没有？”

“不知道！”

“她长的怎样？”

“你问她的模样干吗？”

“听说她很美。朋友！不瞒你说，我打算下腿！你要是能帮我的忙，朋友，咱家里还真有些金钱，不能叫你白跑！”那个人又把那块洋钱掏出来，往赵四手中放。

赵四本来与那个人平立在阶石上，赵四往上站了一站，匀好了距离，把拳头照准了那个人的脖下就是一拳。那个人“哟”了一声，滚下台阶去。赵四一语不发走进教会。第二天早晨他起来打扫门外，见阶下有几块蓝色的碎玻璃。“这是那小子的眼镜！”赵四说完，笑了一阵。

# 第三十五

李应请求姑母允许他同李静去逛公园。姑母已有允意，而李静不肯去。因为李静已与她姑母商定一切，李静主张是：宁可嫁老张不叫叔父死；对于王德，只好牺牲。赵姑母的意见是：儿女不能有丝毫的自私，所谓儿女的爱情就是对于父母尽责。李静不能嫁王德，因为他们现在住在一处，何况又住在自己的家里。设若结婚，人家一定说他们是“先有后嫁”，是谓有辱家风。老张虽老丑，可是嫁汉之目的，本在穿衣吃饭，此外复何求！况且嫁老张可以救活叔父，载之史传，足以不朽！……

有我们孔夫子活着，对于赵姑母也要说：“贤哉妇人！”我们周公在赵姑母的梦里也得伸出大指夸道：“贤哉赵姑母！”何况李静！

李静要是和王德逃跑了，不但她，就是他也不用再想在我们礼教之邦活着了。与其入张氏地狱（在第十八层地狱的西南边），受老张一个人的虐待，还比受社会上人人的指骂强！她是入过学堂的，似乎明白一些道理，新道理；新道理自然是打破旧礼教的大炮。可是她入的是礼教之邦的学堂，念国文，地理，已经是洪水猛兽般可怕，还于国文，地理之外讲新道理？果然她于国文，地理之外而明白一些新事新理，以至于大胆的和王德跑了，那新教育的死刑早已宣告，就是国文，地理也没地方去念了！幸而李静聪明，对于国文，地理而外，一点别的也不求知；幸而礼教之邦的教育家明白大体，除了国文，地理等教科书外，一点有违大道的事情也不教！

洋人化的中国人说，李静之下地狱，是新教育被赵姑母战败的证据。不对！新教育何曾向赵姑母摆过阵！

赵姑母亲自见了老张，立了婚约，换回她兄弟的借券。她心里欢喜异常，一块石头可落了地！儿女大事，作长辈的算尽了责。

赵姑母又顺便去看王德的母亲，因为李静的叔父与王德的父亲曾商议过他们儿女的婚事。两位老妇人见面，谈的哭完了笑，笑完了哭，好不亲热！赵姑母怨自己管束李静不严；王老太太怪自己的儿子没出息，主张赶快给王德定个乡下姑娘以收敛他的野性。王太太留赵太太吃晚饭，赵太太一唱三叹的伤世道不良，男女乱闹。王太太旁征博引，为赵太太的理论下注解与佐证。越说越投缘，越亲热，不由的当时两位太太拜为干姊妹。赵姐姐临走，王妹妹无以为赠，狠心的把预备孵鸡的大黄油鸡卵送给赵姐姐十个。赵姐姐谦谢不遑，从衣袋中掏出戴了三十二年的一个银指箍作为回敬。这样难舍难分的洒泪而别。

王德的父亲经他夫人的教训，自己也笑自己的荒唐，于是再也不到李老人那里去。赵姑父依旧笑着向李静说："姑娘！可有婆婆家了！"

老张得意极了！脸仰的更高了，笑的时候更少了，——因为高兴！

喜到皆双！老张又代理北郊自治会会长了！因为老张强迫龙树古给孙八正式的婚书，龙树古甘心把会长叫老张代理，以备正式辞职后，老张可以实任。而老张也真的答应龙树古的要求。

"凡公事之有纳入私事范围内之可能者，以私事对待之。"这是老张的政治哲学。

喜到皆三！老张院中的杏树，开了几朵并蒂花。老张乐的居然写了一首七言绝句：

“每年累万结红杏，今岁花开竟孪生，设若啼莺枝上跳，砖头打去不留情！”

老张喜极了，也忙极了。光阴不管人们的事，一个劲低着头往前走，老张甚至于觉得时间不够用了，于是请教员，自己不能兼顾校务了。

春暖花开，妙峰山，莲花顶，卧佛寺……照例的香会热闹起来。褚大求老张写传单，以示对于金顶娘娘的信诚。于是老张在褚大拿来的黄毛边纸上，除了“妙峰山，金顶娘娘真灵。信士褚大虔诚”之外，又加了两句，“德胜汛官商小学聘请教员，薪资面议。”褚大看了看纸上那么多字，心里说：“越多越讨娘娘的欢心！”于是千谢万谢的拿到街上黏贴。

自广告黏出去以后，十来个师范毕业生，因为不认识学务委员和有势力的校长而找不到事作，来到老张那里磋商条件，有的希望过奢，条件议不妥；有的真热心服务不计较金钱，可是不忍看学生们那样受罪，于是教了三天告辞回家。最后一位先生来自山东算是留长远了。老张送给那位先生一年三十块钱。旷工一天扣洋二角。

## 第三十六

校长解决，老张去找孙八商议一切。

“张老师又来了！爹爹！”小三在院内喊。孙八正在屋里盘算喜事的花费忙着迎出老张来。两个人到屋内坐下，孙八叫小三去沏茶。

“八爷预备的怎样？有用我的地方告诉我，别客气！”

“多辛苦！预备的差不多，只剩讲轿子，定饭庄子。”

“怎样讲轿子？”

“花红轿看着眼亮啊！”

“我知道用马车文明！”

小三一溜歪斜的提着一把大茶壶，小四拿着两个茶碗，两个一对一句的喊着：“一二一”进来。老张孙八停住说话，等小三把茶倒好，孙八给了一人一个铜子。“快去，买落花生吃，不叫不准进来！”

“好！吃完了再进来！”两个孩子跑出去。

“马车文明？万一马惊了把新娘摔下来，怎么办？怎么办？”孙八真心疼媳妇！

“马就不会惊，就是惊了，和车行打官司，叫他赔五百元钱，顺手又发一笔小财！”老张的哲理，永远使孙八叹服，此为一例。

“是！就是！用马车！你说城内那个饭庄好？”

“讲款式呢，什刹海会贤堂；讲宽绰呢，后门外庆和堂。那里真敞亮，三四家同日办事也容得下。一齐办事那才叫热闹！”老张看了孙八一眼，赶快把眼光收回到茶碗上去。

“张先生！你说咱们两个一块儿办事，够多么好！”孙八自觉明敏异常，想出这么好的主意。

“一块凑热闹好极了，只是我的亲友少，你的多，未免叫旁人说我沾你的光。”老张轻轻摇着头。

“好朋友有什么占便宜不占！你朋友少，我的多，各自预备各自的酒席！谁也不吃亏！”人逢喜事精神爽，孙八现在脑子多么清晰，好似一朵才被春风吻破的花那样明润。

“要不这么着，你预备晚饭，我的早饭，早晨自然来的人少，可是啊，万一来的多，我老张也决不含糊。如此省得分三论两的算人数，你看怎样？”

“就是！就是！我的晚顿！你去定菜，我听一笔账！我是又傻又懒，你多辛苦！”孙八向老张作了一个半截揖，老张深深的还了一鞠躬。

“马车，饭庄我去定，到底那一天办事？”

“那是你的事，合婚择日你在行，我一窍不通！”孙八笑着说，自觉话说的俏皮。

“据我看，四月二十七既是吉日，又是礼拜天。你知道礼拜天人人有‘饭约’，很少的特意吃咱们。可是他们还不能不来，因为礼拜天多数人不上衙门办事，无可借口不到。八爷你说是不是？”

“就是！可有一层，亲友不吃我，我不痛快！娶你八嫂的时候，我记得一共宰了三九二十七个大肥猪。我姥姥的外甥媳妇的干女儿还吃了我半个多月！”

“八爷，你要晓得，这是文明事，与旧礼完全不同啊！”

“是吗？就是！”

“甚至于请人我也有新办法！”

“既然一事新，为什么不来个万事新？古人说：‘狗日新，又日新。’[1]狗还维新，而况人乎！”孙八得意极了，用了一句书上的话。

“是啊！八爷你算对了！我想，我们要是普请亲友，既费饭又费话，因为三姥姥五姨儿专好说不三不四的话；听着呢，真生闷气，不听呢，就是吵子。不如给他个挑选着请！”

“怎样挑着请？”

“你听着呀，我们专请有妾的亲友，凡有一位夫人的概不招待。而且有妾的到那天全要携妾出席，你看那有趣没有！一来，是有妾的就有些身分，我们有志入政界，自然不能不拉拢有身分的人；二来，凡有妾的人多少总懂得些风流事，决不会乱挑眼，要顽固。咱们越新，他们越得夸咱们文明，风流，有身分！八爷是不是？”老张慢慢的呷了一口茶。

“错是不错，可是那里去找那么多有妾的人呢？”孙八问。

“你老往死葫芦里想，现在维新的事不必认识才有来往！不管相识不相识，可以被请也可以请人。如此，我们把各城自治会的会员录找出来，打听有妾的，自然也是有身分的，送出二百张红帖，还愁没人来！再说，咱们给他们帖，就是他们不来，到底心目中有了咱们两个。他们管保说：‘看这两个讲自治的，多么讲交情，好体面，有身分！’八爷！我替你说了罢：‘就是！张先生！多辛苦！’”

老张把薄嘴片轻轻的往上下翻，哧哧的低声笑，孙八遮着嘴笑的面色通红。

---

① “狗日新，又日新”，《大学》中“苟日新，日日新，又日新”句，是天天进步的意思。这里把“苟”改为“狗”，成为讽刺语。

两个笑了一阵，孙八低下头去想老张说的一切话。……说的真对，老张是个人材！

“只有一件事我不放心，张先生！”孙八很害羞的说：“到底老龙不写婚书是什么心意，没婚书拿什么作凭据？我并不是有心挤兑你！”

“八爷！事情交给我，有错你踢我走！你看这里！”老张掏出一张纸来。“就是我的婚约，你拿着！龙家的姑娘娶不到，我老张的小媳妇归你！”老张把那张纸放在孙八的怀里。

“不是这样说，”孙八脸羞的像个六月的大海茄，迟迟钝钝的说：“我是太小心，决不是疑惑你办事不可靠！我不能拿你这张婚书！”

“八爷！事情往实在里办，”老张更激昂起来：“你拿着！什么话呢，万一有些差错，我宁可叫把送殡的埋在坟地里，也不能对不起人！”他把那张纸强塞在孙八的衣袋里。

孙八左右为难，只一个劲的摆手。……到底老张战胜，然后笑着说：“可是这么着，你要是把我的婚书丢失了，咱老张到手的鸭子可又飞了！不用说姑娘的身价多少，婚书上的印花税票就是四角！”

老张又坐了半天，把已定的事，一一从新估计一番。诸事妥协，老张告辞回家。

“八爷！我们就彼此不用送请帖了？”老张出了大门对孙八说。

“自然不必！”孙八说。

…………

老张后来发的请帖是：

“……下午四时，谨备晚餐。”

## 第三十七

李静把眼睛哭的红红的，脸上消瘦了许多。“死”是万难下决心的，虽然不断的想到那条路上去。“希望”是处于万难之境还不能铲净的，万一有些转机呢！“绝望”与“希望”把一朵鲜花似的心揉碎，只有簌簌的泪欲洗净心中的郁闷而不得！更难过的，她在姑母面前还要显出笑容，而姑母点头咂嘴的说：“好孩子，人生大事，是该如此的！”

赵姑母为防范王德，告诉李应叫王德搬出去。王德明白赵姑母的用心，李静也明白，于是两个青年一语未交的分别了！

王德和蓝小山商议，可否暂时搬进报馆里，小山慨然应允，把自己的职务匀给王德不少。王德把东西收拾收拾，谢了赵姑母，然后雇了一辆骡车出门。李应只对王德说了一声“再见”，李静甚至没出来和他说半句话。而他们姊弟的泪落了多少是不可计算的。

王德到报馆，正赶上是发薪水的时候；当差的递给他一个信封，里面依旧是十块钱，并没有投稿的赠金。要是在平日，王德一毫也不计较，今天一肚子牢骚无处发泄，于是不能自止的去找主笔。

“投稿没有报酬吗?”王德气昂昂的问。

“你什么时候投过稿?”主笔问。

“蓝小山知道我投稿不是一次!”

“小孩子!十块钱就不少!不愿意干,走!八块钱,六块,四块我也使人,不是非你不成啊!”

“我不干啦!”

“走!不少你这么一位!”

铺长对徒弟,县长对人民,部长对僚属,本来都应当像父亲对儿子,——中国式的父亲对中国式的儿子。——王德不明白这个,可怜!

王德定了一定神,把还没有打开的行李又搬出来,雇了两辆人力车到打磨厂找了一个小客寓暂住。

…………

李应呢?他看着王德的车走没有了影,还在门外立着。他与王德相处已经十多年,他不能离开王德!他还要忍住眼泪去安慰他姐姐,眼泪是多么难忍住的!他进到北屋去,赵姑母心里像去了一块病似的,正和颜悦色的劝解李静。李静现在已一个泪珠没有,呆呆的坐着,李应也无话可说,又走出来。

往那里走?每天出入的钟点都要告诉王德的,今天?……找王德去!

他失魂丧魄的走到王德的报馆。他一看见报馆的门,心里就痛快多了!因为那个门里有他的最好的朋友!

他进了报馆的大门,立在号房外问了一声“王德在里边没有?”

“才搬出去,辞工不干了。”号房内的人这样的回答。

“搬到那里去?”

“不晓得!”

“为什么辞工?”

“不知道!”

“他往东城还是西城去？”

没有回答了！

李应的心凉了！他知道王德的性情，知道他与李静的关系，知道……然而没有方法把已成不治的局面转换过来！他自己？没有本事挣钱救出叔父，没有决心去杀老张，没有朋友给他出一些主意，不用说出力。赵四？勇而无谋，李应自信的心比信赵四深！龙凤？自救不暇，那能再把一位知心的女友拉到陷坑去！

人们当危患临头的时候，往往反想到极不要紧或玄妙的地方去，要跳河自尽的对着水不但哭，也笑，而且有时向水问：宇宙是什么？生命是什么？自然他问什么也得不到自救的方法，可是他还疯了似的非问不可；于是那自问自答的结果，更坚定了他要死的心。

李应在报馆外直立了一顿饭的工夫，才想起放开步往别处走。一步一个血印，一步一个念头；什么念头也有，除了自救！

他身不由己的进了中华门。身不由己的坐在路旁一块大青石上。绿茸茸的树叶左右的摆动，从树叶的隙空，透过那和暖的阳光。左右的深红色的大墙，在日光下射出紫的光线，和绿阴接成一片藕荷色的阴影，好像一张美术家的作品。李应两手托着双腮，一串串的眼泪从指缝间往下落，落在那柔嫩的绿苔上，像清晨的露珠。

找王德去？那里？看叔父去，有什么用？去杀老张？耶稣的教训是不杀人的！听赵四的话和龙凤跑？往那里跑？怎样跑？什么是生命？世界？……没有答案！向来没有！……

跑！跑！自己跑！太自私了！不自私怎样？太忍心了！怎样不？人们骂我！谁又帮助我？……

…………

他走到教会去收拾在那里放着的一些东西。匆匆的收拾好夹在腋下走出来。一步懒似一步的下教堂石阶，好像石阶吸引着他的脚，而且像有些微细的声音在他耳边："走吗？你走吗？……"

他下了石阶，依依不舍的回着头看教会的红栏杆，像血一般的红，直射到他心的深处。

远远的她来了！他的血沸腾起来，可是他躲在一株大树后。龙凤并没进教会，匆匆的在马路旁边往前走。他由树后探出头来，看她的后影。她的黑裙，她的灰色袍，依旧是一团朴美裹着她一点一点往前移动，一步一步的离远了他。五尺，四尺，三尺……她渐渐的变成一团灰色的影，灭没在四围的空气中，好像一团飞动的纸灰？她上那里？她是不是想看我？……不能管了！我只是自私！只是懦弱！上帝知道我！

…………

## 第三十八

王德虽是农家出身，身体并不十分强壮。他自幼没作过什么苦工，在老张的学堂里除了圣经贤传乱念一气，又无所谓体操与运动，所以他的面貌身量看着很体面魁梧，其实一些力气没有。

现在他不要什么完善的计划了，是要能摔能打而上阵争锋了。现在不是打开书本讲“子曰”或“然而”了，而是五十斤的一块石头举得起举不起的问题了。于是他在打磨厂中间真正老老王麻子那里买了一把价值一元五角的小刺刀。天天到天桥，土地庙去看要大刀舞花枪的把戏；暗中记了一些前遮后挡，钩挑拨刺的招数。这是他军事上的预备。

他给蓝小山写了几封信，要他存在银行的那几块钱。而小山并未作复。王德又亲自到报馆去找蓝先生几次，看门的不等他开口，就说：“蓝先生出门了！”

“他一定是忙，”王德想：“不然，那能故意不见我，好朋友，几块钱的事；况且他是富家出身？……”

到底蓝先生的真意何在，除了王德这样往好的方面猜以外，没有人知道。

不论怎样，王德的钱算丢失了。——名士花了，有可原谅！

“媳妇丢了！吾不要了！钱？钱算什么！”王德又恢复了他的滑稽，专等冲锋；人们在枪林弹雨之中不但不畏缩而且是疯了似的笑。

四月二十六的夜间，王德卧在床上闭不上眼。窗外阵阵的细雨，打的院中的树叶簌簌的响。一缕缕的凉风和着被雨点击碎的土气从窗缝潜潜的吹进来。他睡不着，起来，把薄棉被围在身上，点上洋烛，哧哧的用手巾擦那把小刺刀。渐渐的头往下低，眼皮往一处凑；恍惚父亲在雪地里焚香迎神，忽然李静手里拿一朵鲜红的芍药花，忽然蓝小山穿着一件宝蓝色的道衣念咒求雨，……身子倒在床上，醒了！嘴里又粘又苦，鼻孔一阵阵的发辣，一切的幻影全都逃走，只觉的脑子空了一般的隐隐发痛。一跳一跳的烛光，映着那把光亮的刺刀，再擦！……

天明了！口也没漱，脸也没洗，把刺刀放在怀内往城里走。街上的电灯还没灭，灯罩上悬着些雨水珠，一闪一闪的像愁人的泪眼。地上潮阴阴的，只印着一些赶着城门进来的猪羊的蹄痕，显出大地上并不是没有生物。有！多着呢！

到了庆和堂的门外，两扇红漆大门还关着。红日渐渐的上来，暖和的阳光射在不曾睡觉的人的脸上，他有些发困。回去睡？不！死等！他走过街东，走一会儿，在路旁的石桩上坐一会儿，不住的摸胸间的那把刺刀！

九点钟了！庆和堂的大门开了，两个小徒弟打扫台阶过道。王德自己点了点头。

三四辆马车赶到庆和堂的门外，其中两辆是围着彩绸的。慢慢的围上了十几人说：“又是文明结婚！……”

几个唱喜歌的开始运转喉咙：

“一进门来喜气冲，鸳鸯福禄喜相逢，……”

王德看着，听着，心里刀尖刺着！

“走开！走开！不给钱！这是文明事！”老张的声音，不错！后面跟着孙八。

王德摸了摸刀，影在人群里。“叫他多活一会儿罢！明人不作暗事，等人们到齐，一手捉他，一面宣布他的罪状！”他这样想，于是忍住怒气，呆呆的看着他们。

老张穿一件灰色绸夹袍，一件青缎马褂，全是天桥衣棚的过手货。一双新缎鞋，确是新买的。头上一顶青色小帽配着红色线结，前沿镶着一块蓝色假宝石。

孙八是一件天蓝华丝葛夹袍，罩着银灰带闪的洋绸马褂。藕荷色的绸裤，足下一双青缎官靴。头上一顶巴拿马软沿的草帽。

老张把唱喜歌的赶跑，同孙八左右的检视那几辆马车。

“我说，赶车的！”老张发了怒。“我定的是蓝漆，德国蓝漆的轿式车，怎么给我黑的？看我老实不懂眼是怎着？”

“是啊！谁也不是瞎子！”孙八接着说，也接着发了怒。

“先生！实在没法子！正赶上忙，实在匀不开！掌柜的抽了自己几个嘴巴，当我们赶出这辆车来的时候。得啦！谁叫先生们是老照顾主呢！”赶车的连说带笑的央告。

“这还算人话！扣你们两块钱！”老张仰着头摇摆着进了大门。

“扣你们两块钱！”孙八也扭进去。

老张的请帖写着预备晚餐，当然他的亲友早晨不来。可是孙八的亲友，虽然不多，来了十几位。老张一面心中诅咒，一面张罗茶水，灌饿了还不跑吗！倒是孙八出主意摆饭，老张异常不高兴，虽然只摆了两桌！

李山东管账，老早的就来了。头一桌他就坐下，直吃的海阔天空，还命令茶房添汤换饭。

南飞生到了，满面羞惭自己没有妾。可是他与自治界的人们熟识，老张不能不请他作招待。老张很不满意南飞生，并不是因为他无妾可携，是因为他送给老张一幅喜联，而送给孙八一块红呢喜幛。喜联有什么用！岂有此理！

从庆和堂到旧鼓楼大街救世军龙宅不远，到护国寺李静的姑母家也不远。所以直到正午还没去迎亲。王德和赶车的打听明白，下午两点发车，大概三点以前就可以回来。

亲友来的渐多，真的多数领着妾。有的才十四五岁，扶着两个老妈一扭一扭的娇笑；有的装作女学生的样子，可是眼睛不往直里看，永远向左右溜；有的是女伶出身，穿着黄天霸的彩靴，梳着大松辫，用扇子遮着脸唧唧的往外挤笑声。……

大厅上热闹非常，男的们彼此嘲笑，女的们挤眉弄眼的犯小心眼。孙八脸红红的学着说俏皮话，自己先笑，别人不解可笑之处在那里。

一阵喧笑，男男女女全走出来，看着发车。女的们争着上车迎亲，经南飞生的支配，选了两个不到十五岁而作妾的捧着鲜花分头上了车。赶车的把鞭儿轻扬，花车像一团彩霞似的缓缓的上了马路。

## 第三十九

赵姑母的眼泪不从一处流起，从半夜到现在，已经哭湿十几条小手巾。嘱咐李静怎样伺候丈夫，怎样服从丈夫的话，怎样管理家务，……顺着她那部“妈妈百科大全书”从头至尾的传授给李静，李静话也不说，只用力睁自己的眼睛，好像要看什么而看不清楚似的。

赵姑母把新衣服一件一件给李静穿，李静的手足像垂死的一样，由着姑母搬来搬去。衣服穿好，又从新梳头擦粉。（已经是第三次，赵姑母唯恐梳的头不时兴。）

“好孩子！啊！宝贝！就是听人家的话呀！别使小性！”赵姑母一面给侄女梳头，一面说。“这是正事，作姑母的能有心害你吗！有吃有穿，就是你的造化。他老一点，老的可懂的心疼姑娘不是！嫁个年青的楞小子，一天打骂到晚，姑母不能看着你受那个罪！”赵姑母越说越心疼侄女，鼻涕像开了闸似的往下流，想到自己故去的兄嫂，更觉得侄女的可怜，以至于哭的不能再说话。

马车到了，街上站满了人。姑母把侄女搀上马车。脸上雪白，哭的泪人似的。两旁立着的妇人，被赵姑母感动的也全用手抹着泪。

“这样的姑母，世上少有啊！”一个年老的妇人点着头说。

“女学生居然听姑母的话嫁人，是个可疼的孩子！”一个秃着脑瓢，带着一张马尾发网的妇人说。

“看看人家！大马车坐着！跟人家学！”一个小媳妇对一个八九岁的小女孩急切的说。

“哼！大马车？花红轿比这个体面！”一个没牙的老太太把嘴唇撇的像小驴儿似的。

李静上了车，或者说入了笼。那个迎亲的小媳妇，不到十五岁而作妾的那个，笑着低声的问：“今年十几？”李静没有回答。那个小媳妇又问：“是唱戏的，还是作暗事的？”李静没有回答。

马车周围遮着红绸，看不见外面，而听得到街上一切的声音。街上来往的人们，左一句，右一句：“看！文明结婚！”车后面一群小孩子，学着文明结婚用的军乐队，哼哼唧唧学吹喇叭。

李静几日的闷郁和心火被车一摇动，心里发慌，大汗珠从鬓角往下流，支持不住自己的身子，把头挣了挣，结果向车背碰了去。还算万幸，车背只有一小块极厚的玻璃砖。那个小媳妇也慌了，她问：“怎么啦？怎么啦？”李静闭着眼，心中还明白，只是不回答。那个小媳妇把李静的腰搂住，使她不致再倒下去。如此，恍恍惚惚的到了庆和堂。人们把红毡放在地下，两个女的从车上往下搀李静。车里的那个小媳妇低声而郑重的说：“搀住了！她昏过去了！”看热闹的挤热羊似的争着看新娘，身量小的看不见，问前面的：“长的怎样？”前面的答：“别瞎操心！长的比你强！”

李静听着那两个妇人把她扶进去，由着她们把她放在一把椅子上，她像临刑的一个囚犯，挣扎着生命的末一刻。孙八着了慌，催老张去拿白糖水，万应锭，而老张只一味的笑。

“不用慌，这是妇女的通病。”老张笑着对孙八说，然后又对李静说：“我说，别装着玩儿呀！老张花钱娶活的，可不要死鬼！”他哈哈的笑了一阵，好似半夜的枭啼。又向众人说：“诸位！过来赏识赏识，咱们比比谁的鸟儿漂亮！”

老张这样说着，孙八拿着一壶热水，四下里找茶碗，要给李静沏糖水。他上了大厅的第一层石阶，觉得背上被人推了一把，手中的水壶洒出许多热水。他回过头来看，立在后面的那个人，正四下看，像要找谁似的。孙八登时认清了那个人，跟着喊出来：

“诸位！把他拦住！”

众人正在大厅内端详李静，听孙八喊，赶快的全回过头来：那个人拿着刀！男人们闭住了气，女人们拔起小脚一逗一逗的往大厅的套间跑。本来中国男女是爱和平而不喜战争的。

老张眼快，早认出王德，而王德也看见老张。两个人的眼光对到一点，老张搬起一把椅子就往外扔，王德闪过那张飞椅，两手握着刺刀的柄扑过老张去，老张往后退，把脚一点不客气的踏着那妇女们小尖蹄。妇女们一阵尖苦的叫喊，更提醒了老张，索兴倒退着，一手握着一个妇人当他的肉盾。

孙八乘王德的眼神注在屋内，猛的由上面一压王德的手腕，王德疯虎一般的往外夺手。众人们见孙八已经拿住王德的刀柄，立刻勇武百倍，七手八脚把王德拉倒。

“小子！拿刀吓唬人吗！”老张把王德的刀拾起来，指着王德说。

“诸位！放开我！”王德瞪圆了眼睛，用力争夺，结果，众人更握紧了他一些。

“别松手，我就怕流血！”孙八向大众喊。

“诸位！老张放阎王账，强迫债主用女儿折债。他也算人吗！”王德喊。

“放阎王债？别和我借呀！娶妾？咱老张有这个福分！”老张搬起李静的脸，亲了一个嘴给大家看。李静昏过去了。

“是啊！你小孩子吃什么吃不着的醋！”男女一齐的哈哈的笑

起来。

孙八打算把王德交给巡警，老张不赞成，他打算把王德锁起来，晚间送到步军统领衙门，好如意的收拾他，因为在步军统领衙门老张有相识的人。孙八与老张正磋商这件事，茶房进来说：

“孙八爷的喜车回来了！”

## 第四十

“谁去搀新娘？”孙八跳起来，向那群女的问。

“八爷！”茶房说：“赶车的说，没有娶来！”

“什么？”

“没有娶来！车到那里，街门锁着，院中毫无动静。和街坊打听，他们说昨天下半天还看见龙家父女，今天的事就不得而知了！”

“好！好！”孙八坐在台阶上，再也说不出话。

“孙八！傻小子！你受了老张的骗！你昏了心！”王德说完，狂笑了一阵。

孙八好像觉悟了一些，伸手在衣袋中乱掏，半天，掏出老张给他的那张婚书。

“好！好！”孙八点着头把婚书递给老张看。

亲友渐渐的往外溜，尤其妇女们脑筋明敏，全一拐一拐的往外挪小脚。只剩下李山东和孙八至近的几个朋友依旧按着王德不放手。

“傻小子！你没长着手？打！”王德笑的都难听了！

“八爷！”老张不慌不忙的从衣袋里也掏出一张纸来。“真的在这里，那张不中用！别急，慢慢的想办法！”

“好！好！”孙八只会说这么一个字。

“傻小子！打他！”王德嚷。

孙八几把把那张婚书扯碎，又坐在地上，不住的，依旧的，说：“好！好！”

…………

“我说，你往那里拉我？”

“跑到那里是那里，老头儿！”

“你要是这么跑，我可受不了，眼睛发晕！”

“闭上眼！老头儿！”

赵四拉着孙守备，比飞或者还快的由德胜门向庆和堂跑。

“到啦！老头儿！”赵四的汗从手上往下流，头上自不用说，把孙守备搀下车来。“往里走！我一个人的老者！”

孙守备迷迷忽忽的，轧着四方步慢慢的往里走。赵四求一个赶马车的照应他的洋车，也跟着进来。

“老头儿！看！八爷在地上坐着！我不说瞎话罢！”

孙守备可怒了！

“啊！小马！”——小马是孙八的乳名。“你敢瞒着我买人，你好大胆子！”

“小马胆子不小！”赵四说。“这里有个胆子更大的，老头儿！”赵四指着王德。

“这又是怎回事？”孙守备更莫明其妙了。

“我不是都告诉了你？这就是王德！”

“我叫小马说！”孙守备止住了赵四说话。

“对！小马你说！”赵四命令着孙八。

“叔父！我丢了脸！我这口气难忍！我娶不到媳妇，我也不能叫姓张的稳稳当当的快乐！”孙八一肚子糊涂气，见了叔父才发泄出来。

“傻小子！受了骗，不悔过，还要争锋呢！哈哈！”王德还是狂笑。

“你们放开他！”孙守备向握着王德的人们说。

“别放！他要杀人！”孙八嚷。

这时候孙八的命令是大减价了，众人把王德放开，王德又是一阵傻笑。

“姓张的，”孙守备指着老张说：“你是文的，是武的？我老头子要斗一斗你这个地道土匪！”

老张微微的一笑：哲学家与土匪两名词相差够多远！

“你老人家听明白了！”老张慢慢的陈说：“老龙骗了我。而不是我有意要八爷！”

“姓龙的在那儿哪？”孙守备问。

赵四从腰带间摸出一个信封，双手递给孙守备。

孙守备戴上花镜，双手颤着，看那封信：

“孙八先生：老张买李静全出于强迫，不但他毁了一个好女子，他也要了李静的叔父的命。你我的事全是老张的诡计，我欠他的债，所以他叫我卖女还债。先生是真正的好人，一时受了他的欺弄，我不能把我的女儿送给先生以铸成先生的大错。至于来生的千余元，可否作为暂借，容日奉偿？现在我携女潜逃，如先生慨允所请，当携女登门叩谢，并商订还款办法。至于李静，先生能否设法救她，她是个无父无母的苦女子！……

龙树古启。”

孙守备看完，递给孙八，孙八结结巴巴的看了一过。

“小马！你怎样？”

“我没主意！反正我的媳妇丢了，我也不能叫姓张的娶上！”

"老人家！老祖宗！"李静跪在地上央告孙守备："发善心救救我！老张是骗人，是强迫我叔父！我不能跟他！我不能！我作牛作马，不能嫁他！老祖宗，你救人罢！！"

她几日流不出的眼泪一气贯下来，不能再说话！

"姑娘！"孙守备受不住了，是有人心的都应当受不住！"你起来！我老命不要了，跟老张干干！"

"别这么着！老人家！"老张笑着说："咱们是父一辈子一辈的好朋友！"

"谁跟你是朋友，骂谁的始祖！"孙守备起誓。

这太难以为情了，据普通人想。可是普通人怎能比哲学家呢，老张决不介意卤莽的言语，况且占便宜的永远是被骂的，而骂人者只是痛快痛快嘴呢！

"这么着，"老张假装的脸一红；说红就红，要白就白，这是我们哲学家老张夫子的保护色。"老人家你要是打算要这个姑娘，我双手奉送，别管我花多少钱买的！"

这样一说，你还不怒，还不避嫌疑！你一怒，一怕嫌疑，还不撒手不管；你一不管，姑娘不就是我的了吗！

"你胡说！"孙守备真怒了，不然，老张怎算得了老张呢！"我要救她，我不能叫一朵鲜花插在你这堆臭粪上！"

孙守备怒了，然而还说要救李静，这有些出乎老张意料之外；不要紧，看风转舵，主意多着呢！老张看了看自己的罗盘，又笑了一笑，然后说：

"到底老人家有什么高见？咱听一听！"

"打——官——司！跟你打——官——司！"孙守备一字一字清清楚楚的说。

打官司？是中国人干的事吗？难道法厅，中国的法厅，是为打官司设的吗？别看孙守备激烈蹦跳的说，他心里明白自己的真意。他作过以军职兼民事的守备。打官司？笑话！真要人们认真的打官司，法官们早另谋生活去了。孙守备明白这个，那么老张能不明白？

“老人家！”老张笑着说：“你呢，年纪这么高了；我呢，我也四五十了，咱们应当找活道走，不用往牛犄角里钻。老人家，你大概明白我的话，打官司并不算什么希罕事！”

“活路我有：李静交我带走，龙家的事我们另办，没你的事，你看怎样？”孙守备问老张。

要不是为折债，谁肯花几百元钱买个姑娘？“以人易钱”不过是经济上的通融！那么，有人给老张一千元，当然把李静再卖出去！退一步说，有人给李静还了债，当然也可以把她带走。虽然老张没赚着什么，可是到底不伤本呢！所以我们往清楚里看，老张并不是十分的恶人，他却是一位循着经济原则走的，他的头脑确是科学的。他的勇敢是稳稳当当的有经济上的立脚点；他的退步是一卒不伤平平安安的把全军维持住。他决不是怯懦，却是不卤莽！所不幸的是他的立脚点不十分雄厚稳健，所以他的进退之际不能不权衡轻重，看着有时候像不英武似的。果然他有十个银行，八个交易所，五个煤矿，你再看看他！可怜！老张没有那么好的基础！“资本厚则恶气豪”是不是一句恰对的评语，我不敢说，我只可怜老张的失败是经济的窘迫！

“我花钱买的姑娘，你凭什么带了走？”老张问。

“给你钱我可以把她带走？”孙守备早就想到此处，也就是他老人家早就不想打官司的表示。

“自然！”

…………

## 第四十一

人家十四岁的男女就结婚，一辈子生十六胎，你看着多了，不合乎优生学的原则了；可是人家有河不修，有空地不种树，一水一旱就死多少？十六胎？不多！况且人家还有，除了水旱，道德上，伦理上种种的妙用呢？童养媳妇偷吃半块豆腐干，打死！死了一个，没人管！借用一块利息钱的，到期不还，死罪！又死了一个，没人管！又死了一个，或是一群，没人管！你能生多少？十六个！好！生！二十六个也不多！没人管！没人管你生，没人管你死，岂非一篇绝妙的人口限制论！而且这样的学说在实行上，也看着热闹而有生气呢！

老张明白这个，那有哲学家不明白这点道理的？花钱买姑娘，那比打死一个偷吃半块豆腐干的童养媳妇慈善多了，多的多！买了再卖，卖了再买，买了打死，死了一个再买两个，没人管！孙守备要管？好！拿钱来！

孙守备呢？他也明白这个。钱到事成。不用想别的？打官司？法治国的人民不打官司！

于是，老张拿着一卷银票，精精细细的搁在靠身的衣袋内（可惜人们胸上不长两个肉袋）。然后去到庆和堂的账房，把早晨摆的那两桌酒席，折到孙八的账上。又央告茶房把他的那几块红幛和南飞生送的喜联摘下来。把红幛和喜联一齐卷好，他问：

“挂幛子的铁钩呢？”

“那是我们的！”茶房回答。“你要吗？一个铜子一个！”

“那么，你们收着罢！再见！”

老张把红幛等夹在腋下出了庆和堂。走一步摸三回，恐怕银票从衣袋中落出来。一面摸一面想，越想越好笑，对自己说：“这群傻蛋！咱没伤什么！明天早晨上市，这几块红幛不卖一块两块的；这对喜联？没人要！好歹还不换两包火柴！……”他出了德胜门天已渐黑，远处的东西已看不甚清楚。

发财的人，走道看地；作诗的人，走路看天。老张是有志发财的，自然照例眼看地。他下了德胜门吊桥，上了东边的土路。眼前黑糊糊好像一个小钱包。他不敢用手去摸，怕是晚间出来寻食的刺猬；心里想到这里，脚不由的向前一踢。要是皮包当然是软的，这件东西也确是软的，然而一部分粘在他的鞋上——新鞋！“倒霉！妈的，不得人心的狗，欺侮你张太爷！”

他找了一块土松的地方，轻轻的磨鞋底。然后慌忙的往家里奔，怕黑夜里遇见路劫。他倚仗着上帝，财神，土地的联合保佑！平安到了家，一点东西没吃，只喝了一气凉水。把银票数了三四回，一张一张的慢慢的放在箱内，锁上，把钥匙放在衣袋内。然后倒在床上睡他的平安觉！

…………

孙守备叫赵四送王德回家，王德只是呆笑。赵四把王德用绳拦在洋车上，送他回家。

孙守备和李静坐了一辆马车回德胜门外。

李山东帮助孙八算清了账一同回家。李山东看着孙八进了门，然后折回铺子去。

孙八进了街门没话找话说："小三，小四！还没睡哪？"

"啊！爹回来了！你娶的小媳妇在那儿哪？给我瞧瞧！"小三说。

小四光着袜底下了地，扯住孙八向衣襟各处翻。然后问："你把小媳妇藏在那儿啦？"他平日与孩子们玩耍的时候，"娶姑娘"，"送姐姐"，都是一些小布人，所以他以为他爹的小媳妇也是一尺来高的。

"别闹！别闹！你妈呢？"孙八问。

"妈在屋里哭哪！都是你这个坏爸爸，娶小媳妇，叫妈哭的像'大妈虎子'似的！坏爸爸！"

## 第四十二

庆和堂，孙、张办喜事的第二天，孙守备早晨起来去开街门。门儿一开，顺着门四脚朝天的倒进一个人来。

“喝！我的老头！开门不听听外面有打呼的没有哇。”赵四爬起来笑着向孙守备行了一礼。

“赵四，你怎么这样淘气，不叫门，在这里睡觉！”孙守备也笑了。

“叫门！我顶着城门来的，天还没亮，怎能叫门？所以坐在这里，不觉的作上梦了。”

“进来！进来！”

赵四跟着孙守备进了外院的三间北屋，好像书斋，可是没有什么书籍。

“你该告诉我龙家父女的事了！”孙守备说。

“别忙！老头儿！给咱一碗热茶，门外睡的身上有些发僵！”

孙守备给了赵四一碗热茶，赵四特卤特卤的一气喝完，舒展舒展了四肢，又拍了拍脑门。“得！寒气散尽，热心全来；老头儿咱要说了！”

“说你的！”

“龙树古欠老张的钱是真的。老张强迫老龙卖女儿还债是真的。八爷出一千多元买龙凤也是真的。只有龙树古卖女儿是假的。他不能卖他的女儿，可是老张的债是阎王债，耽搁一天，利钱重一天，所以他决定先还清老张，再和八爷央告，这是他的本意，据我看他不是坏人。”

“他们逃到那里去？”孙守备问。

“他们没逃，他们专等见八爷，或是你，老头！”

“无须见我，你去和八爷说，叫龙树古写张字据分期还钱，不必要利息！你看这公道不公道？你办得明白吗？”

“我明白！老头！别人的事我办的明白干脆，就是不明白咱自己的事！”

一阵敲门的声响，赵四跑出去：“找谁？我是赵四！这是孙老头的家！”

“四哥，我和我叔父来了！”

赵四并不问孙守备见他们不见，毫不怀疑的把他们领进来。快到屋门他才喊起来：“老头！有人来了！”

李老者扶着李静，慢慢的进屋里去，深深的向孙守备行了一礼，没有说什么。

“姑娘你好了？”孙守备问李静。

“我好了！叔父和我特来谢谢你的大惠，只是他与我不知道说什么好！”李静说。

“姑娘，不用说别的！我自己的女儿要是活着，现在比你大概大两二岁，也是你这么好看，这么规矩。她死了！我看见你就想起她！”孙守备看着李静，心中一阵酸痛，泪流下来了！李静不由的也哭了！

赵四用脚尖走出去。他不怕打仗，只怕看人哭。

“姑娘！”孙守备拭着泪说：“你们叔侄此后的生活怎样？”

李静看了看她的叔父，李老人微微向她摇了摇头。她不知道说什么好，不由的脸红了。

“孙老者！”李老人低声的说：“以往的事我们无可为报，也没有可说的，以后的事只看我们叔侄的命运罢！”

“老先生！”孙守备很诚恳的对李老人说：“我明白你的高傲，现在呢，我决不是为你，自然也不是为我；我们年纪都老了，还希望什么不成？可是我们当为姑娘设想。怎样安置她是唯一的问题。”

李老人一声没言语，李静呆呆的看着两个老人，没有地方插嘴。

赵四又进来了，一边腋下夹着小三，那一边夹着小四，两个孩子用小手指头刺赵四的膈肢窝，赵四撇着大嘴哈哈的笑，两个孩子也笑的把脸涨红像娇嫩的红玫瑰花片。这是小三，小四头次见赵四，好像赵四有一种吸引力，能把孩子们的笑声吸引出来。赵四的脸在孩子们的小黑眼珠里是一团笑雾蒙着，无论怎么看也可爱，可笑。

赵四把两个孩子放在地下，孙八跟着也进来。孙八看看叔父，看看李静，脸上红了两阵，羞眉愧眼的坐下，连一声“辛苦”也忘了说。

“八爷！”孙守备对孙八说：“龙家的事我都告诉了赵四，你们快去办。”

“就是！”孙八点了点头。

李老人立起来，向孙家叔侄行了一礼，然后对孙老者说：“改天再谈！”

李静扶着叔父慢慢走出来，孙家叔侄只送到院里。

“这位老人颇文雅呢！”孙老者对他侄子说。

“就是！”孙八说。

“也很自尊！”赵四说。

“就是！”孙八又说。

“赵四！”孙守备向赵四说。“你自己的事怎样？”

“事全是人家的，我永远没事！”赵四回答。

“你吃什么呢？”

“拉车！饿不死！人家不愿意去的买卖，咱拉！人家不敢打的大兵，咱敢！我倒不能饿死，只怕被人家打死；可是打死比饿死痛快！”赵四得意非常，发挥自己的心愿。跟着拍着嘴学蛤蟆叫唤，招的小三，小四跳起脚来笑。

“这么着，”孙守备说：“你真到过不去的时候，你找我来，我现在什么也不敢给你！”

“哼！老头儿！咱平生没求过人！我要来看你，是我有钱的时候！别的，不用说！老头儿！咱们心照罢！”

“赵四！你是个好小子！八爷！你同赵四去办龙家的事罢！”

“就是！叔父！”

“你别走！别走！”小三，小四拉着赵四不许他出门。

“你们等着我！我去给你们拿小白老鼠去！这么小！”赵四用拇指控着食指的第一节比画着说。

小三，小四松了手，赵四一溜烟似的跑出去。

## 第四十三

王德自从被赵四送回家，昏昏沈沈的只是傻笑。饭也不吃，茶也不想，只整瓢的喝凉水。起初还扎挣着起来，过了两天头沈的像压着一块大石头，再也起不来。终日像在雾里飘着，闭上眼看见一个血淋淋的一颗人头在路上滚，睁开眼看见无数恶鬼东扯西拉的笑弄他！醒着喊："静姐，不用害怕！刀！杀！"睡着喊："老张！看刀！杀！人头！……"

王老夫妇着了慌，日夜轮流看着儿子；王夫人声声不住的咒骂李静，王老者到村中请了医生，医生诊视完毕，脉案写的是："急气伤寒，宜以散气降毒法治之。"下了几味草药，生姜灯心为引。嘱咐王老者，把窗户关上，服药之后，加上两床棉被，手心见汗，就算见效。王老者一一的照办，不料王德的体质特别，药吃下去，汗也没出，气更大了：把两床棉被一脚踢下去，握着枕头，睁着血红的眼睛，说："往那里跑，杀！"

医药不灵，第二步自然是求神，所谓"先科学后宗教"者是也。于是王夫人到西直门外娘娘庙烧香，许愿，求神方。神方下来，除香灰大葱胡用阴阳水服用之外，还有一首小诗：

“万恶淫为首，百善孝当先。欲求邪气散，当求喜冲天。”

王夫人花了五个铜元的香资求娘娘庙的道士破说神方上的启示。道士说：“邪气缠身，妖狐作祟，龙凤姻缘，灾难自退！”

王夫人虽不通文理，可是专会听道士，女巫的隐语，因为自幼听惯，其中奥妙，不难猜度。于是她三步改作两步走，跑到家里和丈夫商议给儿子娶妻以冲邪气。王老者自然不敢故违神意，咬着牙除掉了三亩地，搭棚办喜事。为儿子成家，无法，虽然三亩地出手是不容易再买回来的！

娶的是德胜门关外马贩子陈九的二女儿，真是能洗，能作，能操持家务！而且岁数也合适，今年她才二十七岁。由提亲到迎娶，共需四十八点钟。王家是等着新娘赶散邪气，陈家是还有四个姑娘待嫁，推出一个是一个，越快越不嫌快。

王德迷迷忽忽的被两个头上全戴着红石榴花的老妇人扶着，拜了天地入洞房。

果然，他一来二去的清醒过来。看见身边有个大姑娘，把他吓了一跳，喊起来：“妈！妈！快来！”

“来了！我的宝贝！你可知道叫‘妈’了！你个倾人的货！”王夫人看见儿子明白过来，又是哭又是笑。

“她是谁？”王德还是坐不起来，用手指着陈姑娘。

“她！我的宝贝！不亏了她把你的邪气冲散，你就把我倾死了！”说着王夫人又落下泪来。“她是你的媳妇！”

王德眼前一黑，喉中一阵发甜，一口鲜血喷在被子上，两眼紧闭，脸像黄蜡一般。

“我的宝贝！王德！王德！你可别要妈的命啊！王德！”王夫人哭成泪人儿一般，陈姑娘也立在一旁落泪，而不敢高声的哭，就是哭也不知道哭什么好。

王老者跑进来也吓呆了，只能安慰着他们说："淤血吐出来就好了！去！沏白糖水，灌！"

王德慢慢的还醒过来，不知是糖水的功用，还是什么，他身体弱的起不来，半个多月才渐渐的坐起来。

拿水拿饭，以至于拿尿壶，陈姑娘本本分分的伺候王德。他起初还不理她，而她低声下气的作，一毫怨怒都没有。王德不由的心软起来，开始与她说话。王夫人听见小两口说话，心中笑的她自己也形容不出来。

家庭间要是没有真爱情，可以用魔术替代之！聪明的中国人的家庭制度永远不会衰败，因为他们都会耍魔术。包袱里，包袱面，无有夹带藏掖，说变就变，变！王德就是包袱底下的那只小白兔，那只小花耗子！至于她，陈姑娘，还不过是一个张半仙手指缝夹着的小红豆！及至他明白了他是小白兔，他还不能不承认他与她小红豆，同是魔术家的玩物；因为怜爱她，安慰她，谁叫同是被人耍的材料呢！你要恨她，离弃她，除了你真能战胜一切魔术家，她又何曾甘心在包袱和指缝之间活着呢！

王德渐渐复了元气，家庭间倒也相安无事，他到前门外把行李取回来，又到报馆去看蓝先生，蓝先生依然不见他；于是他死心踏地的帮助父亲作地亩中的工作，不敢再冒险去进城找事。再说，现在他不是要为自己活着了，是要对妻子负责了，还敢冒昧着干吗？而浪子回头，青年必须经过一回野跑，好像兽之走圹。然后收心敛性的作父母的奴隶，正是王老夫妇所盼望的！

对于李静，他没有忘她，然而不敢去见她，也不敢想她；他已有了女人，他应当对他已有的女人负责！他软弱？难道陈姑娘不可怜？因为她的可怜而牺牲了真的爱情？无法！谁叫你事前无勇，事后还有什么可说的！

李静呢？听说王德结了婚，只有听着！她只有一天消瘦一天，这是她所能作到的，别的？……

## 第四十四

“姑娘，你自己的事还要留心啊！你知道妇女一过了年青的时候，可就……”龙树古对龙凤说。

“我明白！父亲！不过，我立志等着李应！”龙凤很坚决的说。

“可是他到那里去？是生是死？全不得而知！就是他没死，为什么他一封信也不给你写，这是他爱你的表示吗？”

“给我写信不写，爱我不爱，是他的事；我反正不能负他，我等着他！”

“那么你不上奉天去？”龙军官有些着急的样子。

“我在这里等着他！”

“那就不对了，姑娘！奉天的工作是上帝的旨意！上帝选择咱们父女到奉天去，难道我们不服从他吗？”

龙凤眼含着泪，没有回答。

“再说，”龙军官接着说：“上奉天并与等李应不冲突，你可以在奉天等他呀！我们的事是私的，上帝的事是公的，我们不能只顾自己而误了上帝的事业！”

“上帝的事业与人们的爱情有同样的重要！我知道李应什么时候回来，他回来而我走了，我们何年再能见面？父亲，你上奉天，我依旧在这里，难道你不放心？”

“我是不放心！自从你母亲死后，我寸刻离不开你！我要不为你，何苦受这些罪？”

他们父女全低着头落泪，待了半天，龙凤问：

“要是我出嫁了，还能和父亲一处住吗？”

“那是另一回事，出嫁以前我不能离开你！姑娘别傲性，你再听一回父亲的话，那怕只此一回呢？”

怎样新的人也不会把旧势力铲除净尽，主张“非孝”的家庭革命者可以向父母宣战，然而他受不起父母的央告，软化；况且父母子女之间的爱情，有时候是不能以理智判断分析呢？龙凤无法！她明白什么是“爱”，可是她还脱不净那几千年传下来的“爱”的束缚——“爱”是子女对父母的孝敬！

龙树古受华北救世军总部的委派，到奉天立支部宣扬福音，所以他们父女有这一场的小冲突。龙树古已与孙八说妥还债的办法，而到奉天去的原因的一个，听说是到奉天可以多挣几块钱。

龙凤的苦处已非她一颗珍珠似的心所能容了！她怀疑了她的父亲，到底他的一切设施，是不是为她？她把李应丢失了，设若李应没有走，她的父亲是否真意的把她给李应呢？她向来对于父亲非常亲爱，今日忽然改变？她真的爱李应，将来她的父亲要是迫她嫁别人呢？……她看不清楚，想也想不明白，她怀疑她的父亲，可是她还不敢不服从他。……

教会中开欢送会，欢送龙家父女。祷告，唱诗循序作过，一位华北总会派来的军官致词，大意是：“信着上帝的支配，救世军布满全球；凭着我们的信力，驱逐一切魔鬼！去了私念，戴上上帝的衣帽；舍了生命，背起耶稣的苦架。牺牲了身体，寻求天国的乐趣！……这是龙家父女的责任……阿门！”

龙家父女一一和会中人握了手，致了谢，慢慢的走出教会。

赵四右手拿着一束玫瑰花，左手提着一小匣点心。双手齐举迎上龙家父女去。把花递给龙凤，把点心递给龙军官。然后对她说：

“这几朵花是吉祥如意！”

对他说：

“这几块点心吃了解饿！”

说完，一语不发的垂手而立看着他们父女。

他们明白赵四的意思，笑着接了东西，向赵四道谢。

“你们几时走？”赵四问。

“还有一半天的工夫。”龙军官回答。

“有用我的地方没有？”赵四又问。

“有！”龙凤没等她父亲张口，抢着说。“四哥，你去给我买一点茶叶去！我今天五点钟回家，你要买来，那个时候给我送去顶好！”

“就那么办！”赵四接了龙凤的钱去出城买茶叶。

…………

“你父亲呢？”赵四问龙凤。

“出门了，这是我叫你这个时候来的原因。四哥！我父亲对我的态度到底怎么样，你明白不明白？”龙凤十二分恳切的问。

“我不明白，”赵四说：“可我也不敢错想了人！以前的事错都在你们！”

“谁？”

“你与李应，李静与王德！”

“怎么？”

“不敢跑！不敢跑！现在，把跑的机会也没有了！”

“四哥！”龙凤叹了一口气，“往事不用再说。我问你，李应是生是死？”

“他要是跑了，他就是活了；我没得着他的消息，可是我敢这么下断语！”

“万一他要回来，你可千万告诉他，我还等着他呀！”

“我不上心，我是狗！”赵四当着妇女不敢起极野的誓！

“四哥！我谢谢你！以后的消息是全凭你作枢纽了！”

“没错，姑娘！”

“好！这是我的通信处，他回来，或是有消息，千万告诉我！”

“可我不会写字呢？”

“姓赵的赵你会写罢？”

“对付着！”

“一张白纸上写着一赵字，再求别人写个信封，我就明白是他回来了！四哥，办的到办不到？”

妇人要是着急，出的主意有时候轻微的可笑，可是她们的赤子之心比男人多一点！

“办的到！好！姑娘，一路平安！”

## 第四十五

赵四没有什么哲学思想，他对于生、死、生命……等问题没有什么深刻的见解。他也不似诗人常说“生命是何等酸苦的一篇功课呢！死罢！”他只知道：到生的时候就生，到死的时候就死！在生死中间的那条路上，只好勇敢的走！可是，到底什么时死呢？据他想：典当铺里没有抵押品，饼铺里不欠钱，穿着新大褂，而且袋中有自由花的两角钱，那就是死的时候！

赵四的理想有一部分的真理：人们当在愁波患海之中，纵身心微弱，也还扎挣着往前干，好像愁患的链锁箍住那条迎风欲倒的身体，欲死而不得。这样的一个人，一旦心缝中觉得一阵舒服，那团苦气再拧结不住；于是身上一发轻，心中一发暖，眼前一发亮，死了！

李老人便是这么一个在患难中浮泛的人，他久病的身体好似被忧患捆住，胶住，他甘心一死，而那条酷虐的铁链越箍越紧，他只能用他的骨瘦如柴的身躯负着那一片海水似的愁闷。现在，他把老张的债清了，他的侄女又在他的左右了，他的侄子跑了，跑了是正合他的意，于是他心里没有可想的了，那层愁苦的胶漆失了紧缚之力！他自己知道，于就寝之前，自己照了照镜子，摸了摸眉间的皱纹，觉得舒展开了。点了点头，叹了一口气，盖好了被子，长眠去了！

…………

他死了！死去一天，两天，三天，……世界上没有事似的：风吹着，雨落着，花开着，鸟唱着……谁理会世上少了一个人！

她，李静，闭眼看见他，睁眼看见他，他还是她自幼相从的叔父，然而他可摸到的身体已埋在沙土之中了！风，雨，花，鸟，还依然奏着世界的大曲，谁知道，谁理会世界上少了一个人，世界上有个可怜的她！

王德在灵前哭了李老人一场，然而没有和她说话！她又看见了他一次，他已经是别个女人的他了！

赵姑母只在李老人死的第二日哭了她兄弟一阵，把李老人所卖的五彩瓶的钱，除李应花去的，还有二十多元，交给李静，一句话没多说的走了！她不能理李静，李静是个没廉耻的女孩子，临嫁逃走的！

蓝小山写来一对挽联，穿着一身重孝，前来吊唁。然后对她供献他的爱情，这是他的机会，她没有理他！

孙守备帮助她料理丧事，安慰着她："姑娘！我就当你的叔父，你将来的事有我负责，只不要哭坏你的身体！……"

王德是别人的了！

李应不知到那里去！

姑母家回不去，也不肯去！

蓝小山的爱情不能接受！

孙守备的恩惠无可为报，而他的护持也不能受，他的思想和她的相隔太远！

别人，没有知道她的，更没有明白她的！

…………

她找她叔父去了！

花谢花开，花丛中彼此不知道谁开谁谢！风，雨，花，鸟，还鼓动着世界的灿烂之梦，谁知道又少了一朵鲜美的花！她死了！

…………

这段故事的时期，大概在中华民国八九年到十一二年之间。到现在我写这个故事，一切的局面已经不是前几年的故态；如步军统领衙门几年前还是个很有势力的，现在已经是历史上的材料了！我们书中的人物，死的没法再生，而生的在这几年内，又变化万端了。

我们第一位英雄老张，因他盟兄李五作了师长，一个电报送到北京政府保荐老张作南方某省的教育厅长。老张与教育厅长两名词发生关系以后，自有新闻纸与政府公文作将来为老张写传记的材料，不用我们分心。我所应当在这里附带说一两句的是：老张作厅长之后娶了两个妾，一共还没用了五百块钱。这是他平生最得意的事。……

听说李应跑到天津，现在已经成立了一些事业。他由赵四处得到龙凤的通信处，给她写过几封信，而一封回信也没接到。据传说龙凤嫁了一个富人，她的父亲已辞去教会的事不作，而与女儿女婿一处住。李应当怎样的难受？……

孙八经孙守备的监视，不敢再萌娶妾的心。大概俟孙老者死后再说。可是现在孙老者还十分健壮。龙树古把欠孙八的钱还清，孙八把一千多元都交给了李山东，扩充他的买卖。……

南飞生因作事有手腕，已经作了县知事，听说也颇赚钱呢！

王德父亲死了，他当了家，而且作了父亲，陈姑娘供献给他一个肥胖的大男孩！……

蓝小山换了一副玳瑁边的赭色眼镜，因为蓝眼镜好像不吉祥似的。别的事，与其说我们不知道，还不如说我们不明白蓝小山的玄妙，较为妥当。

赵四还是拉车挣饭吃，有一次真买了一对小白老鼠给小三，小四送去。据小三说，那对小白老鼠也不如赵四有趣！……

# 猫城记

# 自　序

我向来不给自己的作品写序。怕麻烦；很立得住的一个理由。还有呢，要说的话已都在书中说了，何必再絮絮叨叨？再说，夸奖自己吧，不好；咒骂自己吧，更合不着。莫若不言不语，随它去。

此次现代书局嘱令给《猫城记》作序，天大的难题！引证莎士比亚需要翻书；记性向来不强。自道身世说起来管保又臭又长，因为一肚子倒有半肚子牢骚，哭哭啼啼也不像个样子——本来长得就不十分体面。怎办？

好吧，这么说：《猫城记》是个恶梦。为什么写它？最大的原因——吃多了。可是写得很不错，因为二姐和外甥都向我伸大拇指，虽然我自己还有一点点不满意。不很幽默。但是吃多了大笑，震破肚皮还怎再吃？不满意，可也无法。人不为面包而生。是的，火腿面包其庶几乎？

二姐嫌它太悲观，我告诉她，猫人是猫人，与我们不相干，管它悲观不悲观。二姐点头不已。

外甥问我是哪一派的写家？属于哪一阶级？代表哪种人讲话？是否脊椎动物？得了多少稿费？我给他买了十斤苹果，堵上他的嘴。他不再问，我乐得去睡大觉。梦中倘有所见，也许还能写本“狗城记”。是为序。

年月日，刚睡醒，不大记得。

# 一

飞机是碎了。

我的朋友——自幼和我同学：这次为我开了半个多月的飞机——连一块整骨也没留下！

我自己呢，也许还活着呢？我怎能没死？神仙大概知道。我顾不及伤心了。

我们的目的地是火星。按着我的亡友的计算，在飞机出险以前，我们确是已进了火星的气圈。那么，我是已落在火星上了？假如真是这样，我的朋友的灵魂可以自安了：第一个在火星上的中国人，死得值！但是，这“到底”是哪里？我只好“相信”它是火星吧；不是也得是，因为我无从证明它的是与不是。自然从天文上可以断定这是哪个星球；可怜，我对于天文的知识正如对古代埃及文字，一点也不懂！我的朋友可以毫不迟疑的指示我，但是他，他……噢！我的好友，与我自幼同学的好友！

飞机是碎了。我将怎样回到地球上去？不敢想！只有身上的衣裳——碎得像些挂着的干菠菜——和肚子里的干粮；不要说回去的计划，就是怎样在这里活着，也不敢想啊！言语不通，地方不认识，火星上到底有与人类相似的动物没有？问题多得像……就不想吧；“火星上的漂流者”，还不足以自慰么？使忧虑减去勇敢是多么不上算的事！

这自然是追想当时的情形。在当时，脑子已震昏。震昏的脑子也许会发生许多不相联贯的思念，已经都想不起了；只有这些——怎样回去，和怎样活着——似乎在脑子完全清醒之后还记得很真切，像被海潮打上岸来的两块木板，船已全沉了。

我清醒过来。第一件事是设法把我的朋友，那一堆骨肉，埋葬起来。那只飞机，我连看它也不敢看。它也是我的好友，它将我们俩运到这里来，忠诚的机器！朋友都死了，只有我还活着，我觉得他们俩的不幸好像都是我的过错！两个有本事的倒都死了，只留下我这个没能力的，傻子偏有福气，多么难堪的自慰！我觉得我能只手埋葬我的同学，但是我一定不能把飞机也掩埋了，所以我不敢看它。

我应当先去挖坑，但是我没有去挖，只呆呆的看着四外，从泪中看着四外。我为什么不抱着那团骨肉痛哭一场？我为什么不立刻去掘地？在一种如梦方醒的状态中，有许多举动是我自己不能负责的，现在想来，这或者是最近情理的解释与自恕。

我呆呆的看着四外。奇怪，那时我所看见的我记得清楚极了，无论什么时候我一闭眼，便能又看见那些景物，带着颜色立在我的面前，就是颜色相交处的影线也都很清楚。只有这个与我幼时初次随着母亲去祭扫父亲的坟墓时的景象是我终身忘不了的两张图画。

我说不上来我特别注意到什么；我给四围的一切以均等的“不关切的注意”，假如这话能有点意义。我好像雨中的小树，任凭雨点往我身上落；落上一点，叶儿便动一动。

我看见一片灰的天空。不是阴天，这是一种灰色的空气。阳光不能算不强，因为我觉得很热；但是它的热力并不与光亮作正比，热自管热，并没有夺目的光华。我似乎能摸到四围的厚重，热，密，沉闷的灰气。也不是有尘土，远处的东西看得很清楚，决不像有风沙。阳光好像在这灰中折减了，而后散匀，所以处处是灰的，处处还有亮，一种银灰的宇宙。中国北方在夏旱的时候，天上浮着层没作用的灰云，把阳光遮减了一些，可是温度还是极高，便有点与此地相似；不过此地的灰气更暗淡一些，更低重一些，那灰重的云好像紧贴着我的脸。豆腐房在夜间储满了热气，只有一盏油灯在热气中散着点鬼光，便是这个宇宙的雏形。这种空气使我觉着不自在。远处有些小山，也是灰色的，比天空更深一些；因为不是没有阳光，小山上是灰里带着些淡红，好像野鸽脖子上的彩闪。

灰色的国！我记得我这样想，虽然我那时并不知道那里有国家没有。

从远处收回眼光，我看见一片平原，灰的！没有树，没有房子，没有田地，平，平；平得讨厌。地上有草，都擦着地皮长着，叶子很大，可是没有竖立的梗子。土脉不见得不肥美，我想，为什么不种地呢？

离我不远，飞起几只鹰似的鸟，灰的，只有尾巴是白的。这几点白天尾巴给这全灰的宇宙一点变化，可是并不减少那惨淡蒸郁的气象，好像在阴苦的天空中飞着几片纸钱！

鹰鸟向我这边飞过来。看着看着，我心中忽然一动，它们看见了我的朋友，那堆……远处又飞起来几只。我急了，本能的向地下找，没有铁锹，连根木棍也没有！不能不求救于那只飞机了；有根铁棍也可以慢慢的挖一个坑。但是，鸟已经在我头上盘旋了。我不顾得再看，可是我觉得出它们是越飞越低，它们的啼声，一种长而尖苦的啼声，是就在我的头上。顾不得细找，我便扯住飞机的一块，也说不清是哪一部分，疯了似的往下扯。鸟儿下来一只。我拼命的喊了一声。它的硬翅颤了几颤，两腿已将落地，白尾巴一钩，又飞起去了。

这个飞起去了，又来了两三只，都像喜鹊得住些食物那样叫着；上面那些只的啼声更长了，好像哀求下面的等它们一等；末了，“扎”的一声全下来了。我扯那飞机，手心粘了，一定是流了血，可是不觉得疼。扯，扯，扯；没用！我扑过它们去，用脚踢，喊着。它们伸开翅膀向四外躲，但是没有飞起去的意思。有一只已在那一堆……上啄了一口！我的眼前冒了红光，我扑过它去，要用手抓它；只顾抓这只，其余的那些环攻上来了；我又乱踢起来。它们扎扎的叫，伸着硬翅往四外躲；只要我的腿一往回收，它们便红着眼攻上来。而且攻上来之后，不愿再退，有意要啄我的脚了。

忽然我想起来：腰中有只手枪。我刚立定，要摸那只枪；什么时候来的？我前面，就离我有七八步远，站着一群人；一眼我便看清，猫脸的人！

# 二

掏出手枪来，还是等一等？许多许多不同的念头环绕着这两个主张；在这一分钟里，我越要镇静，心中越乱。结果，我把手放下去了。向自己笑了一笑。到火星上来是我自己情愿冒险，叫这群猫人把我害死——这完全是设想，焉知他们不是最慈善的呢——是我自取；为什么我应当先掏枪呢！一点善意每每使人勇敢；我一点也不怕了。是福是祸，听其自然；无论如何，衅不应由我开。

看我不动，他们往前挪了两步。慢，可是坚决，像猫看准了老鼠那样的前进。

鸟儿全飞起来，嘴里全叼着块……我闭上了眼！

眼还没睁开——其实只闭了极小的一会儿——我的双手都被人家捉住了。想不到猫人的举动这么快；而且这样的轻巧，我连一点脚步声也没听见。

没往外拿手枪是个错误。不！我的良心没这样责备我。危患是冒险生活中的饮食。心中更平静了，连眼也不愿睁了。这是由心中平静而然，并不是以退为进。他们握着我的双臂，越来越紧，并不因为我不抵抗而松缓一些。这群玩艺儿是善疑的，我心中想；精神上的优越使我更骄傲了，更不肯和他们较量力气了。每只胳臂上有四五只手，很软，但是很紧，并且似乎有弹性，与其说是握着，不如说是箍着，皮条似的往我的肉里煞。挣扎是无益的。我看出来：设若用力抽夺我的胳臂，他们的手会箍进我的肉里去；他们是这种人：不光明的把人捉住，然后不看人家的举动如何，总得给人家一种极残酷的肉体上的虐待。设若肉体上的痛苦能使精神的光明减色，惭愧，这时候我确乎有点后悔了；对这种人，假如我的推测不错，是应当采取“先下手为强”的政策；“当”的一枪，管保他们全跑。但是事已至此，后悔是不会改善环境的；光明正大是我自设的陷阱，就死在自己的光明之下吧！我睁开了眼。他们全在我的背后呢，似乎是预定好即使我睁开眼也看不见他们。这种鬼祟的行动使我不由的起了厌恶他们的心；我不怕死，我心里说：“我已经落在你们的手中，杀了我，何必这样偷偷摸摸的呢！”我不由的说出来：“何必这样……”我没往下说；他们决不会懂我的话。胳臂上更紧了，那半句话的效果！我心里想：就是他们懂我的话，也还不是白费唇舌！我连头也不回，凭他们摆布；我只希望他们用绳子拴上我，我的精神正如肉体，同样的受不了这种软，紧，热，讨厌的攥握！

空中的鸟更多了，翅子伸平，头往下钩钩着，预备得着机会便一翅飞到地，去享受与我自幼同学的朋友的……

背后这群东西到底玩什么把戏呢？我真受不了这种钝刀慢锯的办法了！但是，我依旧抬头看那群鸟，残酷的鸟们，能在几分钟内把我的朋友吃净。啊！能几分钟吃净一个人吗？那么，鸟们不能算残酷的了；我羡慕我那亡友，朋友！你死得痛快，消灭得痛快，比较起我这种零受的罪，你的是无上的幸福！

“快着点！”几次我要这么说，但是话到唇边又收回去了。我虽然一点不知道猫人的性情习惯，可是在这几分钟的接触，我似乎直觉的看出来，他们是宇宙间最残忍的人；残忍的人是不懂得“干脆”这个字的，慢慢用锯齿锯，是他们的一种享受。说话有什么益处呢？我预备好去受针尖刺手指甲肉，鼻子里灌煤油——假如火星上有针和煤油。

我落下泪来，不是怕，是想起来故乡。光明的中国，伟大的中国，没有残暴，没有毒刑，没有鹰吃死尸。我恐怕永不能再看那块光明的地土了，我将永远不能享受合理的人生了；就是我能在火星上保存着生命，恐怕连享受也是痛苦吧！？

我的腿上也来了几只手。他们一声不出，可是呼吸气儿热忽忽的吹着我的背和腿；我心中起了好似被一条蛇缠住那样的厌恶。

咯啱的一声，好像多少年的静寂中的一个响声，听得分外清楚，到如今我还有时候听见它。我的腿腕上了脚镣！我早已想到有此一举。腿腕登时失了知觉，紧得要命。

我犯了什么罪？他们的用意何在？想不出。也不必想。在猫脸人的社会里，理智是没用的东西，人情更提不到，何必思想呢。

手腕也锁上了。但是，出我意料之外，他们的手还在我的臂与腿上箍着。过度的谨慎——由此生出异常的残忍——是黑暗生活中的要件；我希望他们锁上我而撤去那些只热手，未免希望过奢。

脖子上也来了两只热手。这是不许我回头的表示；其实谁有那么大的工夫去看他们呢！人——不论怎样坏——总有些自尊的心；我太看低他们了。也许这还是出于过度的谨慎，不敢说，也许脖子后边还有几把明晃晃的刀呢。

这还不该走吗？我心中想。刚这么一想，好像故意显弄他们也有时候会快当一点似的，我的腿上挨了一脚，叫我走的命令。我的腿腕已经箍麻了，这一脚使我不由的向前跌去；但是他们的手像软而硬的钩子似的，钩住我的肋条骨；我听见背后像猫示威时相噗的声音，好几声，这大概是猫人的笑。很满意这样的挫磨我，当然是。我身上不知出了多少汗。

他们为快当起见，颇可以抬着我走；这又是我的理想。我确是不能迈步了；这正是他们非叫我走不可的理由——假如这样用不太羞辱了“理由”这两个字。

汗已使我睁不开眼，手是在背后锁着；就是想摇摇头摆掉几个汗珠也不行，他们箍着我的脖子呢！我直挺着走，不，不是走，但是找不到一个字足以表示跳，拐，跌，扭……等等搀合起来的行动。

走出只有几步，我听见——幸而他们还没堵上我的耳朵——那群鸟一齐“扎”的一声，颇似战场上冲锋的“杀”；当然是全飞下去享受……我恨我自己；假如我早一点动手，也许能已把我的同学埋好；我为什么在那块呆呆的看着呢！朋友！就是我能不死，能再到这里来，恐怕连你一点骨头渣儿也找不着了！我终身的甜美记忆的总量也抵不住这一点悲苦惭愧，哪时想起来哪时便觉得我是个人类中最没价值的！

好像在恶梦里：虽然身体受着痛苦，可是还能思想着另外一些事；我的思想完全集中到我的亡友，闭着眼看我脑中的那些鹰，啄食着他的肉，也啄食着我的心。走到哪里了？就是我能睁开眼，我也不顾得看了；还希望记清了道路，预备逃出来吗？我是走呢？还是跳呢？还是滚呢？猫人们知道。我的心没在这个上，我的肉体已经像不属于我了。我只觉得头上的汗直流，就像受了重伤后还有一点知觉那样，渺渺茫茫的觉不出身体在哪里，只知道有些地方往出冒汗，命似乎已不在自己手中了，可是并不觉得痛苦。

我的眼前完全黑了；黑过一阵，我睁开了眼；像醉后刚还了酒的样子。我觉出腿腕的疼痛来，疼得钻心；本能的要用手去摸一摸，手腕还锁着呢。这时候我眼中才看见东西，虽然似乎已经睁开了半天。我已经在一个小船上；什么时候上的船，怎样上去的，我全不知道。

大概是上去半天了，因为我的脚腕已缓醒过来，已觉得疼痛。我试着回回头，脖子上的那两只热手已没有了；回过头去看，什么也没有。上面是那银灰的天；下面是条温腻深灰的河，一点声音也没有，可是流得很快；中间是我与一只小船，随流而下。

## 三

我顾不得一切的危险，危险这两个字在此时完全不会在脑中发现。热，饿，渴，痛，都不足以胜过疲乏——我已坐了半个多月的飞机——不知道怎么会挣扎得斜卧起来，我就那么睡去了；仰卧是不可能的，手上的锁镣不许我放平了脊背。把命交给了这浑腻蒸热的河水，我只管睡；还希望在这种情形里作个好梦吗！？

再一睁眼，我已靠在一个小屋的一角坐着呢；不是小屋，小洞更真实一点；没有窗户，没有门；四块似乎是墙的东西围着一块连草还没铲去的地，顶棚是一小块银灰色的天。我的手已自由了，可是腰中多了一根粗绳，这一头缠着我的腰，虽然我并不需要这么根腰带，那一头我看不见，或者是在墙外拴着；我必定是从天而降的被系下来的。怀中的手枪还在，奇怪！

什么意思呢？绑票？向地球上去索款？太费事了。捉住了怪物，预备训练好了去到动物园里展览？或是送到生物学院去解剖？这倒是近乎情理。我笑了，我确乎有点要疯。口渴得要命。为什么不拿去我的手枪呢？这点惊异与安慰并不能使口中增多一些津液。往四处看，绝处逢生。与我坐着的地方平行的墙角有个石罐。里边有什么？谁去管，我一定过去看看，本能是比理智更聪明的。脚腕还绊着，跳吧。

忍着痛往起站，立不起来，试了几试，腿已经不听命令了。坐着吧。渴得胸中要裂。肉体的需要把高尚的精神丧尽，爬吧！小洞不甚宽大，伏在地上，也不过只差几寸吧，伸手就可以摸着那命中希望的希望，那个宝贝罐子。但是，那根腰带在我躺平以前便下了警告，它不允许我躺平，设若我一定要往前去，它便要把我吊起来了。无望。

口中的燃烧使我又起了飞智：脚在前，仰卧前进，学那翻不过身的小硬盖虫。绳子虽然很紧，用力挣扎究竟可以往肋部上匀一匀，肋部总比腿根瘦一些，能匀到胸部，我的脚便可以碰到罐子上，哪怕把肋部都磨破了呢，究竟比这么渴着强。肋部的皮破了，不管；前进；疼，不管；啊，脚碰着了那个宝贝！

脚腕锁得那么紧，两个脚尖直着可以碰到罐子，但是张不开，无从把它抱住；拳起一点腿来，脚尖可以张开些，可是又碰不到罐子了。无望。

只好仰卧观天。不由的摸出手枪来。口渴得紧。看了看那玲珑轻便的小枪。闭上眼，把那光滑的小圆枪口放在太阳穴上；手指一动，我便永不会口渴了。心中忽然一亮，极快的坐起来，转过身来面向墙角，对准面前的粗绳，啱，啱，两枪，绳子烧糊了一块。手撕，牙咬，疯了似的，把绳子终于扯断。狂喜使我忘了脚上的锁镣，猛然往起一立，跌在地上；就势便往石罐那里爬。端起来，里面有些光，有水！也许是水，也许是……顾不得迟疑。石罐很厚，不易喝；可是喝到一口，真凉，胜似仙浆玉露；努力总是有报酬的，好像我明白了一点什么生命的真理似的。

水并不多；一滴也没剩。

我抱着那个宝贝罐子。心中刚舒服一点，幻想便来了：设若能回到地球上去，我必定把它带了走。无望吧？我呆起来。不知有多久，我呆呆的看着罐子的口。

头上飞过一群鸟，简短的啼着，将我唤醒。抬头看，天上起了一层浅桃红的霞，没能把灰色完全掩住，可是天像高了一些，清楚了一些，墙顶也镶上一线有些力量的光。天快黑了，我想。

我应当干什么呢？

在地球上可以行得开的计划，似乎在此地都不适用；我根本不明白我的对方，怎能决定办法呢。鲁滨孙并没有像我这样困难，他可以自助自决，我是要从一群猫人手里逃命；谁读过猫人的历史呢。

但是我必得作些什么？

脚镣必须除去，第一步工作。始终我也没顾得看看脚上拴的是什么东西，大概因为我总以为脚镣全应是铁作的。现在我必须看看它了，不是铁的，因为它的颜色是铅白的。为什么没把我的手枪没收，有了答案：火星上没铁。猫人们过于谨慎，唯恐一摸那不认识的东西受了危害，所以没敢去动。我用手去摸，硬的，虽然不是铁；试着用力扯，扯不动。什么作的呢？趣味与逃命的急切混合在一处。用枪口敲它一敲，有金属应发的响声，可是不像铁声。银子？铅？比铁软的东西，我总可以设法把它磨断；比如我能打破那个石罐，用石棱去磨——把想将石罐带到地球上去的计划忘了。拿起石罐想往墙上碰；不敢，万一惊动了外面的人呢；外面一定有人看守着，我想。不能，刚才已经放过枪，并不见有动静。后怕起来，设若刚才随着枪声进来一群人？可是，既然没来，放胆吧；罐子出了手，只碰下一小块来，因为小所以很锋利。我开始工作。

铁打房梁磨成绣花针，工到自然成；但是打算在很短的时间用块石片磨断一条金属的脚镣，未免过于乐观。经验多数是“错误”的儿女，我只能乐观的去错误；由地球上带来的经验在此地是没有多少价值的。磨了半天，有什么用呢，它纹丝没动，好像是用石片切金刚石呢。

摸摸身上的碎布条，摸摸鞋，摸摸头发，万一发现点能帮助我的东西呢；我已经似乎变成个没理智的动物。啊！腰带下的小裤兜里还有盒火柴，一个小“铁”盒。要不是细心的搜寻真不会想起它来；我并不吸烟，没有把火柴放在身上的习惯。我为什么把它带在身边？想不起。噢，想起来了：朋友送给我的，他听到我去探险，临时赶到飞机场送行，没有可送我的东西，就把这个盒塞在我的小袋里。“小盒不会给飞机添多少重量，我希望！”他这么说来着。我想起来了。好似多少年以前的事了；半个月的飞行不是个使心中平静清楚的事。

我玩弄着那个小盒，试着追想半个月以前的事；眼前的既没有希望，只好回想过去的甜美，生命是会由多方面找到自慰的。

天黑上来了。肚中觉出饿来。划了一根火柴，似乎要看看四下有没有可吃的东西。灭了，又划了一根；无心的可笑的把那点小火放在脚镣上去烧烧看。忽！吱！像写个草书的四字——の——那么快，脚腕上已剩下一些白灰。一股很不好闻的气味，钻入鼻孔，叫我要呕。

猫人还会利用化学作东西，想不到的事！

## 四

命不自由，手脚脱了锁镣有什么用呢！但是我不因此而丧气；至少我没有替猫人们看守这个小洞的责任。把枪，火柴盒，都带好；我开始揪着那打断的粗绳往墙上爬。头过了墙，一片深灰，不像是黑夜，而是像没有含着烟的热雾。越过墙头，跳下去。往哪里走？在墙内时的勇气减去十分之八。没有人家，没有灯光，没有声音。远处——也许不远，我测不准距离——似乎有片树林。我敢进树林吗？知道有什么野兽？

我抬头看着星星，只看得见几个大的，在灰空中发着些微红的光。

又渴了，并且很饿。在夜间猎食，就是不反对与鸟兽为伍，我也没那份本事。幸而不冷；在这里大概日夜赤体是不会受寒的。我倚了那小屋的墙根坐下，看看天上那几个星，看看远处的树林。什么也不敢想；就是最可笑的思想也会使人落泪：孤寂是比痛苦更难堪的。

这样坐了许久，我的眼慢慢的失了力量；可是我并不敢放胆的睡去，闭了一会儿，心中一动，努力的睁开，然后又闭上。有一次似乎看见了一个黑影；但在看清之前就又不见了。因疑见鬼，我责备自己，又闭上了眼；刚闭上又睁开了，到底是不放心。哼！又似乎有个黑影，刚看到，又不见了。我的头发根立起来了。到火星上捉鬼不在我的计划之中。不敢再闭眼了。

好大半天，什么也没有。我试着闭上眼，留下一点小缝看着；来了，那个黑影！

不怕了，这一定不是鬼；是个猫人。猫人的视官必定特别的发达，能由远处看见我的眼睛的开闭。紧张，高兴，几乎停止了呼吸，等着；他来在我的身前，我便自有办法；好像我一定比猫人优越似的，不知根据什么理由；或者因为我有把手枪？可笑。

时间在这里是没有丝毫价值的，好似等了几个世纪他才离我不远了；每一步似乎需要一刻，或一点钟，一步带着整部历史遗传下来的谨慎似的。东试一步，西试一步，弯下腰，轻轻的立起来，向左扭，向后退，像片雪花似的伏在地上，往前爬一爬，又躬起腰来……小猫夜间练习捕鼠大概是这样，非常的有趣。

不要说动一动，我猛一睁眼，他也许一气跑到空间的外边去。我不动，只是眼睛留着个极小的缝儿看他到底怎样。

我看出来了，他对我没有恶意，他是怕我害他。他手中没拿着家伙，又是独自来的，不会是要杀我。我怎能使他明白我也不愿意加害于他呢？不动作是最好的办法，我以为，这至少不会吓跑了他。

他离我越来越近了。能觉到他的热气了。他斜着身像接力竞走预备接替时的姿式，用手在我的眼前摆了两摆。我微微的点了点头。他极快的收回手去，保持着要跑的姿式，可是没跑。他看着我；我又轻轻的一点头。他还是不动。我极慢的抬起双手，伸平手掌给他看。他似乎能明白这种“手语”，也点了点头，收回那只伸出老远的腿。我依旧手掌向上，屈一屈指，作为招呼他的表示。他也点点头。我挺起点腰来，看看他，没有要跑的意思。这样极痛苦的可笑磨烦了至少有半点钟，我站起来了。

假如磨烦等于作事，猫人是最会作事的。换句话说，他与我不知磨烦了多大工夫，打手势，点头，撇嘴，纵鼻子，差不多把周身的筋肉全运动到了，表示我们俩彼此没有相害的意思。当然还能磨烦一点钟，哼，也许一个星期，假如不是远处又来了黑影——猫人先看见的。及至我也看到那些黑影，猫人已跑出四五步，一边跑一边向我点手。我也跟着他跑。

猫人跑得不慢，而且一点声音没有。我是又渴又饿，跑了不远，我的眼前已起了金星。但是我似乎直觉的看出来：被后面那些猫人赶上，我与我这个猫人必定得不到什么好处；我应当始终别离开这个新朋友，他是我在火星上冒险的好帮手。后面的人一定追上来了，因为我的朋友脚上加了劲。又支持了一会儿，我实在不行了，心好像要由嘴里跳出来。后面有了声音，一种长而尖酸的嚎声！猫人们必是急了，不然怎能轻易出声儿呢。我知道我非倒在地上不行了，再跑一步，我的命一定会随着一口血结束了。

用生命最后的一点力量，把手枪掏出来。倒下了，也不知道向哪里开了一枪，我似乎连枪声都没听见就昏过去了。

再一睁眼：屋子里，灰色的，一圈红光，地，飞机，一片血，绳子……我又闭上了眼。

隔了多日我才知道：我是被那个猫人给拉死狗似的拉到他的家中。他若是不告诉我，我始终不会想到怎么来到此地。火星上的土是那么的细美，我的身上一点也没有磨破。那些追我的猫人被那一枪吓得大概跑了三天也没有住脚。这把小手枪——只实着十二个子弹——使我成了名满火星的英雄。

## 五

我一直的睡下去，若不是被苍蝇咬醒，我也许就那么睡去，睡到永远。原谅我用“苍蝇”这个名词，我并不知道它们的名字；它们的样子实在像小绿蝴蝶，很美，可是行为比苍蝇还讨厌好几倍；多的很，每一抬手就飞起一群绿叶。

身上很僵，因为我是在“地”上睡了一夜，猫人的言语中大概没有“床”这个字。一手打绿蝇，一手磨擦身上，眼睛巡视着四围。屋里没有可看的。床自然就是土地，这把卧室中最重要的东西已经省去。希望找到个盆，好洗洗身上，热汗已经泡了我半天一夜。没有。东西既看不到，只好看墙和屋顶，全是泥作的，没有任何装饰。四面墙围着一团臭气，这便是屋子。墙上有个三尺来高的洞，是门；窗户，假如一定要的话，也是它。

我的手枪既没被猫人拿去，也没丢失在路上，全是奇迹。把枪带好，我从小洞爬出来了。明白过来，原来有窗也没用，屋子是在一个树林里　　大概就是昨天晚上看见的那片——树叶极密，阳光就是极强也不能透过，况且阳光还被灰气遮住。怪不得猫人的视力好。林里也不凉快，潮湿蒸热，阳光虽见不到，可是热气好像裹在灰气里；没风。

我四下里去看，希望找到个水泉，或是河沟，去洗一洗身上。找不到；只遇见了树叶，潮气，臭味。

猫人在一株树上坐着呢。当然他早看见了我。可是及至我看见了他，他还往树叶里藏躲。这使我有些发怒。哪有这么招待客人的道理呢：不管吃，不管喝，只给我一间臭屋子。我承认我是他的客人，我自己并没意思上这里来，他请我来的。最好是不用客气，我想。走过去，他上了树尖。我不客气的爬到树上，抱住一个大枝用力的摇。他出了声，我不懂他的话，但是停止了摇动。我跳下来，等着他。他似乎晓得无法逃脱，抿着耳朵，像个战败的猫，慢慢的下来。

我指了指嘴，仰了仰脖，嘴唇开闭了几次，要吃要喝。他明白了，向树上指了指。我以为这是叫我吃果子；猫人们也许不吃粮食，我很聪明的猜测。树上没果子。他又爬上树去，极小心的揪下四五片树叶，放在嘴中一个，然后都放在地上，指指我，指指叶。

这种喂羊的办法，我不能忍受；没过去拿那树叶。猫人的脸上极难看了，似乎也发了怒。他为什么发怒，我自然想不出；我为什么发怒，他或者也想不出。我看出来了，设若这么争执下去，一定没有什么好结果，而且也没有意味，根本谁也不明白谁。

但是，我不能自己去拾起树叶来吃。我用手势表示叫他拾起送过来。他似乎不懂。我也由发怒而怀疑了。莫非男女授受不亲，在火星上也通行？这个猫人闹了半天是个女的？不敢说，哼，焉知不是男男授受不亲呢！？（这一猜算猜对了，在这里住了几天之后证实了这个。）好吧，因彼此不明白而闹气是无谓的，我拾起树叶，用手擦了擦。其实手是脏极了，被飞机的铁条刮破的地方还留着些血迹；但是习惯成自然，不由的这么办了。送到嘴中一片，很香，汁水很多；因为没有经验，汁儿从嘴角流下点来；那个猫人的手脚都动了动，似乎要过来替我接住那点汁儿；这叶子一定是很宝贵的，我想；可是这么一大片树林，为什么这样的珍惜一两个叶子呢？不用管吧，稀罕事儿多着呢。连气吃了两片树叶，我觉得头有些发晕，可是并非不好受。我觉得到那点宝贝汁儿不但走到胃中去，而且有股麻劲儿通过全身，身上立刻不僵得慌了。肚中麻酥酥的满起来。心中有点发迷，似乎要睡，可是不能睡，迷糊之中又有点发痒，一种微醉样子的刺激。我手中还拿着一片叶，手似乎刚睡醒时那样松懒而舒服。没力气再抬。心中要笑；说不清脸上笑出来没有。我倚住一棵大树，闭了一会儿眼。极短的一会儿，头轻轻的晃了两晃。醉劲过去了，全身没有一个毛孔不觉得轻松的要笑，假如毛孔会笑。饥渴全不觉得了；身上无须洗了，泥，汗，血，都舒舒服服的贴在肉上，一辈子不洗也是舒服的。

树林绿得多了。四围的灰空气也正不冷不热，不多不少的合适。灰气绿树正有一种诗意的温美。潮气中，细闻，不是臭的了，是一种浓厚的香甜，像熟透了的甜瓜。“痛快”不足以形容出我的心境。“麻醉”，对，“麻醉”！那两片树叶给我心中一些灰的力量，然后如鱼得水的把全身浸渍在灰气之中。

我蹲在树旁。向来不喜蹲着；现在只有蹲着才觉得舒坦。

开始细看那个猫人；厌恶他的心似乎减去很多，有点觉得他可爱了。

所谓猫人者，并不是立着走，穿着衣服的大猫。他没有衣服。我笑了，把我上身的碎布条也拉下去，反正不冷，何苦挂着些零七八碎的呢。下身的还留着，这倒不是害羞，因为我得留着腰带，好挂着我的手枪。其实赤身佩带挂手枪也未尝不可，可是我还舍不得那盒火柴；必须留着裤子，以便有小袋装着那个小盒，万一将来再被他们上了脚镣呢。把靴子也脱下来扔在一边。

往回说，猫人不穿衣服。腰很长，很细，手脚都很短。手指脚趾也都很短。（怪不得跑得快而作事那么慢呢，我想起他们给我上锁镣时的情景。）脖子不短，头能弯到背上去。脸很大，两个极圆极圆的眼睛，长得很低，留出很宽的一个脑门。脑门上全长着细毛，一直的和头发——也是很细冗——联上。鼻子和嘴联到一块，可不是像猫的那样俊秀，似乎像猪的，耳朵在脑瓢上，很小。身上都是细毛，很光润，近看是灰色的，远看有点绿，像灰羽毛纱的闪光。身腔是圆的，大概很便于横滚。胸前有四对小乳，八个小黑点。

他的内部构造怎样，我无从知道。

他的举动最奇怪的，据我看是他的慢中有快，快中有慢，使我猜不透他的立意何在；我只觉得他是非常的善疑。他的手脚永不安静着，脚与手一样的灵便；用手脚似乎较用其他感官的时候多，东摸摸，西摸摸，老动着；还不是摸，是触，好像蚂蚁的触角。

究竟他把我拉到此地，喂我树叶，是什么意思呢？我不由的，也许是那两片树叶的作用，要问了。可是怎样问呢？言语不通。

## 六

三四个月的工夫，我学会了猫话。马来话是可以在半年内学会的，猫语还要简单的多。四五百字来回颠倒便可以讲说一切。自然许多事与道理是不能就这么讲明白的，猫人有办法：不讲。形容词与副词不多，名词也不富裕。凡是像迷树的全是迷树：大迷树，小迷树，圆迷树，尖迷树，洋迷树，大洋迷树……其实这是些决不相同的树。迷树的叶便是那能使人麻醉的宝贝。代名词是不大用的，根本没有关系代名词。一种极儿气的语言。其实只记住些名词便够谈话的了，动词是多半可以用手势帮忙的。他们也有文字，一些小楼小塔似的东西，很不好认；普通的猫人至多只能记得十来个。

大蝎——这是我的猫朋友的名字——认识许多字，还会作诗。把一些好听的名词堆在一处，不用有任何简单的思想，便可以成一首猫诗。宝贝叶宝贝花宝贝山宝贝猫宝贝肚子……这是大蝎的“读史有感”。猫人有历史，两万多年的文明。

会讲话了，我明白过来 切。大蝎是猫国的重要人物，大地主兼政客、诗人与军官。大地主，因为他有一大片迷树，迷叶是猫人食物的食物。他为什么养着我，与这迷叶大有关系。据他说，他拿出几块历史来作证——书都是石头做的，二尺见方半寸来厚一块，每块上有十来个极复杂的字——五百年前，他们是种地收粮，不懂什么叫迷叶。忽然有个外国人把它带到猫国来。最初只有上等人吃得起，后来他们把迷树也搬运了来，于是大家全吃入了瘾。不到五十年的工夫，不吃它的人是例外了。吃迷叶是多么舒服，多么省事的；可是有一样，吃了之后虽然精神焕发，可是手脚不爱动，于是种地的不种了，作工的不作了，大家闲散起来。政府下了令：禁止再吃迷叶。下令的第一天午时，皇后瘾得打了皇帝三个嘴巴子——大蝎搬开一块历史——皇帝也瘾得直落泪。当天下午又下了令：定迷叶为"国食"。在猫史上没有比这件事再光荣再仁慈的，大蝎说。

自从迷叶定为国食以后的四百多年，猫国文明的进展比以前加速了好几倍。吃了迷叶不喜肉体的劳动，自然可以多作些精神事业。诗艺，举个例说，比以前进步多了；两万年来的诗人没有一个用过"宝贝肚子"的。

可是，这并不是说政治上与社会上便没有了纷争。在三百年前，迷树的种植是普遍的。可是人们越吃越懒，慢慢的连树也懒得种了。又恰巧遇上一年大水——大蝎的灰脸似乎有点发白，原来猫人最怕水——把树林冲去了很多。没有别的东西吃，猫人是可以忍着的；没有迷叶，可不能再懒了。到处起了抢劫。抢案太多了，于是政府又下了最合人道的命令：抢迷叶吃者无罪。这三百年来是抢劫的时代；并不是坏事，抢劫是最足以表现个人自由的，而自由又是猫人自有史以来的最高理想。

（按：猫语中的"自由"，并不与中国话中的相同。猫人所谓自由者是欺侮别人，不合作，捣乱……男男授受不亲即由此而来，一个自由人是不许别人接触他的，彼此见面不握手或互吻，而是把头向后扭一扭表示敬意。）

"那么，你为什么还种树呢？"我用猫语问——按着真正猫语的形式，这句话应当是：脖子一扭（表示“那么”），用手一指（你），眼球转两转（为什么），种（动词）树？“还”字没法表示。

大蝎的嘴闭上了一会儿。猫人的嘴永远张着，鼻子不大管呼吸的工作；偶尔闭上表示得意或深思。他的回答是：现在种树的人只有几十个了，都是强有力的人——政客军官诗人兼地主。他们不能不种树，不种便丢失了一切势力。作政治需要迷叶，不然便见不到皇帝。作军官需要迷树，它是军饷。作诗必定要迷叶，它能使人白天作梦。总之，迷叶是万能的，有了它便可以横行一世。“横行”是上等猫人口中最高尚的一个字。

设法保护迷林是大蝎与其他地主的首要工作。他们虽有兵，但不能替他们作事。猫兵是讲自由的，只要迷叶吃，不懂得服从命令。他们自己的兵常来抢他们，这在猫人心中——由大蝎的口气看得出——是最合逻辑的事。究竟谁来保护迷林呢？外国人。每个地主必须养着几个外国人作保护者。猫人的敬畏外国人是天性中的一个特点。他们的自由不能使五个兵在一块住三天而不出人命，和外人打仗是不可能的事。大蝎附带着说，很得意的，“自相残杀的本事，一天比一天大，杀人的方法差不多与作诗一样巧妙了”。

“杀人成了一种艺术，”我说。猫语中没有“艺术”，经我解释了半天，他还是不能明白，但是他记住这两个中国字。

在古代他们也与外国打过仗，而且打胜过，可是在最近五百年中，自相残杀的结果叫他们完全把打外国人的观念忘掉，而一致的对内。因此也就非常的怕外国人；不经外国人主持，他们的皇帝连迷叶也吃不到嘴。

* * *

三年前来过一只飞机。哪里来的，猫人不晓得，可是记住了世界上有种没毛的大鸟。

我的飞机来到，猫人知道是来了外国人。他们只能想到我是火星上的人，想不到火星之外还有别的星球。

大蝎与一群地主全跑到飞机那里去，为是得到个外国人来保护迷林。他们原有的外国保护者不知为什么全回了本国，所以必须另请新的。

他们说好了：请到我之后，大家轮流奉养着，因为外国人在最近是很不易请到的。“请”我是他们的本意，谁知道我并没有长着猫脸，他们向来没见过像我这样的外国人。他们害怕的了不得；可是既而一看我是那么老实，他们决定由“请”改成“捉”了。他们是猫国的“人物”，所以心眼很多，而且遇到必要的时候也会冒一些险。现在想起来，设若我一开首便用武力，准可以把他们吓跑；可是幸而没用武力，因为就是一时把他们吓跑，他们决不会甘心罢休，况且我根本找不到食物。从另一方面说呢，这么被他们捉住，他们纵使还怕我，可是不会“敬”我了。果然，由公请我改成想独占了，大蝎与那一群地主全看出便宜来：捉住我，自然不必再与我讲什么条件，只要供给点吃食便行了，于是大家全变了心。背约毁誓是自由的一部分，大蝎觉得他的成功是非常可自傲的。

把我捆好，放在小船上，他们全绕着小道，上以天作顶的小屋那里去等我。他们怕水，不敢上船。设若半路中船翻了，自然只能归罪于我的不幸，与他们没关系。那个小屋离一片沙地不远，河流到沙地差不多就干了，船一定会停住不动。

把我安置在小屋中，他们便回家去吃迷叶。他们的身边不能带着这个宝贝；走路带着迷叶是最危险的事；因此他们也就不常走路；此次的冒险是特别的牺牲。

大蝎的树林离小屋最近；可是也还需要那么大半天才想起去看我。吃完迷叶是得睡一会儿的。他准知道别人也不会快来。他到了，别人也到了，这完全出乎他的意料之外。“幸而有那艺术”，他指着我的手枪，似乎有些感激它。后来他把不易形容的东西都叫作“艺术”。

我明白了一切，该问他了：那个脚镣是什么作的？

他摇头，只告诉我，那是外国来的东西。“有好多外国来的东西，”他说：“很好用，可是我们不屑摹仿；我们是一切国中最古的国！”他把嘴闭上了一会儿：“走路总得戴着手铐脚镣，很有用！”这也许是实话，也许是俏皮我呢。

我问他天天晚上住在哪里，因为林中只有我那一间小洞，他一定另有个地方去睡觉。他似乎不愿意回答，跟我要一根艺术，就是将要拿去给皇帝看。我给了他一根火柴，也就没往下问他到底睡在哪里；在这种讲自由的社会中，人人必须保留着些秘密。

有家属没有呢？他点点头。“收了迷叶便回家，你与我一同去。”

他还有利用我的地方，我想，可是：“家在哪里？”

“京城，大皇帝住在那里。有许多外国人，你可以看看你的朋友了。”

“我是由地球上来的，不认识火星上的人。”

“反正你是外国人，外国人与外国人都是朋友。”

不必再给他解释；只希望快收完迷叶，好到猫城去看看。

# 七

我与大蝎的关系，据我看，永远不会成为好朋友的。据“我”看是如此；他也许有一片真心，不过我不能欣赏它；他——或任何猫人——设若有真心，那是完全以自己为中心的，为自己的利益而利用人似乎是他所以交友的主因。三四个月内，我一天也没忘了去看看我那亡友的尸骨，但是大蝎用尽方法阻止我去。这一方面看出他的自私；另一方面显露出猫人心中并没有“朋友”这个观念。自私，因为替他看护迷叶好像是我到火星来的唯一责任；没有“朋友”这个观念，因为他口口声声总是“死了，已经死了，干什么还看他去？”他第一不告诉我到那飞机堕落的地方的方向路径；第二，他老监视着我。其实我慢慢的寻找（我要是顺着河岸走，便不会找不到），总可以找到那个地方，但是每逢我走出迷林半里以外，他总是从天而降的截住我。截住了我，他并不强迫我回去；他能把以自己为中心的事说得使我替他伤心，好像听着寡妇述说自己的困难，一把鼻涕一把泪的使我不由的将自己的事搁在一旁。我想他一定背地里抿着嘴暗笑我是傻蛋，但是这个思想也不能使我心硬了。我几乎要佩服他了。

我不完全相信他所说的了；我要自己去看看一切。可是，他早防备着这个。迷林里并不只是他一个人。但是他总不许他们与我接近。

我只在远处看见过他们：我一奔过他们去，登时便不见了，这一定是遵行大蝎的命令。

对于迷叶我决定不再吃。大蝎的劝告真是尽委婉恳挚的能事：不能不吃呀，不吃就会渴的，水不易得呀；况且还得洗澡呢，多么麻烦，我们是有经验的。不能不吃呀，别的吃食太贵呀；贵还在其次，不好吃呀。不能不吃呀，有毒气，不吃迷叶便会死的呀……我还是决定不再吃。他又一把鼻涕，一把泪了；我知道这是他的最后手段；我不能心软；因吃迷叶而把我变成个与猫人一样的人是大蝎的计划，我不能完全受他的摆弄；我已经是太老实了。我要恢复人的生活，要吃要喝要洗澡，我不甘心变成个半死的人。设若不吃迷叶而能一样的活着，合理的活着，哪怕是十天半个月呢，我便只活十天半个月也好；半死的活着，就是能活一万八千年我也不甘心干。我这么告诉大蝎了，他自然不能明白，他一定以为我的脑子是块石头。不论他怎想吧，我算打定了主意。

交涉了三天，没结果。只好拿手枪了。但是我还没忘了公平，把手枪放在地上告诉大蝎，“你打死我，我打死你，全是一样的，设若你一定叫我吃迷叶！你决定吧！”大蝎跑出两丈多远去。他不能打死我，枪在他手中还不如一根草棍在外国人手里；他要的是“我”，不是手枪。

折中的办法：我每天早晨吃一片迷叶，“一片，只是那么一小块宝贝，为是去毒气，”大蝎——请我把手枪带起去，又和我面对面的坐下——伸着一个短手指说。他供给我一顿晚饭。饮水是个困难问题。我建议：每天我去到河里洗个澡，同时带回一罐水来。他不认可。为什么天天跑那么远去洗澡，不聪明的事，况且还拿着罐子？为什么不舒舒服服的吃迷叶？“有福不会享”，我知道他一定要说这个，可是他并没说出口来。况且——这才是他的真意——他还得陪着我。

我不用他陪着；他怕我偷跑了，这是他所最关切的。其实我真打算逃跑，他陪着我也不是没用吗？我就这么问他，他的嘴居然闭上了十来分钟，我以为我是把他吓死过去了。

“你不用陪着我，我决定不跑，我起誓！”我说。

他轻轻摇了摇头：“小孩子才起誓玩呢！”

我急了，这是脸对脸的污辱我。我揪住了他头上的细毛，这是第一次我要用武力；他并没想到，不然他早会跑出老远的去了。他实在没想到，因为他说的是实话。他牺牲了些细毛，也许带着一小块头皮，逃了出去，向我说明：在猫人历史上，起誓是通行的，可是在最近五百年中，起完誓不算的太多，于是除了闹着玩的时候，大家也就不再起誓；信用虽然不能算是坏事，可是从实利上看是不方便的，这种改革是显然的进步，大蝎一边摸着头皮一边并非不高兴的讲。因为根本是不应当遵守的，所以小孩子玩耍时起誓最有趣味，这是事实。

“你有信用与否，不关我的事，我的誓到底还是誓！”我很强硬的说：“我决不偷跑，我什么时候要离开你，我自然直接告诉你。”

“还是不许我陪着？”大蝎犹疑不定的问。

“随便！”问题解决了。

晚饭并不难吃，猫人本来很会烹调的，只是绿蝇太多，我去掐了些草叶编成几个盖儿，嘱咐送饭的猫人来把饭食盖上，猫人似乎很不以为然，而且觉得有点可笑。有大蝎的命令他不敢和我说话，只微微的对我摇头。我知道不清洁是猫人历史上的光荣；没法子使他明白。惭愧，还得用势力，每逢一看见饭食上没盖盖，我便告诉大蝎去交派。一个大错误：有一天居然没给送饭来；第二天送来的时候，东西全没有盖，而是盖着一层绿蝇。原来因为告诉大蝎去嘱咐送饭的仆人，使大蝎与仆人全看不起我了。伸手就打，是上等猫人的尊荣；也是下等猫人认为正当的态度。我怎样办？我不愿意打人。“人”在我心中是个最高贵的观念。但是设若不打，不但仅是没有人送饭，而且将要失去我在火星上的安全。没法子，只好牺牲了猫人一块（很小的一块，凭良心说）头皮。行了，草盖不再闲着了。这几乎使我落下泪来，什么样的历史进程能使人忘了人的尊贵呢？

早晨到河上去洗澡是到火星来的第一件美事。我总是在太阳出来以前便由迷林走到沙滩，相隔不过有一里多地。恰好足以出点汗，使四肢都活软过来。在沙上，水只刚漫过脚面，我一边踩水，一边等着日出。日出以前的景色是极静美的：灰空中还没有雾气，一些大星还能看得见，四处没有一点声音，除了沙上的流水有些微响。太阳出来，我才往河中去；走过沙滩，水越来越深，走出半里多地便没了胸，我就在那里痛快的游泳一回。以觉得腹中饿了为限，游泳的时间大概总在半点钟左右。饿了，便走到沙滩上去晒干了身体。破裤子，手枪，火柴盒，全在一块大石上放着。我赤身在这大灰宇宙中。似乎完全无忧无虑，世界上最自然最自由的人。太阳渐渐热起来。河上起了雾，觉得有点闭闷；不错，大蝎没说谎，此地确有些毒瘴；这是该回去吃那片迷叶的时候了。

这点享受也不能长久的保持，又是大蝎的坏。大概在开始洗澡的第七天上吧，我刚一到沙滩上便看见远处有些黑影往来。我并未十分注意，依旧等着欣赏那日出的美景。东方渐渐发了灰红色。一会儿，一些散开的厚云全变成深紫的大花。忽然亮起来，星们不见了。云块全联成横片，紫色变成深橙，抹着一层薄薄的浅灰与水绿，带着亮的银灰边儿。横云裂开，橙色上加了些大黑斑，金的光脚极强的射起，金线在黑斑后面还透得过来。然后， 团血红从裂云中跳出，不很圆，似乎晃了几晃，固定了；不知什么时候裂云块变成了小碎片。联成一些金黄的鳞；河上亮了，起了金光。霞越变越薄越碎，渐渐的消灭，只剩下几缕浅桃红的薄纱；太阳升高了，全天空中变成银灰色，有的地方微微透出点蓝色来。

只顾呆呆的看着，偶一转脸，喝！离河岸有十来丈远吧，猫人站成了一大队！我莫名其妙。也许有什么事，我想，不去管，我去洗我的。我往河水深处走，那一大队也往那边挪动。及至我跳在河里，我听见一片极惨的呼声。我沉浮了几次，在河岸浅处站起来看看，又是一声喊，那队猫人全往后退了几步。我明白了，这是参观洗澡呢。

看洗澡，设若没看见过，也不算什么，我想。猫人决不是为看我的身体而来，赤体在他们看不是稀奇的事；他们也不穿衣服。一定是为看我怎样游泳。我是继续的泅水为他们开开眼界呢？还是停止呢？这倒不好决定。在这个当儿，我看见了大蝎，他离河岸最近，差不多离着那群人有一两丈远。这是表示他不怕我，我心中说。他又往前跳了几步，向我挥手，意思是叫我往河里跳。从我这三四个月的经验中，我可以想到，设若我要服从他的手势而往河里跳，他的脸面一定会增许多的光。但是我不能受这个，我生平最恨假外人的势力而欺侮自家人的。我向沙滩走去。大蝎又往前走了，离河岸差不多有四五丈，我从石上拿起手枪，向他比了一比。

# 八

我把大蝎拿住；看他这个笑，向来没看见过他笑得这么厉害。我越生气，他越笑，似乎猫人的笑是专为避免挨打预备着的。我问他叫人参观我洗澡是什么意思，他不说，只是一劲的媚笑。我知道他心中有鬼，但是不愿看他的贱样子，只告诉他：以后再有这种举动，留神你的头皮！

第二天我依旧到河上去。还没到沙滩，我已看见黑忽忽的一群，比昨天的还多。我决定不动声色的洗我的澡，以便看看到底是怎么回事，回去再和大蝎算帐。太阳出来了，我站在水浅处，一边假装打水，一边看着他们。大蝎在那儿呢，带着个猫人，双手大概捧着一大堆迷叶，堆得顶住下巴。大蝎在前，拿迷叶的猫人在后，大蝎一伸手，那猫人一伸手，顺着那队猫人走；猫人手中的迷叶渐渐的减少了。我明白了，大蝎借着机会卖些迷叶，而且必定卖得很贵。

我本是个有点幽默的人，但是一时的怒气往往使人的行为失于偏急。猫人的怎样怕我——只因为我是个外国人——我是知道的；这一定全是大蝎的坏主意，我也知道。为惩罚大蝎一个人而使那群无辜的猫人联带的受点损失，不是我的本意。可是，在那时，怒气使我忘了一切体谅。我必须使大蝎知道我的厉害，不然，我永远不用再想安静的享受这早晨的运动。自然，设若猫人们也在早晨来游泳，我便无话可讲，这条河不是我独有的；不过，一个人泅水，几百人等着看，而且有借此作买卖的，我不能忍受。

我不想先捉住大蝎，他不告诉我实话；我必须捉住一个参观人，去问个分明。我先慢慢的往河岸那边退，背朝着他们，以免他们起疑。到了河岸，我想，我跑个百码，出其不备的捉住个猫人。

到了河岸，刚一转过脸来，听见一声极惨的呼喊，比杀猪的声儿还难听。我的百码开始，眼前就如同忽然地震一般，那群猫人要各自逃命，又要往一处挤，跑的，倒的，忘了跑的，倒下又往起爬的，同时并举；一展眼，全没了，好像被风吹散的一些落叶，这里一小团，那里一小团，东边一个，西边两个，一边跑，一边喊，好像都失了魂。及至我的百码跑完，地上只躺着几个了，我捉了一个，一看，眼已闭上，没气了！我的后悔比闯了祸的恐怖大的多。我不应当这么利用自己的优越而杀了人。但是我并没呆住，好似不自觉的又捉住另一个，腿坏了，可是没死。在事后想起来，我真不佩服我自己，分明看见人家腿坏了，而还去捉住他审问；分明看见有一个已吓死，而还去捉个半死的，设若“不自觉”是可原谅的，人性本善便无可成立了。

使半死的猫人说话，向个外国人说话，是天下最难的事；我知道，一定叫他出声是等于杀人的，他必会不久的也被吓死。可怜的猫人！我放了他。再看，那几个倒着的，身上当然都受了伤，都在地上爬呢，爬得很快。我没去追他们。有两个是完全不动了。

危险我是不怕的：不过，这确是惹了祸。知道猫人的法律是什么样的怪东西？吓死人和杀死人纵然在法律上有分别，从良心上看还不是一样？我想不出主意来。找大蝎去，解铃还是系铃人，他必定有办法。但是，大蝎决不会说实话，设若我去求他；等他来找我吧。假如我乘此机会去找那只飞机，看看我的亡友的尸骨，大蝎的迷林或者会有危险，他必定会找我去；那时我再审问他，他不说实话，我就不回来！要挟？对这不讲信用，不以扯谎为可耻的人，还有什么别的好办法呢？

把手枪带好，我便垂头丧气的沿着河岸走。太阳很热了，我知道我缺乏东西，妈的迷叶！没它我不能抵抗太阳光与这河上的毒雾。

猫国里不会出圣人，我只好咒骂猫人来解除我自己的不光荣吧。我居然想去由那两个死猫人手里搜取迷叶了！回到迷林，谁能拦住我去折下一大枝子呢？懒得跑那几步路！果然，他们手中还拿着迷叶，有一片是已咬去一半的。我全掳了过来。吃了一片，沿着河岸走下去。

走了许久，我看见了那深灰色的小山。我知道这离飞机坠落的地方不远了，可是我不知道那里离河岸有几里，和在河的哪一边上。真热，我又吃了两片迷叶还觉不出凉快来。没有树，找不到个有阴凉的地方休息一会儿。但是我决定前进，非找到那飞机不可。

正在这个当儿，后面喊了一声，我听得出来，大蝎的声儿。我不理他，还往前走。跑路的本事他比我强，被他追上了。我想抓住他的头皮把他的实话摇晃出来，但是我一看他那个样子，不好意思动手了。他的猪嘴肿着，头上破了一块，身上许多抓伤，遍体像是水洗过的，细毛全粘在皮肤上，不十分不像个成精的水老鼠。我吓死了人，他挨了打，我想猫人不敢欺侮外人，可是对他们自己是勇于争斗的。他们的谁是谁非与我无关，不过对吓死的受伤的和挨打的大蝎，我一视同仁的起了同情心。大蝎张了几次嘴才说出一句话来：快回去，迷林被抢了！

我笑了，同情心被这一句话给驱逐得净尽。他要是因挨打而请我给他报仇，虽然也不是什么好事，可是从一个中国人的心理看，我一定立刻随他回去。迷林被抢了，谁愿当这资本家走狗呢！抢了便抢了，与我有什么关系。

“快回去，迷林被抢了！”大蝎的眼珠差一点努出来。迷林似乎是一切，他的命分文不值。

“先告诉我早晨的事，我便随你回去。”我说。

大蝎几乎气死过去，脖子伸了几伸，咽下一大团气去：“迷林被抢了！”他要有那个胆子，他一定会登时把我掐死！

我也打定了主意：他不说实话，我便不动。

结果还是各自得到一半的胜利：登时跟他回去，在路上他诉说一切。

大蝎说了实话：那些参观的人是他由城里请来的，都是上等社会的人。上等社会的人当然不能起得那么早，可是看洗澡是太稀罕的事，况且大蝎允许供给他们最肥美的迷叶。每人给他十块“国魂”——猫国的一种钱名——作为参观费，迷叶每人两片——上等肥美多浆的迷叶——不另算钱。

好小子，我心里说，你拿我当作私产去陈列呀！但是大蝎还没等我发作，便很委婉的说明：“你看，国魂是国魂，把别人家的国魂弄在自己的手里，高尚的行为！我虽然没有和你商议过，”他走得很快，但是并不妨碍他委曲婉转的陈说，“可是我这点高尚的行为，你一定不会反对的。你照常的洗澡，我借此得些国魂，他们得以开眼，面面有益的事，有益的事！”

“那吓死的人谁负责任？”

“你吓死的，没事！我要是打死人，”大蝎喘着说，“我只须损失一些迷叶，迷叶是一切，法律不过是几行刻在石头上的字；有迷叶，打死人也不算一回事。你打死人，没人管，猫国的法律管不着外国人，连‘一’个迷叶也不用费；我自恨不是个外国人。你要是在乡下打死人，放在那儿不用管，给那白尾巴鹰一些点心；要是在城里打死人，只须到法厅报告一声，法官还要很客气的给你道谢。”大蝎似乎非常的羡慕我，眼中好像含着点泪。我的眼中也要落泪，可怜的猫人，生命何在？公理何在？

“那两个死去的也是有势力的人。他们的家属不和你捣乱吗？”

“当然捣乱，抢迷叶的便是他们；快走！他们久已派下人看着你的行动，只要你一离开迷林远了，他们便要抢；他们死了人，抢我的迷叶作为报复，快走！”

“人和迷叶的价值恰相等，啊？”

“死了便是死了，活着的总得吃迷叶！快走！”

我忽然想起来，也许因为我受了猫人的传染，也许因为他这两句话打动了我的心，我一定得和他要些国魂。假如有朝一日我离开大蝎——我们俩不是好朋友——我拿什么吃饭呢？他请人参观我洗澡得钱，我有分润一些的权利。设若不是在这种环境之下，自然我不会想到这个，但是环境既是如此，我不能不作个准备——死了便是死了，活着的总得吃迷叶！有理！

离迷林不远了，我站住了。“大蝎，你这两天的工夫一共收了多少钱？”

大蝎楞了，一转圆眼珠：“五十块国魂，还有两块假的；快走！”

我向后转，开步走。他追上来：“一百，一百！”我还是往前走。他一直添到一千。我知道这两天参观的人一共不下几百，决不能只收入一千，但是谁有那么大的工夫作这种把戏。“好吧，大蝎，分给我五百。不然，咱们再见！”

大蝎准知道：多和我争执一分钟，他便多丢一些迷叶；他随着一对眼泪答应了个“好！”

“以后再有不告诉我而拿我生财的事，我放火烧你的迷林。”我拿出火柴盒拍了拍！

他也答应了。

到了迷林，一个人也没有，大概我来到了之前，他们早有侦探报告，全跑了。迷林外边上的那二三十棵树，已差不多全光了。大蝎喊了声，倒在树下。

## 九

迷林很好看了：叶已长得比手掌还大一些，厚，深绿，叶缘上镶着一圈金红的边；那最肥美的叶起了些花斑，像一林各色的大花。日光由银灰的空中透过，使这些花叶的颜色更深厚静美一些，没有照眼的光泽，而是使人越看越爱看，越看心中越觉得舒适，好像是看一张旧的图画，颜色还很鲜明，可是纸上那层浮光已被年代给减除了去。

迷林的外边一天到晚站着许多许多参观的人。不，不是参观的，因为他们全闭着眼；鼻子支出多远，闻着那点浓美的叶味；嘴张着，流涎最短的也有二尺来长。稍微有点风的时候，大家全不转身，只用脖子追那股小风，以便吸取风中所含着的香味，好像些雨后的蜗牛轻慢的作着项部运动。偶尔落下一片熟透的大叶，大家虽然闭着眼，可是似乎能用鼻子闻到响声——一片叶子落地的那点响声——立刻全睁开眼，嘴唇一齐吧唧起来；但是大蝎在他们决定过来拾起那片宝贝之前，总是一团毛似的赶到将它捡起来；四围一声怨鬼似的叹息！

大蝎调了五百名兵来保护迷林，可是兵们全驻扎在二里以外，因为他们要是离近了迷林，他们便先下手抢劫。但是不能不调来他们，猫国的风俗以收获迷叶为最重大的事，必须调兵保护；兵们不替任何人保护任何东西是人人知道的，可是不调他们来作不负保护责任的保护是公然污辱将士，大蝎是个漂亮人物，自然不愿被人指摘，所以调兵是当然的事，可是安置在二里以外以免兵馋自乱。风稍微大一点，而且是往兵营那面刮，大蝎立刻便令后退半里或一里，以免兵们随风而至，抢劫一空。兵们为何服从他的命令，还是因为有我在那里；没有我，兵早就哗变了。“外国人咳嗽一声，吓倒猫国五百兵”是个谚语。

五百名兵之外，真正保护迷林的是大蝎的二十名家将。这二十位都是深明大义，忠诚可靠的人；但是有时候一高兴，也许把大蝎捆起来，而把迷林抢了。到底还是因为我在那里，他们因此不敢高兴，所以能保持着忠诚可靠。

大蝎真要忙死了：看着家将，不许偷食一片迷叶；看着风向，好下令退兵；看着林外参观的，以免丢失一个半个的落叶。他现在已经一气吃到三十片迷叶了。据说，一气吃过四十片迷叶，便可以三天不睡，可是第四天便要呜呼哀哉。迷叶这种东西是吃少了有精神而不愿干事；吃多了能干事而不久便死。大蝎无法，多吃迷叶，明知必死，但是不能因为怕死而少吃；虽然他极怕死，可怜的大蝎！

我的晚饭减少了。晚上少吃，夜间可以警醒，大蝎以对猫人的方法来对待我了。迷林只仗着我一人保护，所以我得夜间警醒着，所以我得少吃晚饭，功高者受下赏，这又是猫人的逻辑。我把一份饭和家伙全摔了，第二天我的饭食又照常丰满了，我现在算知道怎样对待猫人了，虽然我心中觉得很不安。

刮了一天的小风，这是我经验中的第一次。我初到此地的时候，一点风没有；迷叶变红的时候，不过偶然有阵小风；继续的刮一天，这是头一回。迷叶带着各种颜色轻轻的摆动，十分好看。大蝎和家将们，在迷林的中心一夜间赶造成一个大木架，至少有四五丈高。这原来是为我预备的。这小风是猫国有名的迷风，迷风一到，天气便要变了。猫国的节气只有两个，上半年是静季，没风。下半年是动季，有风也有雨。

早晨我在梦中听见一片响声，正在我的小屋外边。爬出来一看，大蝎在前，二十名家将在后，排成一队。大蝎的耳上插着一根鹰尾翎，手中拿着一根长木棍。二十名家将手中都拿着一些东西，似乎是乐器。见我出来，他将木棍往地上一戳，二十名家将一齐把乐器举起。木棍在空中一摇，乐器响了。有的吹，有的打，二十件乐器放出不同的声音，吹的是谁也没有和谁调和的趋向，尖的与粗的一样难听，而且一样的拉长，直到家将的眼珠几乎努出来，才换一口气；换气后再吹，身子前后俯仰了几次，可是不肯换气，直到快憋死为止，有两名居然憋得倒在地上，可是还吹。猫国的音乐是讲究声音长而大的。打的都是像梆子的木器，一劲的打，没有拍节，没有停顿。吹的声音越尖，打的声音越紧，好像是随着吹打而丧了命是最痛快而光荣的事。吹打了三通，大蝎的木棍一扬，音乐停止。二十名家将全蹲在地上喘气。

大蝎将耳上的翎毛拔下，很恭敬的向我走来说："时间已到，请你上台，替神明监视着收迷叶。"我似乎被那阵音乐给催眠过去，或者更正确的说是被震晕了，心中本要笑，可是不由的随着大蝎走去。他把翎毛插在我的耳上，在前领路，我随着他，二十名音乐家又在我的后面。到了迷林中心的高架子，大蝎爬上去，向天祷告了一会儿，下面的音乐又作起来。他爬下来，请我上去。我仿佛忘了我是成人，像个贪玩的小孩被一件玩物给迷住，小猴似的爬了上去。大蝎看我上到了最高处，将木棍一挥，二十名音乐家全四下散开，在林边隔着相当的距离站好，面向着树。大蝎跑了。好大半天，他带来不少的兵。他们每个人拿着一根大棍，耳上插着一个鸟毛。走到林外，大队站住，大蝎往高架上一指，兵们把棍举起，大概是向我致敬。事后我才明白，我原来是在高架上作大神的代表，来替大蝎——他一定是大神所宠爱的贵人了——保护迷叶，兵们摘叶的时候，若私藏或偷吃一片，大蝎告诉他们，我便会用张手雷霹了他们。张手雷便是那把“艺术”。那二十名音乐家原来便是监视员，有人作弊，便吹打乐器，大蝎听到音乐便好请我放张手雷。

敬完了神，大蝎下令叫兵们两人一组散开，一人上树去摘，一人在下面等着把摘下来的整理好。离我最近的那些株树没有人摘，因为大蝎告诉他们：这些株离大神的代表太近，代表的鼻子一出气，他们便要瘫软在地上，一辈子不能再起来，所以这必须留着大蝎自己来摘。猫兵似乎也都被大蝎催眠过去，全分头去工作。大蝎大概又一气吃了三十片带花斑的上等迷叶，穿梭似的来回巡视，木棍老预备着往兵们的头上捶。听说每次收迷叶，地主必须捶死一两个猫兵；把死猫兵埋在树下，来年便可丰收。有时候，地主没预备好外国人作大神的代表，兵们便把地主埋在树下，抢了树叶，把树刨了都作成军器——就是木棍；用这种军器的是猫人视为最厉害的军队。

我大鹦鹉似的在架上拳着身，未免要发笑，我算干什么的呢？但是我不愿破坏了猫国的风俗，我来是为看他们的一切，不能不逢场作戏，必须加入他们的团体，不管他们的行为是怎样的可笑。好在有些小风，不至十分热，况且我还叫大蝎给我送来个我自己编的盖饭食的草盖暂当草帽，我总不致被阳光给晒晕过去。

猫兵与普通的猫人一点分别也没有，设若他们没那根木棍与耳上的鸟翎。这木棍与鸟翎自然会使他们比普通人的地位优越，可是在受了大蝎的催眠时，他们大概还比普通人要多受一点苦。像眠后的蚕吃桑叶，不大的工夫，我在上面已能看见原来被密叶遮住的树干。再过了一刻，猫兵已全在树尖上了。较比离我近一些的，全一手摘叶，一手遮着眼，大概是怕看见我而有害于他们的。

原来猫人并不是不能干事，我心中想，假如有个好的领袖，禁止了吃迷叶，这群人也可以很有用的。假如我把大蝎赶跑，替他作地主，作将领……但这只是空想，我不敢决定什么，我到底还不深知猫人。我正在这么想，我看见（因为树叶稀薄了我很能看清下面）大蝎的木棍照着一个猫兵的头去了。我知道就是我跳下去不致受伤，也来不及止住他的棍子了；但是我必须跳下去，在我眼中大蝎是比那群兵还可恶的，就是来不及救那个兵，我也得给大蝎个厉害。我爬到离地两丈多高的地方，跳了下去。跑过去，那个兵已躺在地上，大蝎正下令，把他埋在地下。一个不深明白他四围人们的心理的，是往往由善意而有害于人的。我这一跳，在猫兵们以为我是下来放张手雷，我跳在地上，只听霹咚噗咚四下里许多兵全掉下树来，大概跌伤的不在少数，因为四面全悲苦的叫着。我顾不得看他们，便一手捉住大蝎。他呢，也以为我是看他责罚猫兵而来帮助他，因为我这一早晨处处顺从着他，他自然的想到我完全是他的爪牙了。我捉住了他，他莫名其妙了，大概他一点也不觉得打死猫兵是不对的事。

我问大蝎，“为什么打死人？”

“因为那个兵偷吃了一个叶梗。”

“为吃一个叶梗就可以……”我没往下说；我又忘了我是在猫人中，和猫人辩理有什么用呢！我指着四围的兵说：“捆起他来。”大家你看着我，我看着你，似乎不明白我的意思。“把大蝎捆起来！”我更清晰的说。还是没人上前。我心中冷了。设若我真领着这么一群兵，我大概永远不会使他们明白我。他们不敢上前，并不是出于爱护大蝎，而是完全不了解我的心意——为那死兵报仇，在他们的心中是万难想到的。这使我为难了：我若放了大蝎，我必定会被他轻视；我若杀了他，以后我用他的地方正多着呢；无论他怎不好，对于我在火星上——至少是猫国这一部分——所要看的，他一定比这群兵更有用一些。我假装镇静——问大蝎："你是愿意叫我捆在树上，眼看着兵们把迷叶都抢走呢？还是愿意认罚？"

兵们听到我说叫他们抢，立刻全精神起来，立刻就有动手的，我一手抓着大蝎，一脚踢翻了两个。大家又不动了。大蝎的眼已闭成一道线，我知道他心中怎样的恨我：他请来的大神的代表，反倒当着兵们把他惩治了，极难堪的事，自然他决不会想到因一节叶梗而杀人是他的过错。但是他决定不和我较量，他承认了受罚。我问他，兵们替他收迷叶，有什么报酬。他说，一人给两片小迷叶。这时候，四围兵们的耳朵都在脑杓上立起来了，大概是猜想，我将叫大蝎多给他们一些迷叶。我叫他在迷叶收完之后，给他们一顿饭吃，像我每天吃的晚饭。兵们的耳朵都落下去了，却由嗓子里出了一点声音，好像是吃东西噎住了似的，不满意我的办法。对于死去那个兵，我叫大蝎赔偿他的家小一百个国魂。大蝎也答应了。但是我问了半天，谁知道他的家属在哪里？没有一个人出声。对于别人有益的事，哪怕是说一句话呢，猫人没有帮忙的习惯。这是我在猫国又住了几个月才晓得的。大蝎的一百个国魂因此省下了。

# 十

迷叶收完，天天刮着小风，温度比以前降低了十几度。灰空中时时浮着些黑云，可是并没落雨。动季的开始，是地主们带着迷叶到城市去的时候了。大蝎心中虽十二分的不满意我，可是不能不假装着亲善，为是使我好同他一齐到城市去；没有我，他不会平安的走到那里：因为保护迷叶，也许丢了他的性命。

迷叶全晒干，打成了大包。兵丁们两人一组搬运一包，二人轮流着把包儿顶在头上。大蝎在前，由四个兵丁把他抬起，他的脊背平平的放在四个猫头之上，另有两个高身量的兵托着他的脚，还有一名在后面撑住他的脖子，这种旅行的方法在猫国是最体面的，假如不是最舒服的。二十名家将全拿着乐器，在兵丁们的左右，兵丁如有不守规则的，比如说用手指挖破叶包，为闻闻迷味，便随时奏乐报告大蝎。什么东西要在猫国里存在必须得有用处，音乐也是如此，音乐家是兼作侦探的。

我的地位是在大队的中间，以便前后照应。大蝎也给我预备了七个人；我情愿在地上跑，不贪图这份优待。大蝎一定不肯，引经据典的给我说明：皇帝有抬人二十一，诸王十五，贵人七……这是古代的遗风，身分的表示，不能，也不许，破坏的。我还是不干。“贵人地上走，”大蝎引用谚语了：“祖先出了丑。”我告诉他我的祖先决不因此而出了丑。他几乎要哭了，又引了两句诗：“仰面吃迷叶，平身作贵人。”“滚你们贵人的蛋！”我想不起相当的诗句，只这么不客气的回答。大蝎叹了一口气，心中一定把我快骂化了，可是口中没敢骂出来。

排队就费了两点多钟的工夫，大蝎躺平又下来，前后七次，猫兵们始终排不齐；猫兵现在准知道我不完全帮忙大蝎，大蝎自然不敢再用木棍打裂他们的猫头，所以任凭大蝎怎么咒骂他们，他们反正是不往直里排列。大蝎投降了，下令前进，不管队伍怎样的乱了。

刚要起程，空中飞来几只白尾鹰，大蝎又跳下来，下令：出门遇鹰大不祥，明日再走！我把手枪拿出来了，“不走的便永远不要走了！”大蝎的脸都气绿了，干张了几张嘴，一句话没说出来。他知道与我辩驳是无益的，同时他知道犯着忌讳出行是多么危险的事。他费了十几分钟才又爬到猫头上去，浑身颤抖着。大队算是往前挪动了。不知道是被我气得躺不稳了，还是抬的人故意和他开玩笑，走了不大的工夫，大蝎滚下来好几次。但是滚下来，立刻又爬上去，大蝎对于祖先的遗风是极负保存之责的。

沿路上凡是有能写字的地方，树皮上，石头上，破墙上，全写上了大白字：欢迎大蝎，大蝎是尽力国食的伟人，大蝎的兵士执着正义之棍，有大蝎才能有今年的丰收……这原来都是大蝎预先派人写好给他自己看的。经过了几个小村庄，村人们全背倚破墙坐着，军队在他们眼前走过，他们全闭着眼连看也不看。设若他们是怕兵呢，为何不躲开？不怕呢，为何又不敢睁眼看？我弄不清楚。及至细一看，我才明白过来，这些原来是村庄欢迎大蝎的代表，因为他们的头上的细灰毛里隐隐绰绰的也写着白字，每人头上一个字，几个人合起来成一句“欢迎大蝎”等等字样。因为这也是大蝎事先派人给他们写好的，所以白色已经残退不甚清楚了。虽然他们全闭着眼，可是大蝎还真事似的向他们点头，表示致谢的意思。这些村庄是都归大蝎保护的。村庄里的破烂污浊，与村人们的瘦，脏，没有精神，可以证明他们的保护人保护了他们没有。我更恨大蝎了。

要是我独自走，大概有半天的工夫总可以走到猫城了。和猫兵们走路最足以练习忍耐性的。猫人本来可以走得很快，但是猫人当了兵便不会快走了，因为上阵时快走是自找速死，所以猫兵们全是以稳慢见长，慢慢的上阵，遇见敌人的时候再快快的——后退。

下午一点多了，天上虽有些黑云，太阳的热力还是很强，猫兵们的嘴都张得很宽，身上的细毛都被汗粘住，我没有见过这样不体面的一群兵。远处有一片迷林，大蝎下令绕道穿着林走。我以为这是他体谅兵丁们，到林中可以休息一会儿。及至快到了树林，他滚下来和我商议，我愿意帮助他抢这片迷林不愿意。“抢得一些迷叶还不十分重要，给兵们一些作战的练习是很有益的事。”大蝎说。没回答他，我先看了看兵们，一个个的嘴全闭上了，似乎一点疲乏的样子也没有了；随走随抢是猫兵们的正当事业，我想。我也看出来：大蝎与他的兵必定都极恨我，假如我拦阻他们抢劫。虽然我那把手枪可以抵得住他们，但是他们要安心害我，我是防不胜防的。况且猫人互相劫夺是他们视为合理的事，就是我不因个人的危险而舍弃正义，谁又来欣赏我的行为呢？我知道我是已经受了猫人的传染，我的勇气往往为谋自己的安全而减少了。我告诉大蝎随意办吧，这已经是退步的表示了，哪知我一退步，他就立刻紧了一板，他问我是否愿意领首去抢呢？对于这一点我没有迟疑的拒绝了。你们抢你们的，我不反对，也不加入，我这样跟他说。

兵们似乎由一往树林这边走便已嗅出抢夺的味儿来，不等大蝎下令，已经把叶包全放下，拿好木棍，有几个已经跑出去了。我也没看见大蝎这样勇敢过，他虽然不亲自去抢，可是他的神色是非常的严厉，毫无恐惧，眼睛瞪圆，头上的细毛全竖立起来。他的木棍一挥，兵们一声喊，全扑过迷林去。到了迷林，大家绕着林飞跑，好像都犯了疯病。我想，这大概是往外诱林中的看护人。跑了三圈，林中不见动静，大蝎笑了，兵们又是一声喊，全闯入林里去。

林中也是一声喊，大蝎的眼不那么圆了，眨巴了几下。他的兵退出来，木棍全撒了手，双手捂着脑勺，狼嚎鬼叫的往回跑："有外国人！有外国人！"大家一齐喊。

大蝎似乎不信，可是不那么勇敢了，自言自语的说："有外国人？我知道这里一定没有外国人！"他正这么说着。林中有人追出来了。大蝎慌了："真有外国人！"林中出来不少的猫兵。为首的是两个高个子，遍体白毛的人，手中拿着一条发亮的棍子。这两个一定是外国人了，我心中想；外国人是会用化学制造与铁相似的东西的。我心中也有点不安，假如大蝎请求我去抵挡那两个白人，我又当怎办？我知道他们手中发亮的东西是什么？抢人家的迷林虽不是我的主意，可是我到底是大蝎的保护人；看着他们打败而不救他，至少也有失我的身分，我将来在猫国的一切还要依赖着他。

"快去挡住！"大蝎向我说，"快去挡住！"

我知道这是义不容辞的，我顾不得思虑，拿好手枪走过去。出我意料之外，那两个白猫见我出来，不再往前进了。大蝎也赶过来，我知道这不能有危险了。"讲和！讲和！"大蝎在我身后低声的说。我有些发糊涂：为什么不叫我和他们打呢？讲和？怎样讲呢？事情到头往往不像理想的那么难，我正发糊涂。那两个白人说了话："罚你六包迷叶。归我们三个人用！"我看了看，只有两个白人。怎么说三个呢？大蝎在后面低声的催我："和他们讲讲！"我讲什么呢？傻子似的我也说了声："罚你六包迷叶。归我们三个人用！"两个白人听我说了这句，笑着点了点头，似乎非常的满意。我更莫名其妙了。大蝎叹了口气。分付搬过六包迷叶来。六包搬到，两个白人很客气的请我先挑两包。我这才明白。原来三个人是连我算在内的。我自然很客气的请他们先挑。他们随便的拿了四包交给他们的猫兵，而后向我说："我们的迷叶也就收完。我们城里再见。"我也傻子似的说了声："城里再见。"他们走回林里去了。

我心中怎么想怎么糊涂。这是什么把戏呢？

直到我到了猫城以后，与外国人打听，才明白了其中的曲折。猫国人是打不过外人的。他们唯一的希望是外国人们自己打起来。立志自强需要极大的努力，猫人太精明，不肯这样傻卖力气。所以只求大神叫外国人互相残杀，猫人好得个机会转弱为强，或者应说，得个机会看别国与他们自己一样的弱了。外国人明白这个，他们在猫国里的利害冲突是时时有的。但是他们决不肯互相攻击让猫国得着便宜。他们看得清清楚楚，他们自己起了纷争是硬对硬的。就是打胜了的也要受很大的损失；反之，他们若是联合起来一同欺侮猫国，便可以毫无损失的得到很大好处。不但国际间的政策是如此，就是在猫国作事的个人也守着这个条件。保护迷林是外国人的好职业。但是大家约定：只负替地主抵抗猫国的人。遇到双方都有外国人保护的时候，双方便谁也不准侵犯谁；有不守这个条件的，便由双方的保护人商议惩罚地主或为首的人。这样，既能避免外国人与外国人因猫国人的事而起争执，又能使保护人的地位优越，不致受了猫国人的利用。

为保护人设想这是不错的办法。从猫国人看呢？我不由的代大蝎们抱不平了。可是继而一想：大蝎们甘心忍受这个，甘心不自强，甘心请求外人打自己家的人。又是谁的过错呢？有同等的豪横气的才能彼此重视，猫国人根本失了人味。难怪他们受别人这样的戏弄。我为这件事心中不痛快了好几天。

往回说：大蝎受了罚，又郑重其事的上了猫头，一点羞愧的神气没有，倒好似他自己战胜了似的。他只向我说，假如我不愿要那两包迷叶——他知道我不大喜欢吃它——他情愿出三十个国魂买回去。我准知道这包迷叶至少也值三百国魂，可是我没说卖，也没说不卖，我只是不屑于理他，我连哼一声也没哼。

太阳平西了，看见了猫城。

# 十一

一眼看见猫城，不知道为什么我心中形成了一句话：这个文明快要灭绝！我并不晓得猫国文明的一切；在迷林所得的那点经验只足以引起我的好奇心，使我要看个水落石出，我心目中的猫国文明决不是个惨剧的穿插与布景；我是希望看清一个文明的底蕴，从而多得一些对人生的经验。文明与民族是可以灭绝的，我们地球上人类史中的记载也不都是玫瑰色的。读历史设若能使我们落泪，那么，眼前摆着一片要断气的文明，是何等伤心的事！

将快死去的人还有个回光返照，将快寿终的文明不必是全无喧嚣热闹的。一个文明的灭绝是比一个人的死亡更不自觉的；好似是创造之程已把那毁灭的手指按在文明的头上，好的——就是将死的国中总也有几个好人罢——坏的，全要同归于尽。那几个好的人也许觉出呼吸的紧促，也许已经预备好了绝命书，但是，这几个人的悲吟与那自促死亡的哀乐比起来，好似几个残蝉反抗着狂猛的秋风。

猫国是热闹的，在这热闹景象中我看见那毁灭的手指，似乎将要剥尽人们的皮肉，使这猫城成个白骨的堆积场。

啊！猫城真热闹！城的构造，在我的经验中，是世上最简单的。无所谓街衢，因为除了一列一眼看不到边的房屋，其余的全是街——

或者应当说是空场。看见兵营便可以想象到猫城了：极大的一片空场，中间一排缺乏色彩的房子，房子的外面都是人，这便是猫城。人真多。说不清他们都干什么呢。没有一个直着走道的，没有一个不阻碍着别人的去路的。好在街是宽的，人人是由直着走，渐渐改成横着走，一拥一拥，设若拿那列房子作堤，人们便和海潮的激荡差不很多。我还不知道他们的房子有门牌没有。假如有的话，一个人设若要由五号走到十号去，他须横着走出——至少是三里吧，出了门便被人们挤横了，随着潮水下去；幸而遇见潮水改了方向，他便被大家挤回来。他要是走运的话，也许就到了十号。自然，他不能老走好运，有时候挤来挤去，不但离十号是遥遥无期，也许这一天他连家也回不去了。

城里为什么只有一列建筑是有道理的。我想：当初必定是有许多列房子，形成许多条较窄的街道。在较窄的街道中人们的拥挤必定是不但耽误工夫，而且是要出人命的：让路，在猫人看，是最可耻的事；靠一边走是与猫人爱自由的精神相背的；这样，设若一条街的两面都是房，人们只好永远挤住，不把房子挤倒了一列是无法解决的。因此，房子往长里一直的盖，把街道改成无限的宽；虽然这样还免不了拥挤，可是到底不会再出人命；挤出十里，再挤回十里，不过是多走一些路，并没有大的危险的；猫人的见解有时候是极人道的；况且挤着走，不见得一定不舒服，被大家把脚挤起来，分明便是坐了不花钱的车。这个设想对不对，我不敢说。以后我必去看看有无老街道的遗痕，以便证明我的理论。

要只是拥挤，还算不了有什么特色。人潮不只是一左一右的动，还一高一低的起伏呢。路上有个小石子，忽的一下，一群人全蹲下了，人潮起了个旋涡。石子，看小石子，非看不可！蹲下的改成坐下，四外又增加了许多蹲下的。旋涡越来越大。后面的当然看不见那石子，往前挤，把前面坐着的挤起来了几个，越挤越高，一直挤到人们的头上。忽然大家忘了石子，都仰头看上面的人。旋涡又填满了。这个刚填满，旁边两位熟人恰巧由天意遇到一块，忽的一下，坐下了，谈心。四围的也都跟着坐下了，听着二位谈心。又起了个旋涡。旁听的人对二位朋友所谈的参加意见了，当然非打起来不可。旋涡猛孤丁的扩大。打来打去，打到另一旋涡——二位老者正在街上摆棋。两个旋涡合成一个，大家不打了，看着二位老者下棋，在对摆棋发生意见以前，这个旋涡是暂时没有什么变动的。

要只是人潮起伏，也还算不得稀奇。人潮中间能忽然裂成一道大缝，好像古代以色列人的渡过红海。要不是有这么一招儿，我真想不出，大蝎的迷叶队怎能整队而行；大蝎的房子是在猫城的中间。离猫城不远，我便看见了那片人海，我以为大蝎的队伍一定是绕着人海的边上走。可是，大蝎在七个猫人头上，一直的冲入人群去。奏乐了。我以为这是使行人让路的表示。可是，一听见音乐，人们全向队伍这边挤，挤得好像要装运走的豆饼那么紧。我心里说：大蝎若能穿过去，才怪！哼，大蝎当然比我心中有准。只听啪哒啪哒啪哒，兵丁们的棍子就像唱武戏打鼓的那么起劲，全打在猫人的头上。人潮裂了一道缝。奇怪的是人们并不减少参观的热诚，虽是闪开了路，可依旧笑嘻嘻的，看着笑嘻嘻的！棍子也并不因此停止，还是啪哒啪哒的打着。我留神看了看，城里的猫人和乡下的有点不同，他们的头上都有没毛而铁皮了的一块，像鼓皮的中心，大概是为看热闹而被兵们当作鼓打是件有历史的事。经验不是随便一看便能得到的。我以为兵们的随走随打只是为开路。其实还另有作用：两旁的观众原来并没老实着，站在后面的谁也不甘居后列，推，踢，挤，甚至于咬，非达到“空前”的目的不可。同时，前面的是反踹，肘顶，后倒，作着“绝后”的运动。兵丁们不只打最前面的，也伸长大棍“啪哒”后面的猫头。头上真疼，彼此推挤的苦痛便减少一些，因而冲突也就少一些。这可以叫作以痛治痛的方法。

我只顾了看人们，老实的说，他们给我一种极悲惨的吸诱力，我似乎不能不看他们。我说，我只顾了看人，甚至于没看那列房子是什么样子。我似乎心中已经觉到那些房子决不能美丽，因为一股臭味始终没离开我的鼻子。设若污浊与美丽是可以调和的，也许我的判断是错误的，但是我不能想象到阿房宫是被黑泥臭水包着的。路上的人也渐渐的不许我抬头了：自要我走近他们，他们立刻是一声喊叫，猛的退出老远，然后紧跟着又拥上了。城里的猫人对于外国人的畏惧心，据我看，不像乡下人那么厉害，他们的惊异都由那一喊倾泻出来，然后他们要上来仔细端详了。设若我在路上站定，准保我永远不会再动，他们一定会把我围得水泄不通。一万个手指老指着我，猫人是爽直的，看着什么新鲜便当面指出。但是我到底不能把地球上人类的好体面心除掉，我真觉得难受！一万个手指，都小手枪似的，在鼻子前面伸着，每个小手枪后面睁着两个大圆眼珠，向着我发光。小手枪们向上倾，都指着我的脸呢；小手枪们向下斜，都指着我的下部呢。我觉得非常的不安了，我恨不得一步飞起，找个清静地方坐一会儿。我的勇气没有了，简直的不敢抬头了。我虽不是个诗人，可是多少有点诗人的敏锐之感，这些手指与眼睛好似快把我指化看化了，我觉得我已经不是个有人格的东西。可是事情总得两面说着，我不敢抬头也自有好处，路上的坑坎不平和一滩滩的臭泥，设若我是扬着头走，至少可以把我的下半截弄成瘸猪似的。猫人大概没修过一回路，虽然他们有那么久远的历史。我似乎有些顶看不起历史，特别是那古远的。

幸而到了大蝎的家，我这才看明白，猫城的房子和我在迷林住的那间小洞是大同小异的。

## 十二

大蝎的住宅正在城的中心。四面是高墙，没门，没窗户。

太阳已快落了，街上的人渐渐散去。我这才看清，左右的房子也全是四方的，没门，没窗户。

墙头上露出几个猫头来，大蝎喊了几声，猫头们都不见了。待了一会儿，头又上来了，放下几条粗绳来把迷叶一包一包的都用绳子拉上去。天黑了。街上一个人也不见了。迷叶包只拉上多一半去，兵们似乎不耐烦了，全显出不安的神气。我看出来：猫人是不喜欢夜间干活的，虽然他们的眼力并不是不能在黑处工作的。

大蝎对我又很客气了：我肯不肯在房外替他看守一夜那未拉完的迷叶？兵们一定得回家，现在已经是很晚了。

我心里想：假如我有个手电灯，这倒是个好机会，可以独自在夜间看看猫城。可惜，两个手电灯都在飞机上，大概也都摔碎了。我答应了大蝎；虽然我极愿意看看他的住宅的内部，可是由在迷林住着的经验推测，在房子里未必比在露天里舒服。大蝎喜欢了，下令叫兵们散去。然后他自己揪着大绳上了墙头。

剩下我一个人，小风还刮着，星比往常加倍的明亮，颇有些秋意，心中觉得很爽快。可惜，房子外边一道臭沟叫我不能安美的享受这个静寂的夜晚。扯破一个迷叶包，吃了几片迷叶，一来为解饿，二来为抵抗四围的臭气，然后独自走来走去。

不由的我想起许多问题来：为什么猫人白天闹得那么欢，晚间便全藏起来呢？社会不平安的表示？那么些个人都钻进这一列房子去，不透风，没有灯光，只有苍蝇，臭气，污秽，这是生命？房子不开门？不开窗户？噢，怕抢劫！为求安全把卫生完全忘掉，疾病会自内抢劫了他们的生命！又看见那毁灭的巨指，我身上忽然觉得有点发颤。假如有像虎列拉、猩红热等的传染病，这城，这城，一个星期的工夫可以扫空人迹！越看这城越难看，一条丑大的黑影站在星光之下，没有一点声音，只发着一股臭气。

我搬了几包迷叶，铺在离臭沟很远的地方，仰卧观星，这并不是不舒服的一个床。但是，我觉得有点凄凉。我似乎又有点羡慕那些猫人了。脏，臭，不透空气……到底他们是一家老幼住在一处，我呢？独自在火星上与星光作伴！还要替大蝎看着迷叶！我不由的笑了，虽然眼中笑出两点泪来。

我慢慢的要睡去，心中有两个相反的念头似乎阻止着我安然的入梦：应当忠诚的替大蝎看着迷叶；和管他作什么呢。正在这么似睡非睡的当儿，有人拍了拍我的肩头。我登时就坐起来了，可是还以为我是作梦。无意义的揉了揉眼睛，面前站着两个猫人。在准知道没人的地方遇见人，不由得使我想到鬼，原人的迷信似乎老这么冷不防的吓唬我们这“文明”的人一下。

我虽没细看他们，已经准知道他们不是平常的猫人，因为他们敢拍我肩头一下。我也没顾得抓手枪，我似乎忘了我是在火星上。“请坐！”我不知道怎么想起这么两个字来，或者因为这是常用的客气话，所以不自觉地便说出来了。

这两位猫人很大方的坐下来。我心中觉得非常舒适；在猫人里处了这么多日子，就没有见过大大方方接受我的招待的。

“我们是外国人。”两个中的一个胖一些的人说：“你知道我为什么提出‘外国人’的意思？”

我明白他的意思。

“你也是外国人，”那个瘦些的说——他们两个不像是把话都预先编好才来的，而是显出一种互相尊敬的样子，决不像大蝎那样把话一个人都说了，不许别人开口。

“我是由地球上来的。”我说。

“噢！”两个一同显出惊讶的意思：“我们久想和别的星球交通，可是总没有办到。我们太荣幸了！遇见地球上的人！”两个一同立起来，似乎对我表示敬意。

我觉得我是又入了“人”的社会，心中可是因此似乎有些难过，一句客气话也没说出来。

他们又坐下了，问了我许多关于地球上的事。我爱这两个人。他们的话语是简单清楚，没有多少客气的字眼，同时处处不失朋友间的敬意，“恰当”是最好的形容字。恰当的话设若必须出于清楚的思路，这两个人的智力要比大蝎——更不用提其余的猫人——强着多少倍。

他们的国——光国，他们告诉我，是离此地有七天的路程。他们的职业和我的一样，为猫国地主保护迷林。

在我问了他们一些光国的事以后，他们说：

“地球先生，”（他们这样称呼我似乎是带着十二分的敬意）那个胖子说：“我们来有两个目的：第一是请你上我们那里去住，第二是来抢这些迷叶。”

第二个目的吓了我一跳。

“你向地球先生解说第二个问题。”胖子向瘦子说：“因为他似乎还不明白咱们的意思。”

“地球先生，”瘦子笑着说：“恐怕我们把你吓住了吧？请先生放心，我们决不用武力，我们是来与你商议。大蝎的迷叶托付在你手里，你忠心给他看守着呢，大蝎并不分外的感激你；你把它们没收了呢，大蝎也不恨你；这猫国的人，你要知道，是另有一种处世的方法的。”

“你们都是猫人！”我心里说。

他好像猜透我心中的话，他又笑了：“是的，我们的祖先都是猫，正如——”

“我的祖先是猴子。”我也笑了。

“是的，咱们都是会出坏主意的动物，因为咱们的祖先就不高明。”他看了看我，大概承认我的样子确像猴子，然后他说：“我们还说大蝎的事吧。你忠心替他看着迷叶，他并不感激你。反之，你把这一半没收了，他便可以到处声张他被窃了，因而提高他的货价。富人被抢，穷人受罚，大蝎永不会吃亏。”

“但是，那是大蝎的事；我既受了他的嘱托，就不应骗他；他的为人如何是一回事，我的良心又是一回事。”我告诉他们。

“是的，地球先生。我们在我们的国里也是跟你一样的看事，不过，在这猫国里，我们忠诚，他们狡诈，似乎不很公平。老实的讲，火星上还有这么一国存在，是火星上人类的羞耻。我们根本不拿猫国的人当人待。”

“因此我们就应该更忠诚正直；他们不是人，我们还要是人。”我很坚决的说。

那个胖子接了过去：“是的，地球先生。我们不是一定要叫你违背着良心作事。我们的来意是给你个警告，别吃了亏。我们外国人应当彼此照应。”

“原谅我，”我问：“猫国的所以这样贫弱是否因为外国的联合起来与他为难呢？”

“有那么一点。但是，在火星上，武力缺乏永远不是使国际地位失落的原因。国民失了人格，国便慢慢失了国格。没有人愿与没国格的国合作的。我们承认别国有许多对猫国不讲理的地方，但是，谁肯因为替没有国格的国说话而伤了同等国家的和气呢？火星上还有许多贫弱国家，他们并不因为贫弱而失去国际地位。国弱是有多种原因的，天灾，地势都足以使国家贫弱；但是，没有人格是由人们自己造成的，因此而衰弱是惹不起别人的同情的。以大蝎说吧，你是由地球上来的客人，你并不是他的奴隶，他可曾请你到他家中休息一刻？他可曾问你吃饭不吃？他只叫你看着迷叶！我不是激动你，以便使你抢劫他，我是要说明我们外国人为什么小看他们。现在要说到第一个问题了。”胖子喘了口气，把话交给瘦子。

“设若明天，你地球先生，要求在大蝎家里住，他决定不收你。为什么？以后你自己会知道。我们只说我们的来意：此地的外国人另住在一个地方，在这城的西边。凡是外国人都住在那里，不分国界，好像是个大家庭似的。现在我们两个担任招待的职务，知道那个地方的，由我们两个招待，不知道的，由我们通知，我们天天有人在猫城左右看着，以便报告我们。我们为什么组织这个团体呢，因为本地人的污浊的习惯是无法矫正的，他们的饭食和毒药差不多，他们的医生便是——噢，他们就没有医生！此外还有种种原因，现在不用细说，我们的来意完全出于爱护你，这大概你可以相信，地球先生？”

我相信他们的真诚。我也猜透一点他们没有向我明说的理由。但是我既来到猫城便要先看看猫城。也许先看别的国家是更有益的事；由这两个人我就看出来，光国一定比猫国文明的多，可是，看文明的灭亡是不易得的机会。我决不是拿看悲剧的态度来看历史，我心中实在希望我对猫城的人有点用处。我不敢说我同情于大蝎，但是大蝎不足以代表一切的人。我不疑心这两个外国人的话，但是我必须亲自去看过。

他们两个猜着我的心思，那个胖的说："我们现在不用决定吧。你不论什么时候愿去找我们，我们总是欢迎你的。从这里一直往西去——顶好是夜间走，不拥挤——走到西头，再走，不大一会儿便会看见我们的住处。再见，地球先生！"

他们一点不带不喜欢的样子，真诚而能体谅，我真感激他们。

"谢谢你们！"我说："我一定上你们那里去，不过我先要看看此地的人们。"

"不要随便吃他们的东西！再见！"他们俩一齐说。

不！我不能上外国城去住！猫人并不是不可造就的，看他们多么老实：被兵们当作鼓打，还是笑嘻嘻的；天一黑便去睡觉，连半点声音也没有。这样的人民还不好管理？假如有好的领袖，他们必定是最和平，最守法的公民。

我睡不着了。心中起了许多许多色彩鲜明的图画：猫城改建了，成了一座花园似的城市，音乐，雕刻，读书声，花，鸟，秩序，清洁，美丽……

## 十三

大蝎把迷叶全运进去，并没说声“谢谢”。

我的住处，他管不着；在他家里住是不行的，不行，一千多个理由不行。最后他说：“和我们一块住，有失你的身分呀！你是外国人，为何不住在外国城去？”他把那两个光国人不肯明说的话说出来了——不要脸的爽直！

我并没动气，还和他细细的说明我要住在猫城的原因。我甚至于暗示出，假如他的家里不方便，我只希望看看他的家中是什么样子，然后我自己会另找住处去。看看也不行。这个拒绝是预料得到的。在迷林里几个月的工夫，他到底住在哪里？我始终没探问出来；现在迷叶都藏在家里，被我知道了岂不是危险的事。我告诉大蝎，我要是有意抢劫他的迷叶，昨天晚上就已下手了，何必等他藏好我再多费事。他摇头：他家中有妇女，不便招待男客，这是个极有力的理由。但是，看一看并不能把妇女看掉一块肉呀——噢，我是有点糊涂，那不是大蝎的意思。

墙头上露出个老猫头来，一脑袋白毛，猪嘴抽抽着好像个风干的小木瓜。老猫喊起来：“我们不要外国人！不要外国人！不要，不要！”这一定是大蝎的爸爸。

我还是没动气，我倒佩服这个干木瓜嘴的老猫，他居然不但不怕，而且敢看不起外国人。这个看不起人也许出于无知，但是据我看，他总比大蝎多些人味。

一个青年的猫人把我叫到一旁，大蝎乘机会爬上墙去。

青年猫人，这是我最希望见一见的。这个青年是大蝎的儿子。我更欢喜了，我见着了三辈。木瓜嘴的老猫与大蝎，虽然还活着，也许有很大的势力，究竟是过去的人物了；诊断猫国病症的有无起色，青年是脉门。

“你是由远处来的？”小蝎——其实他另有名字，我这么叫他，为是省事——问我。

“很远很远！告诉我，那个老年人是不是你的祖父？”我问。

“是。祖父以为一切祸患都是外国人带来的，所以最恨外国人。”

“他也吃迷叶？”

“吃。因为迷叶是自外国传来的，所以他觉得吃迷叶是给外国人丢脸，不算他自己的错处。”

四围的人多了，全瞪着圆眼，张着嘴，看怪物似的看着我。

“我们不能找着清静地方谈一谈？”

“我们走到哪里，他们跟到哪里；就在这里谈吧。他们并不要听我们说什么，只要看看你怎么张嘴，怎么眨眼就够了。”

我很喜爱小蝎的爽直。

“好吧。”我也不便一定非找清静地方不可了。“你的父亲呢？”

“父亲是个新人物，至少是二十年前的新人物。二十年前他反对吃迷叶，现在他承袭了祖父的迷林。二十年前他提倡女权，现在他不许你进去，因为家中有妇女。祖父常说，将来我也是那样：少年的脾气喜新好奇，一到中年便回头看祖宗的遗法了。祖父一点外国事不懂，所以拿我们祖先遗传下来的规法当作处世的标准。父亲知道一些外国事，在他年青的时候，他要处处仿效外国人，现在他拿那些知识作为维持自己利益的工具。该用新方法的地方他使用新方法，不似祖父那样固执；但是这不过是处世方法上的运用，不是处世的宗旨的变动，在宗旨上父亲与祖父是完全相同的。”

我的眼闭上了；由这一片话的光亮里我看见一个社会变动的图画的轮廓。这轮廓的四外，也许是一片明霞，但是轮廓的形成线以内确是越来越黑。这团黑气是否再能与那段明霞联合成一片，由阴翳而光明，全看小蝎身上有没有一点有力的光色。我这样想，虽然我并不知道小蝎是何等的人物。

“你也吃迷叶？”我突然的问出来，好似我是抓住迷叶，拿它作一切病患的根源了，我并回答不出为什么这样想的理由。

“我也吃。”小蝎回答。

我心眼中的那张图画完全黑了，连半点光明也没有了。

“为什么？”我太不客气了——“请原谅我的这样爽直！”

“不吃它，我无法抵抗一切！”

“吃它便能敷衍一切？”

小蝎老大半天没言语。

“敷衍，是的！我到过外国，我明白一点世界大势。但是在不想解决任何的问题的民众中，敷衍；不敷衍怎能活着呢？”小蝎似笑非笑的说。

“个人的努力？”

“没用！这样多糊涂，老实，愚笨，可怜，贫苦，随遇而安，快活的民众；这么多只拿棍子，只抢迷叶与妇女的兵；这么多聪明，自私，近视，无耻，为自己有计划，对社会不关心的政客；个人的努力？自己的脑袋到底比别人的更值得关切一些！”

“多数的青年都这么思想吗？”我问。

"什么？青年？我们猫国里就没有青年！我们这里只有年纪的分别，设若年纪小些的就算青年，由这样青年变成的老人自然是老——"他大概是骂人呢，我记不得那原来的字了。"我们这里年纪小的人，有的脑子比我祖父的还要古老；有的比我父亲的心眼还要狭窄；有的——"

"环境不好也是不可忽略的事实，"我插嘴说："我们不要太苛了。"

"环境不好是有恶影响的，可是从另一方面说，环境不好也正是使人们能醒悟的；青年总应当有些血性；可是我们的青年生下来便是半死的。他们不见着一点小便宜，还好；只要看见一个小钱的好处，他们的心便不跳了。平日他们看一切不合适；一看到便宜，个人的利益，他们对什么也觉得顺眼了。"

"你太悲观了，原谅我这么说，你是个心里清楚而缺乏勇气的悲观者。你只将不屑于努力的理由作为判断别人的根据，因此你看一切是黑色的，是无望的；事实上或者未必如此。也许你换一个眼光去看，这个社会并不那么黑暗的可怕？"

"也许；我把这个观察的工作留给你。你是远方来的人，或者看得比我更清楚更到家一些。"小蝎微微的笑了笑。

我们四围的人似乎已把我怎样张嘴，怎样眨眼看够了——看明白了没有还很可疑——他们开始看我那条破裤子了。我还有许多许多问题要问小蝎，但是我的四围已经几乎没有一点空气了，我求小蝎给我找个住处。他也劝我到外国城去住，不过他的话说得非常有哲学味："我不希望你真作那份观察的工作，因为我怕你的那点热心与期望全被浇灭了。不过，你一定主张在这里住，我确能给你找个地方。这个地方没有别的好处，他们不吃迷叶。"

"有地方住便不用说别的了，就请费心吧！"我算是打定了主意，决不到外国城去住。

# 十四

我的房东是作过公使的。公使已死去好几年，公使太太除了上过外国之外，还有个特点——“我们不吃迷叶”，这句话她一天至少要说百十多次。不管房东是谁吧，我算达到爬墙的目的了。我好像小猫初次练习上房那么骄傲，到底我可以看看这四方房子里是怎样的布置了。

爬到半截，我心中有点打鼓了。我要说墙是摇动，算我说谎；随着手脚所触一劲儿落土，决一点不假。我心里说：这酥饽饽式的墙也许另有种作用。爬到墙头，要不是我眼晕，那必定是墙摇动呢。

房子原来没顶。下雨怎办呢？想不出，因而更愿意在这里住一住了。离墙头五尺来深有一层板子，板子中间有个大窟窿。公使太太在这个窟窿中探着头招待我呢。

公使太太的脸很大，眼睛很厉害，不过这不足使我害怕；一脸白粉，虽然很厚，可是还露着脸上的细灰毛，像个刺硬霜厚带着眼睛的老冬瓜，使我有点发怵。

“有什么行李就放在板子上吧。上面统归你用，不要到下面来。天一亮吃饭，天一黑吃饭，不要误了。我们不吃迷叶！拿房钱来！”公使太太确是懂得怎么办外交。

我把房钱付过。我有大蝎给我的那五百国魂在裤兜里装着呢。

这倒省事：我自己就是行李，自要我有了地方住，什么也不必张心了。房子呢，就是一层板，四面墙，也用不着搬桌弄椅的捣乱。只要我不无心中由窟窿掉下去，大概便算天下太平。板子上的泥至少有二寸多厚，泥里发出来的味道，一点也不像公使家里所应有的。上面晒着，下面是臭泥，我只好还得上街去。我明白了为什么猫人都白天在街上过活了。

我还没动身，窟窿中爬出来了：公使太太，同着八个冬瓜脸的妇女。八位女子先爬出墙去，谁也没敢正眼看我。末后，公使太太身在墙外，头在墙上发了话：

“我们到外边去，晚上见！没有法子，公使死了，责任全放在我身上，我得替他看着这八个东西！没钱，没男子，一天到晚得看着这八个年青的小妖精！我们不吃迷叶！丈夫是公使，公使太太，到过外国，不吃迷叶，一天到晚得看着八个小母猫！”

我希望公使太太快下去吧，不然这八位妇女在她口中不定变成什么呢！公使太太颇知趣，忽的一下不见了。

我又掉在迷魂阵里。怎么一回事呢？八个女儿？八个小姑？八个妾？对了，八个妾。大蝎不许我上他家去，大概也因为这个。板子下面，没有光，没有空气，一个猫人，带着一群母猫——引用公使太太的官话——臭，乱，淫，丑……我后悔了，这种家庭看与不看没什么重要。但是已交了房钱，况且，我到底得设法到下面去看看，不管是怎样的难堪。

她们都出去了，我是否应当现在就下去看看？不过，公使太太嘱咐我不要下去，偷偷的窥探是不光明的。正在这么犹豫，墙头上公使太太的头又回来了：

“快出去，不要私自往下面看，不体面！”

我赶紧的爬上去。找谁去呢？只有小蝎可以谈一谈，虽然他是那么悲观。但是，上哪里去找他呢？他当然不会在家里；在街上找人和海里摸针大概一样的无望。我横着挤出了人群，从远处望望那条街。我看清楚：城的中间是贵族的住宅与政府机关，因为房子比左右的高着很多。越往两边去越低越破，一定是贫民的住处和小铺子。记清了这个大概就算认识猫城了。

正在这个当儿，从人群挤出十几个女的来。白脸的一定是女的，从远处我也能认清了。她们向着我来了。我心中有点不得劲：由公使太太与大蝎给我的印象，我以为此地的妇女必定是极服从，极老实，极不自由的。随便乱跑，像这十几个女的，一定不会是有规矩的。我初到此地，别叫人小看了我，我得小心着点。我想到这里，便开始要跑。

"开始作观察的工作吗？"小蝎的声音。

我仔细一看，原来他在那群女郎的中间裹着呢。

我不用跑了。一展眼的工夫，我与小蝎被围在中间。

"来一个？"小蝎笑着说。眼睛向四围一转："这是花，这是迷，比迷叶还迷的迷，这是星……"他把她们的名字都告诉给我，可是我记不全了。

迷过来向我挤了挤眼，我打了个冷战。我不知道怎样办好了：这群女子是干什么的，我不晓得。设若都是坏人，我初来此地，不应不爱惜名誉；设若她们都是好人，我不应得罪她们。说实话，我虽不是个恨恶妇女的人，可是我对女子似乎永远没什么好感。我总觉得女子的好擦粉是一种好作虚伪的表示。自然，我也见过不擦粉的女子，可是，她们不见得比别的女子少一点虚伪。这点心理并不使我对女子减少应有的敬礼，敬而远之是我对女性的态度。因此我不肯得罪了这群女郎。

小蝎似乎看出我的进退两难了。他闹着玩似的用手一推她们，“去！去！两个哲学家遇见就不再要你们了。”她们唧唧的笑了一阵，很知趣的挤入人群里去。我还是发愣。

“旧人物多娶妾，新人物多娶妻，我这厌旧恶新的人既不娶妻，又不纳妾，只是随便和女子游戏游戏。敷衍，还是敷衍。谁敢不敷衍女的呢？”

“这群女的似乎——”我不知道怎样说好。

“她们？似乎——”小蝎接过去：“似乎——是女子。压制她们也好，宠爱她们也好，尊敬她们也好，迷恋她们也好，豢养她们也好；这只随男人的思想而异，女子自己永远不改变。我的曾祖母擦粉，我的祖母擦粉，我的母亲擦粉，我的妹妹擦粉，这群女子擦粉，这群女子的孙女还要擦粉。把她们锁在屋里要擦粉，把她们放在街上还要擦粉。”

“悲观又来了！”我说。

“这不是悲观，这是高抬女子，尊敬女子，男子一天到晚瞎胡闹，没有出息，忽而变为圣人，忽而变为禽兽；只有女子，惟独女子，是始终纯洁，始终是女子，始终奋斗：总觉得天生下来的脸不好，而必擦些白粉。男子设若也觉得圣人与禽兽的脸全欠些白润，他们当然不会那么没羞没耻，他们必定先顾脸面，而后再去瞎胡闹。”

这个开玩笑似的论调又叫我默想了。

小蝎很得意的往下说：“刚才这群女的，都是‘所谓’新派的女子。她们是我父亲与公使太太的仇敌。这并非说她们要和我父亲打架；而是我父亲恨她们，因为他不能把她们当作迷叶卖了，假如她们是他的女儿；也不能把她们锁在屋里，假如她们是他的妻妾。这也不是说她们比我的母亲或公使太太多些力量，多些能干，而是她们更像女子，更会不作事，更会不思想——可是极会往脸上擦粉。她们都顶可爱，就是我这不爱一切的人也得常常敷衍她们一下。”

“她们都受过新教育？”我问。

小蝎乐得半天说不出话来。

“教育？噢，教育，教育，教育！”小蝎似乎有点发疯：“猫国除了学校里‘没’教育，其余处处‘都是’教育！祖父的骂人，教育；父亲的卖迷叶，教育；公使太太的监管八个活的死母猫，教育；大街上的臭沟，教育；兵丁在人头上打鼓，教育；粉越擦越厚，女子教育；处处是教育，我一听见教育就多吃十片迷叶，不然，便没法不呕吐！”

“此地有很多学校？”

“多。你还没到街那边去看？”

“没有。”

“应当看看去。街那边全是文化机关。”小蝎又笑了。“文化机关与文化有关系没有，你不必问，机关确是在那里。”他抬头看了看天：“不好，要下雨！”

天上并没有厚云，可是一阵东风刮得很凉。

“快回家吧！”小蝎似乎很怕下雨。“晴天还在这里见。”

人潮遇见暴风，一个整劲往房子那边滚。我也跟着跑，虽然我明知道回到家中也还是淋着，屋子并没有顶。看人们疯了似的往墙上爬也颇有意思，我看见过几个人作障碍竞走，但是没有见过全城的人们一齐往墙上爬的。

东风又来了一阵，天忽然的黑了。一个扯天到地的大红闪，和那列房子交成一个大三角。鸡蛋大小的雨点随着一声雷拍打下来。远处刷刷的响起来，雨点稀少了，天低处灰中发亮，一阵凉风，又是一个大闪，听不见单独的雨点响了，一整排雨道从天上倒下来。天看不见了。一切都看不见了。只有闪光更厉害了。雨道高处忽然横着截开，一条惊蛇极快的把黑空切开一块，颤了两颤不见了；一切全是黑的了。跑到墙根，我身上已经完全湿了。

哪个是公使太太的房？看不清。我后退了几步，等着借闪光看看。又是一个大的，白亮亮的，像个最大的黑鬼在天上偶尔一睁眼，极快的眨巴了几下似的。不行，还是看不清。我急了，管它是谁的房呢，爬吧；爬上去再说。爬到半中腰，我摸出来了，这正是公使太太的房，因为墙摇动呢。

一个大闪，等了好像有几个世纪，整个天塌来了似的一声大雷。我和墙都由直着改成斜着的了。我闭上眼，又一声响，我到哪里去了？谁知道呢！

## 十五

雷声走远了。这是我真听见了呢，还是作梦呢？不敢说。我一睁眼；不，我不能睁眼，公使太太的房壁上的泥似乎都在我脸上贴着呢。是的，是还打雷呢，我确醒过来了。我用手摸；不能，手都被石头压着呢。脚和腿似乎也不见了，觉得像有人把我种在泥土里了。

把手拔出来，然后把脸扒开。公使太太的房子变成了一座大土坟。我一边拔腿，一边疯了似的喊救人；我是不要紧的，公使太太和八位小妖精一定在极下层埋着呢！空中还飞着些雨点，任凭我怎样喊，一个人也没来：猫人怕水，当然不会在天完全晴了之前出来。

把我自己埋着的半截拔脱出来，我开始疯狗似的扒那堆泥土，也顾不得看身上有伤没有。天晴了，猫人全出来。我一边扒土，一边喊救人。人来了不少，站在一旁看着。我以为他们误会了我的意思，开始给他们说明：不是救我，是救底下埋着的九个妇人。大家听明白了，往前挤了过来，还是没人动手。我知道只凭央告是无效的，摸了摸裤袋里，那些国魂还在那里呢。“过来帮我扒的，给一个国魂！”大家楞了一会，似乎不信我的话，我掏出两块国魂来，给他们看了看。行了，一窝蜂似的上来了。可是上来一个，拿起一块石头，走了；又上来一个，搬起一块砖，走了；我心里明白了：见便宜便捡着，是猫人的习惯。好吧，随你们去吧；反正把砖石都搬走，自然会把下面的人救出来。很快！像蚂蚁运一堆米粒似的，叫人想不到会能搬运得那么快。底下出了声音，我的心放下去一点。但是，只是公使太太一个人的声音，我的心又跳上了。全搬净了：公使太太在中间，正在对着那个木板窟窿那溜儿，坐着呢。其余的八位女子，都在四角卧着，已经全不动了。我要先把公使太太扶起来，但是我的手刚一挨着她的胳臂，她说了话：

“哎哟！不要动我，我是公使太太！抢我的房子，我去见皇上，老老实实的把砖给我搬回来！”其实她的眼还被泥糊着呢；大概见倒了房便抢，是猫人常干的事，所以她已经猜到。

四围的人还轻手蹑脚的在地下找呢。砖块已经完全搬走了，有的开始用手捧土；经济的压迫使人们觉得就是捧走一把土也比空着手回家好，我这么想。

公使太太把脸上的泥抓下来，腮上破了两块，脑门上肿起一个大包，两眼睁得像冒着火。她挣扎着站起来，一瘸一点的奔过一个猫人去，不知道怎会那么准确，一下子便咬住他的耳朵，一边咬一边从嘴角哧哧的叫，好似猫捉住了老鼠。那个被咬的嚎起来，拼命用手向后捶公使太太的肚子。两个转了半天，公使太太忽然看见地上卧着的妇女，她松了嘴，那个猫人像箭头似的跑开，四围的人喊了一声，也退出十几尺远。公使太太抱住一个妇女痛哭起来。

我的心软了，原来她并不是个没人心的人，我想过去劝劝，又怕她照样咬我的耳朵，因为她确乎有点发疯的样子。

哭了半天，她又看见了我。

“都是你，都是你，你把我的房爬倒了！你跑不了，他们抢我的东西也跑不了；我去见皇上，全杀了你们！”

“我不跑，”我慢慢的说：“我尽力帮着你便是了。”

“你是外国人，我信你的话。那群东西，非请皇上派兵按家搜不可，搜出一块砖也得杀了！我是公使太太！”公使太太的吐沫飞出多远去，啪的一声唾出一口血来。

我不知道她是否有那么大的势力。我开始安慰她，唯恐怕她疯了。“我们先把这八个妇女——”我问。

“你这里来，把这八个妖精怎么着？我只管活的，管不着死的，你有法子安置她们？”

这把我问住了，我知道怎么办呢，我还没在猫国办过丧事。

公使太太的眼睛越发的可怕了，眼珠上流着一层水光，可是并不减少疯狂的野火，好像泪都在眼中炼干，白眼珠发出磁样的浮光来。

“我跟你说说吧！”她喊：“我无处去诉苦，没钱，没男子，不吃迷叶，公使太太，跟你说说吧！”

我看出她是疯了，她把刚才所说的事似乎都忘了，而想向我诉委屈了。

“这个，”她揪住一个死妇人的头皮：“这个死妖精。十岁就被公使请来了。刚十岁呀，筋骨还没长全，就被公使给收用了。一个月里，不要天黑，一到黑天呀，她，这个小死妖精，她便嚎啊，嚎啊，爹妈乱叫，拉住我的手不放，管我叫妈，叫祖宗，不许我离开她。但是，我是贤德的妇人，我不能与个十岁的丫头争公使呀；公使要取乐，我不能管，我是太太，我得有太太的气度。这个小妖精，公使一奔过她去，她就呼天喊地，嚎得不像人声。公使取乐的时候，看她这个央告，她喊哪：公使太太！公使太太！好祖宗，来救救我！我能禁止公使取乐吗？我不管。事完了，她躺着不动了，是假装死呢，是真晕过去？我不知道，也不深究。我给她上药，给她作吃食，这个死东西，她并一点不感念我的好处！后来，她长成了人，看她那个跛扈，她恨不能把公使整个的吞了。公使又买来了新人，她一天到晚的哭哭啼啼，怨我不拦着公使买人；我是公使太太，公使不多买人，谁能看得起他？这个小妖精，反怨我不管着公使，浪东西，臊东西，小妖精！”公使太太把那个死猫头推到一边，顺手又抓住另一个。“这个东西是妓女，她一天到晚要吃迷叶，还引诱着公使吃；公使有吃迷叶的瘾怎么再上外国？看她那个闹！叫我怎办，我不能拦着公使玩妓女，我又不能看着公使吃迷叶，而不能上外国去。我的难处，你不会想到作公使太太的难处有多么大！我白天要监视着不叫她偷吃迷叶，到晚上还得防备着她鼓动公使和我捣乱，这个死东西！她时时刻刻想逃跑呢，我的两只眼简直不够用的了，我老得捎着她一眼，公使的妾跑了出去，大家的脸面何在？”公使太太的眼睛真像发了火，又抓住一个死妇人的头：

“这个东西，最可恶的就是她！她是新派的妖精！没进门之前她就叫公使把我们都撵出去，她好作公使太太，哈哈，那如何作得到。她看上了公使，只因为他是公使。别的妖精是公使花钱买来的，这个东西是甘心情愿跟他，公使一个钱没花，白玩了她。她把我们妇人的脸算丢透了！她一进门，公使连和我们说话都不敢了。公使出门，她得跟着，公使见客，她得陪着，她俨然是公使太太了。我是干什么的？公使多买女人，该当的；公使太太只能有我一个！我非惩治她不行了，我把她捆在房上，叫雨淋着她，淋了三回，她支持不住了，小妖精！她要求公使放她回家，她还说公使骗了她；我能放了她？自居后补公使太太的随便与公使吵完一散？没听说过。想再嫁别人？没那么便宜的事。难哪！作公使太太不是件容易的事。我昼夜看着她。幸而公使又弄来了这个东西，”她转身从地上挑选出一个死妇人，“她算是又和我亲近了，打算联合我，一齐反对这个新妖精。妇人都是一样的，没有男人陪着就发慌；公使和这新妖精一块睡，她一哭便是一夜。我可有话说了：你还要作公使太太？就凭你这样离不开公使？你看我这真正公使太太！要作公使太太就别想独占公使，公使不是卖东西的小贩子，一辈子只抱着一个老婆！”

公使太太的眼珠子全红了。抱住了一个死妇人的头在地上撞了几下。笑了一阵，看了看我——我不由的往后退了几步。

“公使活着，她们一天不叫我心静，看着这个，防备着那个，骂这个，打那个，一天到晚不叫我闲着。公使的钱，全被她们花了。公使的力量都被她们吸干了。公使死了，连一个男孩子也没留下。不是没生过呀，她们八个，都生过男孩子，一个也没活住。怎能活住呢，一个人生了娃娃，七个人昼夜设法谋害他。争宠呀，唯恐有男孩子的升作公使太太。我这真作太太的倒没像她们那么嫉妒，我只是不管，谁把谁的孩子害了，是她们的事，与我不相干；我不去害小孩子，也不管她们彼此谋害彼此的娃娃，太太总得有太太的气度。

“公使死了，没钱，没男子，把这八个妖精全交给了我！有什么法子，我能任凭她们逃跑去嫁人吗？我不能，我一天到晚看着她们，一天到晚苦口的相劝，叫她们明白人生的大道理。她们明白吗？未必！但是我不灰心，我日夜的管着她们。我希望什么？没有可希望的，我只望皇上明白我的难处，我的志向，我的品行，赏给我些恤金，赐给我一块大匾，上面刻上‘节烈可风’。可是，你没听见我刚才哭吗？你听见没有？”

我点点头。

“我哭什么？哭这群死妖精？我才有工夫哭她们呢！我是哭我的命运，公使太太，不吃迷叶，现在会房倒屋塌，把我的成绩完全毁灭！我再去见皇上，我有什么话可讲。设若皇上坐在宝座上问我：公使太太你有什么成绩来求赏赐？我说什么？我说我替死去的公使管养着八个女人，没出丑，没私逃。皇上说，她们在哪里呢？我说什么？说她们都死了？没有证据能得赏赐吗？我说什么？公使太太！”她的头贴在胸口上了。我要过去，又怕她骂我。

她又抬起头来，眼珠已经不转了："公使太太，到过外国……不吃迷叶……恤金！大匾……公使太太……"

公使太太的头又低了下去，身子慢慢的向一边倒下来，躺在两个妇人的中间。

## 十六

我难过极了！公使太太的一段哀鸣，使我为多少世纪的女子落泪，我的手按着历史上最黑的那几页，我的眼不敢再往下看了。

不到外国城去住是个错误。我又成了无家之鬼了。上哪里去？那群帮忙的猫人还看着我呢，大概是等着和我要钱。他们抢走了公使太太的东西，不错，但是，那恐怕不足使他们扔下得个国魂的希望吧？我的头疼得很厉害，牙也摔活动了两个。我渐渐的不能思想了，要病。我的心中来了个警告。我把一裤袋的国魂，有十块一个的，有五块一个的，都扔在地上，让他们自己分吧，或是抢吧，我没精神去管。那八个妇人是无望了；公使太太呢，也完了，她的身下流出一大汪血，眼睛还睁着，似乎在死后还关心那八个小妖精。我无法把她们埋起来，旁人当然不管；难堪与失望使我要一拳把我的头击碎。

我在地上坐了一会儿。虽然极懒得动，到底还得立起来，我不能看着这些妇人在我的眼前臭烂了。我一瘸一拐的走，大概为外国人丢脸不少。街上又挤满了人。有些少年人，手中都拿着块白粉，挨着家在墙壁上写字呢，墙还很潮，写过以后，经小风一吹，特别的白。“清洁运动”，“全城都洗过”……每家墙壁上都写上了这么一句。虽然我的头是那么疼，我不能不大笑起来。下完雨提倡洗过全城，不必费人们一点力量，猫人真会办事。是的，臭沟里确乎被雨水给冲干净了，清洁运动，哈哈！莫非我也有点发疯么？我恨不能掏出手枪打死几个写白字的东西们！

我似乎还记得小蝎的话：街那边是文化机关。我绕了过去，不是为看文化机关，而是希望找个清静地方去忍一会儿。我总以为街市的房子是应当面对面的，此处街上的房子恰好是背倚背的，这个新排列方法使我似乎忘了点头疼。可是，这也就是不大喜欢新鲜空气与日光的猫人才能想出这个好主意，房背倚着房背，中间一点空隙没有，这与其说是街，还不如说是疾病酿造厂。我的头疼又回来了。在异国生病使人特别的悲观，我似乎觉得没有生还中国的希望了。

我顾不得细看了，找着个阴凉便倒了下去。

睡了多久？我不知道。一睁眼我已在一间极清洁的屋子中。我以为这是作梦呢，或是热度增高见了幻象，我摸了摸头，已不十分热！我莫名其妙了。身上还懒，我又闭上了眼。有点极轻的脚步声，我微微的睁开眼：比迷叶还迷的迷！她走过来，摸了摸我的头，微微的点点头："好啦！"她向自己说。

我不敢再睁眼，等着事实来说明事实吧。过了不大的工夫，小蝎来了，我放了心。

"怎样了？"我听见他低声的问。

没等迷回答，我睁开了眼。

"好了？"他问我。我坐起来。

"这是你的屋子？"我又起了好奇心。

"我们俩的，"他指了指迷，"我本来想让你到这里来住，但是恐怕父亲不愿意。你是父亲的人，父亲至少这么想；他不愿意我和你交朋友，他说我的外国习气已经太深。"

“谢谢你们！”我又往屋中扫了一眼。

“你纳闷我们这里为什么这样干净？这就是父亲所谓的外国习气。”小蝎和迷全笑了。

是的，小蝎确是有外国习气。以他的言语说，他的比大蝎的要多用着两倍以上的字眼，大概许多字是由外国语借来的。

“这是你们俩的家？”我问。

“这是文化机关之一。我们俩借住。有势力的人可以随便占据机关的房子。我们俩能保持此地的清洁便算对得起机关；是否应以私人占据公家的地方，别人不问，我们也不便深究。敷衍，还得用这两个最有意思的字！迷，再给他点迷叶吃。”

“我已经吃过了吗？”我问。

“刚才不是我们灌你一些迷叶汁，你还打算再醒过来呀？迷叶是真正好药！在此地，迷叶是众药之王。它能治的，病便有好的希望；它不能治的，只好等死。它确是能治许多的病。只有一样，它能把‘个人’救活，可是能把‘国家’治死，迷叶就是有这么一点小缺点！”小蝎又来了哲学家的味了。

我又吃了些迷叶，精神好多了，只是懒得很。我看出来光国和别的外国人的智慧。他们另住在一处，的确是有道理的。猫国这个文明是不好惹的；只要你一亲近它，它便一把油漆似的将你胶住，你非依着它的道儿走不可。猫国便是个海中的旋涡，临近了它的便要全身陷入。要入猫国便须不折不扣的作个猫人，不然，干脆就不要粘惹它。我尽力的反抗吃迷叶，但是，结果？还得吃！在这里必须吃它，不吃它别在这里，这是绝对的。设若这个文明能征服了全火星——人概有许多猫国人抱着这样的梦想——全火星的人类便不久必同归于尽：浊秽，疾病，乱七八糟，糊涂，黑暗，是这个文明的特征；纵然构成这个文明的分子也有带光的，但是那一些光明决抵抗不住这个黑暗的势力。这个势力，我看出来，必须有朝一日被一些真光，或一些毒气，好像杀菌似的被剪除净尽。不过，猫人自己决不这么想。小蝎大概看到这一步，可是因为看清这局棋已经是输了，他便信手摆子，而自己笑自己的失败了。至于大蝎和其余的人只是作梦而已。

我要问小蝎的问题多极了。政治，教育，军队，财政，出产，社会，家庭……

“政治我不懂，”小蝎说：“父亲是专门作政治的，去问他。其余的事我有知道的，也有不知道的，顶好你先自己去看，看完再问我。只有文化事业我能充分帮忙，因为父亲对什么事业都有点关系，他既不能全照顾着，所以对文化事业由我作他的代表。你要看学校，博物院，古物院，图书馆，只要你说话，我便叫你看得满意。”

我心里觉得比吃迷叶还舒服了：在政治上我可以去问大蝎；在文化事业上问小蝎，有这二蝎，我对猫国的情形或者可以知道个大概了。

但是我是否能住在这里呢？我不敢问小蝎。凭良心说，我确是半点离开这个清洁的屋子的意思也没有。但是我不能摇尾乞怜，等着吧！

小蝎问我先去看什么，惭愧，我懒得动。

“告诉我点你自己的历史吧！”我说，希望由他的言语中看出一点大蝎家中的情形。

小蝎笑了。每逢他一笑，我便觉得他可爱又可憎。他自己知道他比别的猫人优越，因而他不肯伸一伸手去拉扯他们一把——恐怕弄脏了他的手！他似乎觉得他生在猫国是件大不幸的事，他是荆棘中唯一的一朵玫瑰。我不喜欢这个态度。

“父母生下我来，”小蝎开始说，迷坐在他一旁，看着他的眼。“那不关我的事。他们极爱我，也不关我的事。祖父也极爱我，没有不爱孙子的祖父，不算新奇。幼年的生活似乎没有什么可说的。”小蝎扬头想了想，迷扬着头看他。“对了，有件小事也许值得你一听，假如不值得我一说。我的乳母是个妓女。妓女可以作乳母，可是不准我与任何别的小孩子一块玩耍。这是我们家的特别教育。为什么非请妓女看护孩子呢？有钱。我们有句俗话：钱能招鬼。这位乳娘便是鬼中之一。祖父愿意要她，因为他以为妓女看男孩，兵丁看女孩，是最好的办法，因为她们或他们能教给男女小孩一切关于男女的知识。有了充分的知识，好早结婚，早生儿女，这样便是对得起祖宗。妓女之外，有五位先生教我读书，五位和木头一样的先生教给我一切猫国的学问。后来有一位木头先生忽然不木头了，跟我的乳母逃跑了。那四位木头先生也都被撵了出去。我长大了，父亲把我送到外国去。父亲以为凡是能说几句外国话的，便算懂得一切，他需要一个懂得一切的儿子。在外国住了四年，我当然懂得一切了，于是就回家来。出乎父亲意料之外，我并没懂得一切，只是多了一些外国习气。可是，他并不因此而不爱我，他还照常给我钱花。我呢，乐得有些钱花，和星，花，迷，大家一天到晚凑凑趣。表面上我是父亲的代表，主办文化事业，其实我只是个寄生虫。坏事我不屑于作，好事我作不了，敷衍——这两个宝贝字越用越有油水！”小蝎又笑了，迷也随着笑了。

“迷是我的朋友，”小蝎又猜着了我的心思：“一块住的朋友。这又是外国习气。我家里有妻子，十二岁就结婚了，我六岁的时候，妓女的乳母便都教会了我，到十二岁结婚自然外行不了的。我的妻子什么也会，尤其会生孩子，顶好的女人，据父亲说。但是我愿意要迷。父亲情愿叫我娶迷作妾，我不肯干。父亲有十二个妾，所以看纳妾是最正当的事。父亲最恨迷，可是不大恨我，因为他虽然看外国习气可恨，可是承认世界上确乎有这么一种习气，叫作外国习气。祖父恨迷，也恨我，因为他根本不承认外国习气。我和迷同居，我与迷倒没有什么，可是对猫国的青年大有影响。你知道，我们猫国的人以为男女的关系只是‘那么’着。娶妻，那么着；娶妾，那么着；玩妓女，那么着；现在讲究自由联合，还是那么着；有了迷叶吃，其次就是想那么着。我是青年人们的模范人物。大家都是先娶妻，然后再去自由联合，有我作前例。可是，老人们恨我入骨，因为娶妻妾是大家可以住在一处的，专为那么着，那么着完了就生一群小孩子。现在自由联合呢，既不能不要妻子，还得给情人另预备一个地方，不然，便不算作足了外国习气。这么一来，钱要花得特别的多，老人们自然供给不起，老人们不拿钱，青年人自然和老人们吵架。我与迷的罪过真不小。”

“不会完全脱离了旧家庭？”我问。

“不行呀，没钱！自由联合是外国习气，可是我们并不能舍去跟老子要钱的本国习气。这二者不调和，怎能作足了‘敷衍’呢？”

“老人们不会想个好方法？”

“他们有什么方法呢？他们承认女子只是为那么着预备的。他们自己娶妾，也不反对年青的纳小，怎能禁止自由联合呢？他们没方法，我们没方法，大家没方法。娶妻，娶妾，自由联合，都要生小孩；生了小孩谁管养活着？老人没方法，我们没方法，大家没方法。我们只管那么着的问题，不管子女问题。老的拚命娶妾，小的拚命自由，表面上都闹得挺欢，其实不过是那么着，那么着的结果是多生些没人照管没人养活没人教育的小猫人，这叫作加大的敷衍。我祖父敷衍，我的父亲敷衍，我敷衍，那些青年们敷衍；‘负责’是最讨厌的一个名词。”

“女子自己呢？难道她们甘心承认是为那么着的？”我问。

“迷，你说，你是女的。”小蝎向迷说。

“我？我爱你。没有可说的。你愿意回家去看那个会生小孩的妻子，你就去，我也不管。你什么时候不爱我了，我就一气吃四十片迷叶，把迷迷死！”

我等着她往下说，她不再言语了。

## 十七

我没和小蝎明说，他也没留我，可是我就住在那里了。

第二天，我开始观察的工作。先看什么，我并没有一定的计划；出去遇见什么便看什么似乎是最好的方法。

在街的那边，我没看见过多少小孩子，原来小孩子都在街的这边呢。我心里喜欢了，猫人总算有这么一点好处：没忘了教育他们的孩子，街这边既然都是文化机关，小孩子自然是来上学了。

猫小孩是世界上最快活的小人们。脏，非常的脏，形容不出的那么脏；瘦，臭，丑，缺鼻短眼的，满头满脸长疮的，可是，都非常的快活。我看见一个脸上肿得像大肚罐子似的，嘴已肿得张不开，腮上许多血痕，他也居然带着笑容，也还和别的小孩一块跳，一块跑。我心里那点喜欢气全飞到天外去了。我不能把这种小孩子与美好的家庭学校联想到一处。快活？正因为家庭学校社会国家全是糊涂蛋，才会养成这样糊涂的孩子们，才会养成这种脏，瘦，臭，丑，缺鼻短眼的，可是还快活的孩子们。这群孩子是社会国家的索引，是成人们的惩罚者。他们长大成人的时候不会使国家不脏，不瘦，不臭，不丑；我又看见了那毁灭的巨指按在这群猫国的希望上，没希望！多妻，自由联合，只管那么着，没人肯替他的种族想一想。爱的生活，在毁灭的巨指下讲爱的生活，不知死的鬼！

我先不要匆忙的下断语，还是先看了再说话吧。我跟着一群小孩走。来到一个学校：一个大门，四面墙围着一块空地。小孩都进去了。我在门外看着。小孩子有的在地上滚成一团，有的往墙上爬，有的在墙上画图，有的在墙角细细检查彼此的秘密，都很快活。没有先生。我等了不知有多久，来了三个大人。他们都瘦得像骨骼标本，好似自从生下来就没吃过一顿饱饭，手扶着墙，慢慢的蹭，每逢有一阵小风他们便立定哆嗦半天。他们慢慢的蹭进校门。孩子们照旧滚，爬，闹，看秘密。三位坐在地上，张着嘴喘气。孩子们闹得更厉害了，他们三位全闭上眼，堵上耳朵，似乎唯恐得罪了学生们。又过了不知多少时候，三位一齐立起来，劝孩子们坐好。学生们似乎是下了决心永不坐好。又过了大概至少有一点钟吧，还是没坐好。幸而三位先生——他们必定是先生了——一眼看见了我，“门外有外国人！”只这么一句，小孩子全面朝墙坐好，没有一个敢回头的。

三位先生的中间那一位大概是校长，他发了话：“第一项唱国歌。”谁也没唱，大家都楞了一会儿，校长又说：“第二项向皇上行礼。”谁也没行礼，大家又都楞了一会儿。“向大神默祷。”这个时候，学生们似乎把外国人忘了，开始你挤我，我挤你，彼此叫骂起来。“有外国人！”大家又安静了。“校长训话。”校长向前迈了一步，向大家的脑勺子说：

“今天是诸位在大学毕业的日子，这是多么光荣的事体！”

我几乎要晕过去，就凭这群……大学毕业？但是，我先别动情感，好好的听着吧。

校长继续的说：

“诸位在这最高学府毕业，是何等光荣的事！诸位在这里毕业，什么事都明白了，什么知识都有了，以后国家的大事便全要放在诸位的肩头上，是何等的光荣的事！”校长打了个长而有调的呵欠。“完了！”

两位教员拚命的鼓掌，学生又闹起来。

“外国人！”安静了。“教员训话。”

两位先生谦逊了半天，结果一位脸瘦得像个干倭瓜似的先生向前迈了一步。我看出来，这位先生是个悲观者，因为眼角挂着两点大泪珠。他极哀婉的说：

“诸位，今天在这最高学府毕业是何等光荣的事！”他的泪珠落下一个来。“我们国里的学校都是最高学府，是何等光荣的事！”又落下一个泪珠来。“诸位，请不要忘了校长和教师的好处。我们能作诸位的教师是何等的光荣，但是昨天我的妻子饿死了，是何等的……”他的泪像雨点般落下来。挣扎了半天，他才又说出话来：“诸位，别忘了教师的好处，有钱的帮点钱，有迷叶的帮点迷叶！诸位大概都知道，我们已经二十五年没发薪水了？诸位……”他不能再说了，一歪身坐在地上。

“发证书。”

校长从墙根搬起些薄石片来，石片上大概是刻着些字，我没有十分看清。校长把石片放在脚前，说：“此次毕业，大家都是第一，何等的光荣！现在证书放在这里，诸位随便来拿，因为大家都是第一，自然不必分前后的次序。散会。”

校长和那位先生把地下坐着的悲观者搀起，慢慢的走出来。学生并没去拿证书，大家又上墙的上墙，滚地的滚地，闹成一团。

什么把戏呢？我心中要糊涂死！回去问小蝎。

小蝎和迷都出去了。我只好再去看，看完一总问他吧。

在刚才看过的学校斜旁边又是一处学校，学生大概都在十五六岁的样子。有七八个人在地上按着一个人，用些家伙割剖呢。旁边还有些学生正在捆两个人。这大概是实习生理解剖，我想。不过把活人捆起来解剖未免太残忍吧？我硬着心看着，到底要看个水落石出。一会儿的工夫，大家把那两个人捆好，都扔在墙根下，两个人一声也不出，大概是已吓死过去。那些解剖的一边割宰，一边叫骂：

“看他还管咱们不管，你个死东西！”扔出一只胳膊来！

“叫我们念书？不许招惹女学生？社会黑暗到这样，还叫我念书?！还不许在学校里那么着？挖你的心，你个死东西！”鲜红的一块飞到空中！

“把那两个死东西捆好了？抬过一个来！”

“抬校长，还是历史教员？”

“校长！”

我的心要从口中跳出来了！原来这是解剖校长与教员！

也许校长教员早就该杀，但是我不能看着学生们大宰活人。我不管谁是谁非，从人道上想，我不能看着学生们——或任何人——随便行凶。我把手枪掏出来了。其实我喊一声，他们也就全跑了，但是，我真动了气，我觉得这群东西只能以手枪对待，其实他们哪值得一枪呢。啷！我放了一枪。哗啦，四面的墙全倒了下来。大雨后的墙是受不住震动的，我又作下一件错事。想救校长，把校长和学生全砸在墙底了！我心中没了主意。就是杀校长的学生也是一条命，我不能甩手一走。但是怎样救这么些人呢？幸而，墙只是土堆成的；我不知道近来心中怎么这样卑鄙，在这百忙中似乎想到：校长大概确是该杀，看这校址的建筑，把钱他全自己赚了去，而只用些土堆成围墙。办学校的而私吞公款，该杀。虽然是这么猜想，我可是手脚没闲着，连拉带扯，我很快的拉出许多人来。每逢拉出一个土鬼，连看我一眼也不看便疯了似的跑去，像是由笼里往外掏放生的鸽子似的。并没有受重伤的，我心中不但舒坦了，而且觉得这个把戏很有趣。最后把校长和教员也掏出来，他们的手脚全捆着呢，所以没跑。我把他们放在一旁；开始用脚各处的踢，看土里边还有人没有，大概是没有了；可是我又踢了一遍。确乎觉得是没有人了，我回来把两位捆着的土鬼都松了绑。

待了好大半天，两位先生睁开了眼。我手下没有一些救急的药，和安神壮气的酒类，只好看着他们两个，虽然我急于问他们好多事情，可是我不忍得立刻问他们。两位先生慢慢的坐起来，眼睛还带着惊惶的神气。我向他们一微笑，低声的问："哪位是校长？"

两人脸上带出十二分害怕的样子，彼此互相指了一指。

神经错乱了，我想。

两位先生偷偷的，慢慢的，轻轻的，往起站。我没动。我以为他们是要活动活动身上。他们立起来，彼此一点头，就好像两个雌雄相逐的蜻蜓在眼前飞过那么快，一眨眼的工夫，两位先生已跑出老远。追是没用的，和猫人竞走我是没希望得胜的。我叹了一口气，坐在土堆上。

怎么一回事呢？噢，疑心！藐小！狡猾！谁是校长？他们彼此指了一指。刚活过命来便想牺牲别人而保全自己，他们以为我是要加害于校长，所以彼此指一指。偷偷的，慢慢的立起来，像蜻蜓飞跑了去！哈哈！我狂笑起来！我不是笑他们两个，我是笑他们的社会：处处是疑心，藐小，自利，残忍。没有一点诚实，大量，义气，慷慨！学生解剖校长，校长不敢承认自己是校长……黑暗，黑暗，一百分的黑暗！难道他们看不出我救了他们？噢，黑暗的社会里哪有救人的事。我想起公使太太和那八个小妖精，她们大概还在那里臭烂着呢！

校长，先生，教员，公使太太，八个小妖精……什么叫人生？我不由的落了泪。

到底是怎么回事？想不出，还得去问小蝎。

# 十八

下面是小蝎的话：

在火星上各国还是野蛮人的时候，我们已经有了教育制度，猫国是个古国。可是，我们的现行教育制度是由外国抄袭来的。这并不是说我们不该摹仿别人，而是说取法别人并不是件容易的事。互相摹仿是该当的，而且是人类文明改进的一个重要动力。没有人采行我们的老制度，而我们必须学别人的新制度，这已见出谁高谁低。但是，假如我们能摹仿得好，使我们的教育与别国的并驾齐驱，我们自然便不能算十分低能。我们施行新教育制度与方法已经二百多年，可是依然一塌糊涂，这证明我们连摹仿也不会；自己原有的既行不开，学别人又学不好，我是个悲观者，我承认我们的民族的低能。

低能民族的革新是个笑话，我们的新教育，所以，也是个笑话。

你问为什么一点的小孩子便在大学毕业？你太诚实了，或者应说太傻了，你不知道那是个笑话吗？毕业？那些小孩都是第一天入学的！要闹笑话就爽快闹到家，我们没有其他可以自傲的事，只有能把笑话闹得彻底。这过去二百年的教育史就是笑话史，现在这部笑话史已到了末一页，任凭谁怎样聪明也不会再把这个大笑话弄得再可笑一点。在新教育初施行的时候，我们的学校也分多少等级，学生必须一步一步的经过试验，而后才算毕业。经过二百年的改善与进步，考试慢慢的取消了，凡是个学生，不管他上课与否，到时候总得算他毕业。可是，小学毕业与大学毕业自然在身分上有个分别，谁肯甘心落个小学毕业的资格呢，小学与大学既是一样的不上课？所以我们彻底的改革了，凡是头一天入学的就先算他在大学毕业，先毕业，而后——噢，没有而后，已经毕业了，还要什么而后？

这个办法是最好的——在猫国。在统计上，我们的大学毕业生数目在火星上各国中算第一，数目第一也就足以自慰，不，自傲了；我们猫人是最重实际的。你看，屈指一算，哪一国的大学毕业生人数也跟不上我们的，事实，大家都满意的微笑了。皇上喜欢这个办法，要不是他热心教育，怎能有这么多大学毕业生？他对得起人民。教员喜欢这个办法，人人是大学教师，每个学校都是最高学府，每个学生都是第一，何等光荣！家长喜欢这个办法，七岁的小泥鬼，大学毕业；子弟聪明是父母的荣耀。学生更不必说了，只要他幸而生在猫国，只要他不在六七岁的时期死了，他总可以得个大学毕业资格。从经济上看呢，这个办法更妙得出奇：原先在初办学校的时候，皇上得年年拿出一笔教育费，而教育出来的学生常和皇上反对为难，这岂不是花钱找麻烦？现在呢，皇上一个钱不要往外拿，而年年有许多大学毕业生，这样的毕业生也不会和皇上过不去。饿死的教员自然不少，大学毕业生人数可增加了呢。原先校长教员因为挣钱，一天到晚互相排挤，天天总得打死几个，而且有时候鼓动学生乱闹，闹得大家不安；现在皇上不给他们钱，他们还争什么？他们要索薪吧，皇上不理他们，招急了皇上，皇上便派兵打他们的脑勺。他们的后盾是学生，可是学生现在都一入学便毕业，谁去再帮助他们呢。没有人帮助他们闹事，他们只好等着饿死，饿死是老实的事，皇上就是满意教师们饿死。

家长的儿童教育费问题解决了，他们只须把个小泥鬼送到学校里，便算没了他们的事。孩子们在家呢，得吃饭；孩子们入学校呢，也得吃饭；有饭吃，谁肯饿着小孩子；没饭吃呢，小孩也得饿着；上学与不上学是一样的，为什么不去来个大学毕业资格呢？反正书笔和其他费用是没有的，因为入学并不为读书，也就不读书，因为得资格，而且必定得资格。你说这个方法好不好？

为什么还有人当校长与教员呢，你问？

这得说二百年来历史的演进。你看，在原先，学校所设的课程不同，造就出来的人材也就不一样，有的学工，有的学商，有的学农……可是这些人毕业后，干什么呢？学工的是学外国的一点技巧，我们没给他们预备下外国的工业；学商的是学外国的一些方法，我们只有些个小贩子，大规模的事业只要一开张便被军人没收了；学农的是学外国的农事，我们只种迷叶，不种别的；这样的教育是学校与社会完全无关，学生毕业以后可干什么去？只有两条出路：作官与当教员。要作官的必须有点人情势力，不管你是学什么的，只要朝中有人便能一步登天。谁能都有钱有势呢？作不着官的，教书是次好的事业；反正受过新教育的是不甘心去作小工人小贩子的，渐渐的社会上分成两种人：学校毕业的和非学校毕业的。前者是抱定以作官作教员为职业，后者是作小工人小贩子的。这种现象对于政治的影响，我今天先不说；对于教育呢，我们的教育便成了轮环教育。我念过书，我毕业后便去教你的儿女，你的儿女毕业了，又教我的儿女。在学识上永远是那一套东西，在人格上天天有些退步，这怎样讲呢？毕业的越来越多了，除了几个能作官的，其余的都要教书，哪有那么多学校呢？只好闹笑话。轮环教育本来只是为传授那几本不朽之作的教科书，并不讲什么仁义道德，所以为争一个教席，有时候能引起一二年的内战，杀人流血，好像大家真为教育事业拚命似的，其实只为那点薪水。

慢慢的教育经费被皇上，政客，军人，都拿了去，大家开始专作索薪的运动，不去教书。学生呢，看透了先生们是什么东西，也养成了不上课的习惯，于是开始刚才我说的不读书而毕业的运动。这个运动断送了教育经费的命。皇上，政客，军人，家长，全赞助这个运动；反正教育是没用的东西，而教员是无可敬畏的玩艺，大家乐得省几个钱呢。但是，学校不能关门；恐怕外国人耻笑；于是入学便算大学毕业的运动成熟了。学校照旧开着，大学毕业人数日见增加，可是一个钱不要花。这是由轮环教育改成普及教育，即等于无教育，可是学校还开着。天大的笑话。

这个运动成熟的时候，作校长与教师的并不因此而减少对于教育的热心，大家还是一天到晚打得不可开交。为什么？原先的学校确是像学校的样子，有桌椅，有财产，有一切的设备；有经费的时候，大家尽量赚钱，校长与教员只好开始私卖公产。争校长：校产少的争校产多的，没校产的争有校产的，又打了个血花乱溅。皇上总是有人心的，既停止了教育经费，怎再好意思禁止盗卖校产，于是学校一个一个的变成拍卖场，到了现在，全变成四面墙围着一块空地。那么，现在为什么还有人愿意作校长教员呢？不干是闲着，干也是闲着，何必不干呢？再说，有个校长教员的名衔到底是有用的，由学生升为教员，由教员升为校长，这本来是轮环教育的必遵之路；现在呢，校长教员既无钱可拿，只好借着这个头衔作升官的阶梯。这样，我们的学校里没教育，可是有学生有教员有校长，而且任何学校都是最高学府。学生一听说自己的学校是最高学府，心眼里便麻那么一下，而后天下太平。

学校里既没有教育，真要读书的人怎办呢？恢复老制度——聘请家庭教师教子弟在家中念书。自然，这只有富足的人家才能办到，大多数的儿童还是得到学校里去失学。这个教育的失败把猫国的最后希望打得连影子也没有了。新教育的初一试行是污蔑新学识的时期。新制度必须与新学识一同由外国搬运过来，学识而名之曰新的，显然是学识老在往前进展，日新月异的搜求真理。可是新制度与新学识到了我们这里便立刻长了白毛，像雨天的东西发霉。本来吗，采取别人家的制度学识最容易像由别人身上割下一块肉补在自己身上，自己觉得只要从别人身上割来一块肉就够了，大家只管割取人家的新肉，而不管肌肉所需的一切养分。取来一堆新知识，而不晓得研究的精神，势必走到轮环教育上去不可。这是污辱新知识，可是，在这个时期，人们确是抱着一种希望，虽然他们以为从别人身上割取一块新肉便会使自己长生不老是错误的，可是究竟他们有这么一点迷信，他们总以为只要新知识一到——不管是多么小的一点——他们立刻会与外国一样的兴旺起来。这个梦想与自傲还是可原谅的，多少是有点希冀的。到了现在，人们只知道学校是争校长，打教员，闹风潮的所在，于是他们把这个现象与新知识煮在一个锅里咒骂了：新知识不但不足以强国，而且是毁人的，他们想。这样，由污蔑新知识时期进而为咒骂新知识时期。现在家庭聘请教师教读子弟，新知识一概除外，我们原有的老石头书的价钱增长了十倍。我的祖父非常的得意，以为这是国粹战胜了外国学问。我的父亲高兴了，他把儿子送到外国读书，以为这么一办，只有他的儿子可以明白一切，可以将来帮助他利用新知识去欺骗那些抱着石头书本的人。父亲是精明强干的，他总以为外国的新知识是有用的，可是只要几个人学会便够了，有几个学会外国的把戏，我们便会强盛起来。可是一班的人还是同情于祖父：新知识是种魔术邪法，只会使人头晕目眩，只会使儿子打父亲，女儿骂母亲，学生杀教员，一点好处也没有。这咒骂新知识的时期便离亡国时期很近了。

你问，这新教育崩溃的原因何在？我回答不出。我只觉得是因为没有人格。你看，当新教育初一来到的时候，人们为什么要它？是因为大家想多发一点财，而不是想叫子弟多明白一点事，是想多造出点新而好用的东西，不是想叫人们多知道一些真理。这个态度已使教育失去养成良好人格和启发研究精神的主旨的一部分。及至新学校成立了，学校里有人，而无人格，教员为挣钱，校长为挣钱，学生为预备挣钱，大家看学校是一种新式的饭铺；什么是教育，没有人过问。又赶上国家衰弱，社会黑暗，皇上没有人格，政客没有人格，人民没有人格，于是这学校外的没人格又把学校里的没人格加料的洗染了一番。自然，在这贫弱的国家里，许多人们连吃还吃不饱，是很难以讲到人格的，人格多半是由经济压迫而堕落的。不错。但是，这不足以作办教育的人们的辩护。为什么要教育？救国。怎样救国？知识与人格。这在一办教育的时候便应打定主意，这在一愿作校长教师的时候便应该牺牲了自己的那点小利益。也许我对于办教育的人的期许过重了。人总是人，一个教员正和一个妓女一样的怕挨饿。我似乎不应专责备教员，我也确乎不肯专责备他们。但是，有的女人纵然挨饿也不肯当妓女，那么，办教育的难道就不能咬一咬牙作个有人格的人？自然，政府是最爱欺侮老实人的，办教育的人越老实便越受欺侮；可是，无论怎样不好的政府，也要顾及一点民意吧。假如我们办教育的真有人格，造就出的学生也有人格，社会上能永远瞎着眼看不出好坏吗？假如社会看办教育的人如慈父，而造就出的学生都能在社会上有些成就，政府敢轻视教育？敢不发经费？我相信有十年的人格教育，猫国便会变个样子。可是，新教育已办了二百年了，结果？假如在老制度之下能养成一种老实，爱父母，守规矩的人们，怎么新教育会没有相当的好成绩呢？人人说——尤其是办教育的人们——社会黑暗，把社会变白了是谁的责任？办教育的人只怨社会黑暗，而不记得他们的责任是使社会变白了的，不记得他们的人格是黑夜的星光，还有什么希望?！我知道我是太偏，太理想。但是办教育的人是否都应当有点理想？我知道政府社会太不帮忙他们了，但是谁愿意帮忙与政府社会中一样坏的人?

你看见了那宰杀教员的?先不用惊异。那是没人格的教育的当然结果。教员没人格，学生自然也跟着没人格。不但是没人格，而且使人们倒退几万年，返回古代人吃人的光景。人类的进步是极慢的，可是退步极快，一时没人格，人便立刻返归野蛮，况且我们办了二百年的学校？在这二百年中天天不是校长与校长或教员打，便是教员与教员或校长打，不是学生与学生打，便是学生与校长教员打；打是会使人立刻变成兽的，打一次便增多一点野性，所以到了现在，学生宰几个校长或教员是常见的事。你也用不着为校长教员抱不平，我们的是轮环教育，学生有朝一日也必变成校长或教员，自有人来再杀他们。好在多几个这样的校长教师与社会上一点关系没有，学校里谁杀了谁也没人过问。在这种黑暗社会中，人们好像一生出来便小野兽似的东闻闻西抓抓，希望搜寻到一点可吃的东西，一粒砂大的一点便宜都足使他们用全力去捉到。这样的一群小人们恰好在学校里遇上那么一群教师，好像一群小饿兽遇见一群老饿兽，他们非用爪牙较量较量不可了，贪小便宜的欲望烧起由原人遗下来的野性，于是为一本书，一个迷叶，都可以打得死尸满地。闹风潮是青年血性的激动，是有可原谅的；但是，我们此处的风潮是另有风味的，借题目闹起来，拆房子毁东西，而后大家往家里搬砖拾破烂，学生心满意足，家长也皆大欢喜。因闹风潮而家中白得了几块砖，一根木棍，风潮总算没有白闹。校长教师是得机会就偷东西，学生是借机会就拆毁，拆毁完了往家里搬运。校长教师该死。学生该死。学生打死校长教师正是天理昭彰，等学生当了校长教师又被打死也是理之当然，这就是我们的教育。教育能使人变成野兽，不能算没有成绩，哈哈！

## 十九

小蝎是个悲观者。我不能不将他的话打些折扣。但是，学生入学先毕业，和屠宰校长教员，是我亲眼见的；无论我怎样怀疑小蝎的话，我无从与他辩驳。我只能从别的方面探问。

“那么，猫国没有学者？”我问。

“有。而且很多。”我看出小蝎又要开玩笑了。果然，他不等我问便接着说：“学者多，是文化优越的表示，可是从另一方面看，也是文化衰落的现象，这要看你怎么规定学者的定义。自然我不会给学者下个定义，不过，假如你愿意看看我们的学者，我可以把他们叫来。”

“请来，你是说？”我矫正他。

“叫来！请，他们就不来了，你不晓得我们的学者的脾气；你等着看吧！迷，去把学者们叫几个来，说我给他们迷叶吃。叫星，花们帮着你分头去找。”

迷笑嘻嘻的走出去。

我似乎没有可问的了，一心专等看学者，小蝎拿来几片迷叶，我们俩慢慢的嚼着，他脸上带着点顶淘气的笑意。

迷和星，花，还有几个女的先回来了，坐了个圆圈把我围在当中。大家看着我，都带出要说话又不敢说的神气。

"留神啊，"小蝎向我一笑，"有人要审问你了！"

她们全唧唧的笑起来。迷先说了话：

"我们要问点事，行不行？"

"行。不过，我对于妇女的事可知道的不多。"我也学会小蝎的微笑与口气。

"告诉我们，你们的女子什么样儿？"大家几乎是一致的问。

我知道我会回答得顶有趣味："我们的女子，脸上擦白粉。"大家"噢"了一声。"头发收拾得顶好看，有的长，有的短，有的分缝，有的向后拢，都擦着香水香油。"大家的嘴全张得很大，彼此看了看头上的短毛，又一齐闭上嘴，似乎十二分的失望。"耳朵上挂着坠子，有的是珍珠，有的是宝石，一走道儿坠子便前后的摇动。"大家摸了摸脑勺上的小耳朵，有的——大概是花——似乎要把耳朵揪下来。"穿着顶好看的衣裳，虽然穿着衣裳，可是设法要露出点肌肉来，若隐若现，比你们这全光着的更好看。"我是有点故意与迷们开玩笑："光着身子只有肌肉的美，可是肌肉的颜色太一致，穿上各种颜色的衣裳呢，又有光彩，又有颜色，所以我们的女子虽然不反对赤身，可是就在顶热的夏天也多少穿点东西。还穿鞋呢，皮子的，缎子的，都是高底儿，鞋尖上镶着珠子，鞋跟上绣着花，好看不好看？"我等她们回答。没有出声的，大家的嘴都成了个大写的"O"。"在古时候，我们的女子有把脚裹得这么小的，"我把大指和食指捏在一块比了一比，"现在已经完全不裹脚了，改为——"大家没等我说完这句，一齐出了声："为什么不裹了呢？为什么不裹了呢？糊涂！脚那么小，多么好看，小脚尖上镶上颗小珠子，多么好看！"大家似乎真动了感情，我只好安慰她们："别忙，等我说完！她们不是不裹脚了吗，可是都穿上高底鞋，脚尖在这儿，"我指了指鼻尖，"脚踵在这儿，"我指了头顶，"把身量能加高五寸。好看哪，而且把脚骨窝折了呢，而且有时候还得扶着墙走呢，而且设若折了一个底儿还一高一低的蹦呢!”大家都满意了，可是越对地球上的女子满意，对她们自己越觉得失望，大家都轻轻的把脚藏在腿底下去了。

我等着她们问我些别的问题。哼，大家似乎被高底鞋给迷住了：

“鞋底有多么高，你说?”一个问。

“鞋上面有花，对不对?”又一个问。

“走起路来咯噔咯噔的响?”又一个问。

“脚骨怎么折?是穿上鞋自然的折了呢，还是先弯折了脚骨再穿鞋?”又一个问。

“皮子作的?人皮行不行?”又一个问。

“绣花?什么花?什么颜色?”又一个问。

我要是会制革和作鞋，当时便能发了财，我看出来。

我正要告诉她们，我们的女子除了穿高底鞋还会作事，学者们来到了。

“迷，”小蝎说，“去预备迷叶汁。”又向花们说，“你们到别处去讨论高底鞋吧。”

来了八位学者，进门向小蝎行了个礼便坐在地上，都扬着脸向上看，连捎我一眼都不屑于。

迷把迷叶汁拿来，大家都慢慢的喝了一大气，闭上眼，好似更不屑于看我了。

他们不看我，正好；我正好细细的看他们。八位学者都极瘦，极脏，连脑勺上的小耳朵都装着两兜儿尘土，嘴角上堆着两堆吐沫，举动极慢，比大蝎的动作还要更阴险稳慢着好多倍。

迷叶的力量似乎达到生命的根源，大家都睁开眼，又向上看着。忽然一位说了话：

“猫国的学者是不是属我第一?”他的眼睛向四外一瞭，捎带着瞭了我一下。

其余的七位被这一句话引得都活动起来，有的搔头，有的咬牙，有的把手指放在嘴里，然后一齐说：

“你第一？连你爸爸算在一块，不，连你祖父算在一块，全是混蛋！”

我以为这是快要打起来了。谁知道，自居第一学者的那位反倒笑了，大概是挨骂挨惯了。

“我的祖父，我的父亲，我自己，三辈子全研究天文，全研究天文，你们什么东西！外国人研究天文用许多器具，镜子，我们世代相传讲究只用肉眼，这还不算本事；我们讲究看得出天文与人生祸福的关系，外国人能懂得这个吗？昨天我夜观天象，文星正在我的头上，国内学者非我其谁？”

“要是我站在文星下面，它便在我头上！”小蝎笑着说。

“大人说得极是！”天文学家不言语了。

“大人说得极是！”其余的七位也找补了一句。

半天，大家都不出声了。

“说呀！”小蝎下了命令。

有一位发言：“猫国的学者是不是属我第一？”他把眼睛向四外一瞭。“天文可算学问？谁也知道，不算！读书必须先识字，字学是唯一的学问。我研究了三十年字学了，三十年，你们谁敢不承认我是第一的学者？谁敢？”

“放你娘的臭屁！”大家一齐说。

字学家可不像天文家那么老实，抓住了一位学者，喊起来：“你说谁呢？你先还我债，那天你是不是借了我一片迷叶？还我，当时还我，不然，我要不把你的头拧下来，我不算第一学者！”

“我借你一片迷叶，就凭我这世界著名的学者，借你一片迷叶，放开我，不要脏了我的胳臂！”

“吃了人家的迷叶不认账，好吧，你等着，你等我作字学通论的时候，把你的姓除外，我以国内第一学者的地位告诉全世界，说古字中就根本没有你的姓，你等着吧！”

借吃迷叶而不认账的学者有些害怕了，向小蝎央告：

“大人，大人！赶快借给我一片迷叶，我好还他！大人知道，我是国内第一学者，但是学者是没钱的人。穷既是真的，也许我借过他一片迷叶吃，不过不十分记得。大人，我还得求你一件事，请你和老大人求求情，多给学者一些迷叶。旁人没迷叶还可以，我们作学者的，尤其我这第一学者，没有迷叶怎能作学问呢？你看，大人，我近来又研究出我们古代刑法确是有活剥皮的一说，我不久便作好一篇文章，献给老大人，求他转递给皇上，以便恢复这个有趣味，有历史根据的刑法。就这一点发现，是不是可算第一学者？字学，什么东西！只有历史是真学问！”

“历史是不是用字写的？还我一片迷叶！”字学家态度很坚决。

小蝎叫迷拿了一片迷叶给历史学家，历史学家掐了一半递给字学家，“还你，不该！”

字学家收了半片迷叶，咬着牙说：“少给我半片！你等着，我不偷了你的老婆才怪！”

听到“老婆”，学者们似乎都非常的兴奋，一齐向小蝎说：

“大人，大人！我们学者为什么应当一人一个老婆，而急得甚至于想偷别人的老婆呢？我们是学者，大人，我们为全国争光，我们为子孙万代保存祖宗传留下的学问，为什么不应当每人有至少三个老婆呢？”

小蝎没言语。

“就以星体说吧，一个大星总要带着几个小星的，天体如此，人道亦然，我以第一学者的地位证明一人应该有几个老婆的；况且我那老婆的‘那个’是不很好用的！”

“就以字体说吧，古时造字多是女字旁的，可见老婆应该是多数的。我以第一学者的地位证明老婆是应该不只一个的；况且，”下面的话不便写录下来。

各位学者依次以第一学者的地位证明老婆是应当多数的，而且全拿出不便写出的证据。我只能说，这群学者眼中的女子只是“那个”。

小蝎一言没发。

“大人想是疲倦了？我们，我们，我们，”

“迷，再给他们点迷叶，叫他们滚！”小蝎闭着眼说。

“谢谢大人，大人体谅！”大家一齐念道。

迷把迷叶拿来，大家乱抢了一番，一边给小蝎行礼道谢，一边互相诟骂，走了出去。

这群学者刚走出去，又进了一群青年学者。原来他们已在外边等了半天，因为怕和老年学者遇在一处，所以等了半天。新旧学者遇到一处至少要出两条人命的。

这群青年学者的样子好看多了，不瘦，不脏，而且非常的活泼。进来，先向迷行礼，然后又向我招呼，这才坐下。我心中痛快了些，觉得猫国还有希望。

小蝎在我耳旁嘀咕：“这都是到过外国几年而知道一切的学者。”

迷拿来迷叶，大家很活泼的争着吃得很高兴，我的心又凉了。

吃过迷叶，大家开始谈话。他们谈什么呢？我是一字不懂！我和小蝎来往已经学得许多新字，可是我听不懂这些学者的话。我只听到一些声音：咕噜吧唧，地冬地冬，花拉夫司基……什么玩艺呢？

我有点着急，因为急于明白他们说些什么，况且他们不断的向我说，而我一点答不上，只是傻子似的点头假笑。

“外国先生的腿上穿着什么？”

“裤子。”我回答，心中有点发糊涂。

“什么作的？”一位青年学者问。

“怎么作的？”又一位问。

“穿裤子是表示什么学位呢？”又一位问。

“贵国是不是分有裤子阶级，与无裤子阶级呢？”又一位问。

我怎么回答呢？我只好装傻假笑吧。

大家没得到我回答，似乎很失望，都过来用手摸了摸我的破裤子。

看完裤子，大家又咕噜吧唧，地冬地冬，花拉夫司基……起来，我都快闷死了！

好容易大家走了，我才问小蝎，他们说的是什么。

“你问我哪？”小蝎笑着说，“我问谁去呢？他们什么也没说。”

“花拉夫司基？我记得这么一句。”我问。

“花拉夫司基？还有通通夫司基呢，你没听见吗？多了！他们只把一些外国名词联到一处讲话，别人不懂，他们自己也不懂，只是听着热闹。会这么说话的便是新式学者。我知道花拉夫司基这句话在近几天正在走运，无论什么事全是花拉夫司基，父母打小孩子，皇上吃迷叶，学者自杀，全是花拉夫司基。其实这个字当作‘化学作用’讲。等你再遇见他们的时候，你只管胡说，花拉夫司基，通通夫司基，大家夫司基，他们便以为你是个学者。只要名词，不必管动词，形容字只须在夫司基下面加个‘的’字。”

“看我的裤子又是什么意思呢？”我问。

“迷们问高底鞋，新学者问裤子，一样的作用。青年学者是带些女性的，讲究清洁漂亮时髦，老学者讲究直擒女人的那个，新学者讲究献媚。你等着看，过几天青年学者要不都穿上裤子才怪。”

我觉得屋中的空气太难过了，没理小蝎，我便往外走。门外花们一群女子都扶着墙，脚后跟下垫着两块砖头，练习用脚尖走路呢。

# 二十

悲观者是有可取的地方的：他至少要思虑一下才会悲观，他的思想也许很不健全，他的心气也许很懦弱，但是他知道用他的脑子。因此，我更喜爱小蝎一些。对于那两群学者，我把希望放在那群新学者身上，他们也许和旧学者一样的糊涂，可是他们的外表是快乐的，活泼的，只就这一点说，我以为他们是足以补小蝎的短处的；假如小蝎能鼓起勇气，和这群青年一样的快乐活泼，我想，他必定会干出些有益于社会国家的事业。他需要几个乐观者作他的助手。我很想多见一见那群新学者，看看他们是否能帮助小蝎。

我从迷们打听到他们的住处。

去找他们，路上经过好几个学校。我没心思再去参观。我并不愿意完全听信小蝎的话，但是这几个学校也全是四面土墙围着一块空地。即使这样的学校能不像小蝎所说的那么坏，我到底不能承认这有什么可看的地方。对于街上来来往往的男女学生，我看他们一眼，眼中便湿一会儿。他们的态度，尤其是岁数大一点的，正和大蝎被七个猫人抬着走的时候一样，非常的傲慢得意，好像他们个个以活神仙自居，而丝毫没觉到他们的国家是世界上最丢脸的国家似的。办教育的人糊涂，才能有这样无知学生，我应当原谅这群青年，但是，二十上下岁的人们居然能一点看不出事来，居然能在这种地狱里非常的得意，非常的傲慢，我真不晓得他们有没有心肝。有什么可得意的呢？我几乎要抓住他们审问了；但是谁有那个闲工夫呢！

我所要找的新学者之中有一位是古物院的管理员，我想我可以因拜访他而顺手参观古物院。古物院的建筑不小，长里总有二三十间房子。门外坐着一位守门的，猫头倚在墙上，正睡得十分香甜。我探头往里看，再没有一个人影。古物院居然可以四门大开，没有人照管着，奇！况且猫人是那么爱偷东西，怪！我没敢惊动那位守门的，自己硬往里走。穿过两间空屋子，遇见了我的新朋友。他非常的快乐，干净，活泼，有礼貌，我不由的十分喜爱他。他的名字叫猫拉夫司基。我知道这决不是猫国的通行名字，　定是个外国字。我深怕他跟我说一大串带“夫司基”字尾的字，所以我开门见山的对他说明我是要参观古物，求他指导一下。我想，他决不会把古物也都“夫司基”了；他不“夫司基”，我便有办法。

“请，请，往这边请。”猫拉夫司基非常的快活，客气。

我们进了一间空屋子，他说：

“这是一万年前的石器保存室，按照最新式的方法排列，请看吧。”

我向四围打量了一眼，什么也没有。“又来得邪！”我心里说。还没等发问，他向墙上指了一指，说：

“这是一万年前的一座石罐，上面刻着一种外国字，价值三百万国魂。”

噢，我看明白了，墙上原来刻着一行小字，大概那个价值三百万的石罐在那里陈列过。

“这是一万零一年的一个石斧，价值二十万国魂。这是一万零二年的一套石碗，价值一百五十万。这是……三十万。这是……四十万。”

别的不说，我真佩服他把古物的价值能记得这么烂熟。

又进了一间空屋子，他依然很客气殷勤的说：

“这是一万五千年前的书籍保存室，世界上最古的书籍，按照最新式的编列法陈列。”

他背了一套书名和价值；除了墙上有几个小黑虫，我是什么也没看见。

一气看了十间空屋子，我的忍力叫猫拉夫司基给耗干了，可是我刚要向他道谢告别，到外面吸点空气去，他把我又领到一间屋子，屋子外面站着二十多个人，手里全拿着木棍！里面确是有东西，谢天谢地，我幸而没走，十间空的，一间实的，也就算不虚此行。

“先生来得真凑巧，过两天来，可就看不见这点东西了。”猫拉夫司基十二分殷勤客气的说：“这是一万二千年前的一些陶器，按照最新式的排列方法陈列。一万二千年前，我们的陶器是世界上最精美的，后来，自从八千年前吧，我们的陶业断绝了，直到如今，没有人会造。”

“为什么呢？”我问。

“呀呀夫司基。”

什么意思，呀呀夫司基？没等我问，他继续的说：

“这些陶器是世界上最值钱的东西，现在已经卖给外国，一共卖了三千万万国魂，价钱并不算高，要不是政府急于出售，大概至少可以卖到五千万万。前者我们卖了些不到一万年的石器，还卖到两千万万，这次的协定总算个失败。政府的失败还算小事，我们办事的少得一些回扣是值得注意的。我们指着什么吃饭？薪水已经几年不发了，不仗着出卖古物得些回扣，难道叫我们天天喝风？自然古物出卖的回扣是很大的，可是看管古物的全是新式的学者，我们的日常花费要比旧学者高上多少倍，我们用的东西都来自外国，我们买一件东西都够老读书的人们花许多日子的，这确是一个问题！”猫拉夫司基的永远快乐的脸居然带出些悲苦的样子。

为什么将陶业断绝？呀呀夫司基！出卖古物？学者可以得些回扣。我对于新学者的希望连半点也不能存留了。我没心再细问，我简直不屑于再与他说话了。我只觉得应当抱着那些古物痛哭一场。不必再问了，政府是以出卖古物为财政来源之一，新学者是只管拿回扣，和报告卖出的古物价值，这还有什么可问的。但是，我还是问了一句：

“假如这些东西也卖空了，大家再也拿不到回扣，又怎办呢？”

“呀呀夫司基！”

我明白了，呀呀夫司基比小蝎的“敷衍”又多着一万多分的敷衍。我恨猫拉夫司基，更恨他的呀呀夫司基。

吃惯了迷叶是不善于动气的，我居然没打猫拉夫司基两个嘴巴子。我似乎想开了，一个中国人何苦替猫人的事动气呢。我看清了：猫国的新学者只是到过外国，看了些，或是听了些，最新的排列方法。他们根本没有丝毫判断力，根本不懂哪是好，哪是坏，只凭听来的一点新排列方法来混饭吃。陶业绝断了是多么可惜的事，只值得个呀呀夫司基！出售古物是多么痛心的事，还是个呀呀夫司基！没有骨气，没有判断力，没有人格，他们只是在外国去了一遭，而后自号为学者，以便舒舒服服的呀呀夫司基！

我并没向猫拉夫司基打个招呼便跑了出来。我好像听见那些空屋子里都有些呜咽的声音，好像看见一些鬼影都掩面而泣。设若我是那些古物，假如古物是有魂灵的东西，我必定把那出卖我的和那些新学者全弄得七窍流血而亡！

到了街上，我的心平静了些。在这种黑暗社会中，把古物卖给外国未必不是古物的福气。偷盗，毁坏，是猫人最惯于作的事，与其叫他们自己把历史上宝物给毁坏了，一定不如拿到外国去保存着。不过，这只是对古物而言，而决不能拿来原谅猫拉夫司基。出卖古物自然不是他一个人的主意，但是他那点靦不为耻的态度是无可原谅的。他似乎根本不晓得什么叫作耻辱。历史的骄傲，据我看，是人类最难消灭的一点根性。可是猫国青年们竟自会丝毫不动感情的断送自家历史上的宝贝，况且猫拉夫司基还是个学者，学者这样，不识字的人们该当怎样呢。我对猫国复兴的希望算是连根烂的一点也没有了。努力过度有时候也足以使个人或国家死亡，但是我不能不钦佩因努力而吐血身亡的。猫拉夫司基们只懂得呀呀夫司基，无望！

无心再去会别个新学者了。也不愿再看别的文化机关。多见一个人多减去我对“理想的人”的一分希望，多看一个机关多使我落几点泪，何苦呢！小蝎是可佩服的，他不领着我来看，也不事先给我说明，他先叫我自己看，这是有言外之意的。

路过一个图书馆，我不想进去看，恐怕又中了空城计。从里边走出一群学生来，当然是阅书的了，又引起我的参观欲。图书馆的建筑很不错，虽然看着像年久失修的样子，可是并没有塌倒的地方。

一进大门，墙上有几个好似刚写好的白字：“图书馆革命。”图书馆向谁革命呢？我是个不十分聪明的人，不能立刻猜透。往里走了两步，只顾看墙上的字，冷不防我的腿被人抱住了，“救命！”地上有人喊了一声。

地上躺着十来个人呢，抱住我的腿的那位是，我认出来，新学者之一。他们的手脚都捆着呢。我把他们全放开，大家全像放生的鱼一气儿跑出多远去，只剩下那位新学者。

“怎么回事？”我问。

“又革命了！这回是图书馆革命！”他很惊惶的说。

“图书馆革了谁的命？”

“人家革了图书馆的命！先生请看，”他指了指他的腿部。

噢，他原来穿上了一条短裤子。但是穿上裤子与图书馆革命有什么关系呢？

“先生不是穿裤子吗？我们几个学者是以介绍外国学问道德风俗为职志的，所以我们也开始穿裤子。”他说：“这是一种革命事业。”

“革命事业没有这么容易的！”我心里说。

“我穿上裤子，可糟了，隔壁的大学学生见我这革命行为，全找了我来，叫我给他们每人一条裤子。我是图书馆馆长，我卖出去的书向来是要分给学生们一点钱的，因为学生很有些位信仰‘大家夫司基主义’的。我不能不卖书，不卖书便没法活着，卖书不能不分给他们一点钱，大家夫司基的信仰者是很会杀人的。可是，大家夫司基惯了，今天他们看见我穿上裤子，也要大家夫司基，我哪有钱给大家都作裤子，于是他们反革命起来；我穿裤子是革命事业，他们穿不上裤子又来革我的命，于是把我们全绑起来，把我那一点积蓄全抢了去！”

“他们倒没抢图书？”我不大关心个人的得失，我要看的是图书馆。

“不能抢去什么，图书在十五年前就卖完了，我们现在专作整理的工作。”

“没书还整理什么呢？”

“整理房屋，预备革命一下，把图书室改成一座旅馆，名称上还叫图书馆，实际上可以租出去收点租，本来此地已经驻过许多次兵，别人住自然比兵们要规矩一点的。”

我真佩服了猫人，因为佩服他们，我不敢再往下听了；恐怕由佩服而改为骂街了。

## 二十一

夜间又下了大雨。猫城的雨似乎没有诗意的刺动力。任凭我怎样的镇定，也摆脱不开一种焦躁不安之感。墙倒屋塌的声音一阵接着一阵，全城好像遇风的海船，没有一处，没有一刻，不在颤战惊恐中。毁灭才是容易的事呢，我想，只要多下几天大雨就够了。我决不是希望这不人道的事实现，我是替猫人们难过，着急。他们都是为什么活着呢？他们到底是怎么活着呢？我还是弄不清楚；我只觉得他们的历史上有些极荒唐的错误，现在的人们正在为历史的罪过受惩罚，假如这不是个过于空洞与玄幻的想法。

“大家夫司基”，我又想起这个字来，反正是睡不着，便醒着作梦玩玩吧。不管这个字，正如旁的许多外国字，有什么意思，反正猫人是受了字的害处不浅，我想。

学生们有许多信仰大家夫司基的，我又想起这句话。我要打算明白猫国的一切，我非先明白一些政治情形不可了。我从地球上各国的历史上看清楚：学生永远是政治思想的发酵力；学生，只有学生的心感是最敏锐的；可是，也只有学生的热烈是最浮浅的，假如心感的敏锐只限于接收几个新奇的字眼。假如猫学生真是这样，我只好对猫国的将来闭上眼！只责备学生，我知道，是不公平的，但是我不能不因期望他们而显出责备他们的意思。我必须看看政治了。差不多我一夜没能睡好，因为急于起去找小蝎，他虽然说他不懂政治，但是他必定能告诉我一些历史上的事实；没有这些事实我是无从明白目前的状况的，因为我在此地的日子太浅。

我起来的很早，为是捉住小蝎。

“告诉我，什么是大家夫司基？”我好像中了迷。

“那便是人人为人人活着的一种政治主义。”小蝎吃着迷叶说。“在这种政治主义之下，人人工作，人人快活，人人安全，社会是个大机器，人人是这个大机器的一个工作者，快乐的安全的工作着的小钉子或小齿轮。的确不坏！”

“火星上有施行这样主义的国家？”

“有的是，行过二百多年了。”

“贵国呢？”

小蝎翻了翻白眼，我的心跳起来了。待了好大半天，他说：“我们也闹过，闹过，记清楚了；我们向来不‘实行’任何主义。”

“为什么‘闹过’呢？”

“假如你家中的小孩子淘气，你打了他几下，被我知道了，我便也打我的小孩子一顿，不是因他淘气，是因为你打了孩子所以我也得去打；这对于家务便叫作闹过，对政治也是如此。”

“你似乎是说，你们永远不自己对自己的事想自己的办法，而是永远听见风便是雨的随着别人的意见闹？你们永远不自己盖房子，打个比喻说，而是老租房子住？”

“或者应当说，本来无须穿裤子，而一定要穿，因为看见别人穿着，然后，不自己按着腿的尺寸去裁缝，而只去买条旧裤子。”

“告诉我些个过去的事实吧！”我说；“就是闹过的也好，闹过的也至少引起些变动，是不是？”

“变动可不就是改善与进步。”

小蝎这家伙确是厉害！我微笑了笑，等着他说。他思索了半天：

“从哪里说起呢？！火星上一共有二十多国，一国有一国的政治特色与改革。我们偶尔有个人听说某国政治的特色是怎样，于是大家闹起来。又忽然听到某国政治上有了改革，大家又急忙闹起来。结果，人家的特色还是人家的，人家的改革是真改革了，我们还是我们；假如你一定要知道我们的特色，越闹越糟便是我们的特色。”

“还是告诉我点事实吧，哪怕极没系统呢。”我要求他。

“先说哄吧。”

“哄？什么东西？”

“这和裤子一样的不是我们原有的东西。我不知道你们地球上可有这种东西，不，不是东西，是种政治团体组织——大家联合到一块拥护某种政治主张与政策。”

“有的，我们的名字是政党。”

“好吧，政党也罢，别的名字也罢，反正到了我们这里改称为哄。你看，我们自古以来总是皇上管着大家的，人民是不得出声的。忽然由外国来了一种消息，说：人民也可以管政事；于是大家怎想怎不能逃出这个结论——这不是起哄吗？再说，我们自古以来是拿洁身自好作道德标准的，忽然听说许多人可以组成个党，或是会，于是大家怎翻古书怎找不到个适当的字；只有哄字还有点意思：大家到一处为什么？为是哄。于是我们便开始哄。我告诉过你，我不懂政治；自从哄起来以后，政治——假如你能承认哄也算政治——的变动可多了，我不能详细的说；我只能告诉你些事实，而且是粗枝大叶的。”

“说吧，粗枝大叶的说便好。”我唯恐他不往下说了。

“第一次的政治的改革大概是要求皇上允许人民参政，皇上自然是不肯了，于是参政哄的人们联合了许多军人加入这个运动，皇上一看风头不顺，就把参政哄的重要人物封了官。哄人作了官自然就要专心作官了，把哄的事务忘得一干二净。恰巧又有些人听说皇上是根本可以不要的，于是大家又起哄，非赶跑皇上不可。这个哄叫作民政哄。皇上也看出来了，打算寻个心静，非用以哄攻哄的办法不可了，于是他自己也组织了一个哄，哄员每月由皇上手里领一千国魂。民政哄的人们一看红了眼，立刻屁滚尿流的向皇上投诚，而皇上只允许给他们每月一百国魂。几乎破裂了，要不是皇上最后给添到一百零三个国魂。这些人们能每月白拿钱，引起别人的注意，于是一人一哄，两人一哄，十人一哄，哄的名字可就多多了。”

“原谅我问一句，这些哄里有真正的平民在内没有？”

“我正要告诉你。平民怎能在内呢，他们没受过教育，没知识，没脑子，他们干等着受骗，什么办法也没有。不论哪一哄起来的时候，都是一口一个为国为民。得了官作呢，便由皇上给钱，皇上的钱自然出自人民身上。得不到官作呢，拚命的哄，先是骗人民供给钱，及至人民不受骗了，便联合军人去给人民上脑箍。哄越多人民越苦，国家越穷。”

我又插了嘴：“难道哄里就没有好人？就没有一个真是为国为民的？”

“当然有！可是你要知道，好人也得吃饭，革命也还要恋爱。吃饭和恋爱必需钱，于是由革命改为设法得钱，得到钱，有了饭吃，有了老婆，只好给钱作奴隶，永远不得翻身，革命，政治，国家，人民，抛到九霄云外。”

“那么，有职业，有饭吃的人全不作政治运动？”我问。

“平民不能革命，因为不懂，什么也不懂。有钱的人，即使很有知识，不能革命，因为不敢；他只要一动，皇上或军人或哄员便没收他的财产。他老实的忍着呢，或是捐个小官呢，还能保存得住一些财产，虽然不能全部的落住；他要是一动，连根烂。只有到过外国的，学校读书的，流氓，地痞，识几个字的军人，才能干政治，因为他们进有所得，退无一失，哄便有饭吃，不哄便没有饭吃，所以革命在敝国成了一种职业。因此，哄了这么些年，结果只有两个显明的现象：第一，政治只有变动，没有改革。这样，民主思想越发达，民众越贫苦。第二，政哄越多，青年们越浮浅。大家都看政治，不管学识，即使有救国的真心，而且拿到政权，也是事到临头白瞪眼！没有应付的能力与知识。这么一来，老人们可得了意，老人们一样没有知识，可是处世的坏主意比青年们多的多。青年们既没真知识，而想运用政治，他们非求老人们给出坏主意不可，所以革命自管革命，真正掌权的还是那群老狐狸。青年自己既空洞，而老人们的主意又极奸狡，于是大家以为政治便是人与人间的敷衍，敷衍得好便万事如意，敷衍得不好便要塌台。所以现在学校的学生不要读书，只要多记几个新字眼，多学一点坏主意，便自许为政治的天才。”

我容小蝎休息了一会儿：“还没说大家夫司基呢？”

“哄越多人民越穷，因为大家只管哄，而没管经济的问题。末后，来了大家夫司基——是由人民做起，是由经济的问题上做起。革命了若干年，皇上始终没倒，什么哄上来，皇上便宣言他完全相信这一哄的主张，而且愿作这一哄的领袖；暗中递过点钱去，也就真做了这一哄的领袖，所以有位诗人曾赞扬我们的皇上为‘万哄之主’。只有大家夫司基来到，居然杀了一位皇上。皇上被杀，政权真的由哄——大家夫司基哄——操持了；杀人不少，因为这一哄是要根本铲除了别人，只留下真正农民与工人。杀人自然算不了怪事，猫国向来是随便杀人的。假如把不相干的人都杀了，而真的只留下农民与工人，也未必不是个办法。不过，猫人到底是猫人，他们杀人的时候偏要弄出些花样，给钱的不杀，有人代为求情的不杀，于是该杀的没杀，不该杀的倒丧了命。该杀的没杀，他们便混进哄中去出坏主意，结果是天天杀人，而一点没伸明了正义。还有呢，大家夫司基主义是给人人以适当的工作，而享受着同等的酬报。这样主义的施行，第一是要改造经济制度，第二是由教育培养人人为人人活着的信仰。可是我们的大家夫司基哄的哄员根本不懂经济问题，更不知道怎么创设一种新教育。人是杀了，大家白瞪了眼。他们打算由农民与工人作起，可是他们一点不懂什么是农，哪叫作工。给地亩平均分了一次，大家拿过去种了点迷树；在迷树长成之前，大家只好饿着。工人呢，甘心愿意工作，可是没有工可作。还得杀人，大家以为杀剩了少数的人，事情就好办了；这就好像是说，皮肤上发痒，把皮剥了去便好了。这便是大家夫司基的经过；正如别种由外国来的政治主义，在别国是对病下药的良策，到我们这里便变成自己找罪受。我们自己永远不思想，永远不看问题，所以我们只受革命应有的灾害，而一点得不到好处。人家革命是为施行一种新主张，新计划；我们革命只是为哄，因为根本没有知识；因为没有知识，所以必须由对事改为对人；因为是对人，所以大家都忘了作革命事业应有的高尚人格，而只是大家彼此攻击和施用最卑劣的手段。因此，大家夫司基了几年，除了杀人，只是大家瞪眼；结果，大家夫司基哄的首领又作了皇上。由大家夫司基而皇上，显着多么接不上碴，多么像个恶梦！可是在我们看，这不足为奇，大家本来不懂什么是政治，大家夫司基没有走通，也只好请出皇上；有皇上到底是省得大家分心。到如今，我们还有皇上，皇上还是‘万哄之主’，大家夫司基也在这万哄之内。”

小蝎落了泪！

# 二十二

即使小蝎说的都正确，那到底不是个建设的批评；太悲观有什么好处呢。自然我是来自太平快乐的中国，所以我总以为猫国还有希望；没病的人是不易了解病夫之所以那样悲观的。不过，希望是人类应有的——简直的可以说是人类应有的一种义务。没有希望是自弃的表示，希望是努力的母亲。我不信猫人们如果把猫力量集合在一处，而会产不出任何成绩的。有许多许多原因限制着猫国的发展，阻碍着政治入正轨，据我看到的听到的，我深知他们的难处不少，但是猫人到底是人，人是能胜过一切困难的动物。

我决定去找大蝎，请他给介绍几个政治家；假如我能见到几位头脑清楚的人，我也许得到一些比小蝎的议论与批评更切实更有益处的意见。我本应当先去看民众，但是他们那样的怕外国人，我差不多想不出方法与他们接近。没有懂事的人民，政治自然不易清明；可是反过来说，有这样的人民，政治的运用是更容易一些，假如有真正的政治家肯为国为民的去干。我还是先去找我的理想的英雄吧，虽然我是向来不喜捧英雄的脚的。

恰巧赶上大蝎请客，有我；他既是重要人物之一，请的客人自然一定有政治家了，这是我的好机会。我有些日子不到街的这边来了。

街上依然是那么热闹，有蚂蚁的忙乱而没有蚂蚁的勤苦。我不知道这个破城有什么吸引力，使人们这样贪恋它；也许是，我继而一想，农村已然完全崩溃，城里至少总比乡下好。

只有一样比从前好了，街上已不那么臭了；因为近来时常下雨，老天替他们作了清洁运动。

大蝎没在家，虽然我是按着约定的时间来到的。招待我的是前者在迷林给我送饭的那个人，多少总算熟人，所以他告诉了我：“要是约定正午呀，你就晚上来；要是晚上，就天亮来；有时过两天来也行；这是我们的规矩。”我很感谢他的指导，并且和他打听请的客都是什么人，我心中计划着：设若客人们中没有我所希望见的，我便不再来了。“客人都是重要人物，”他说，“不然也不能请上外国人。”好了，我一定得回来，但是上哪里消磨这几点钟的时光呢？忽然我想起个主意：袋中还有几个国魂，掏出来赠给我的旧仆人。自然其余的事就好办了。我就在屋顶上等着，和他讨教一些事情。猫人的嘴是以国魂作钥匙的。

城里这么些人都拿什么作生计呢？这是我的第一个问题。

“这些人？”他指着街上那个人海说：“都什么也不干。”

来得邪，我心里说；然后问他：“那么怎样吃饭呢？”

“不吃饭，吃迷叶。”

“迷叶从哪儿来呢？”

“一人作官，众人吃迷叶。这些人全是官们的亲戚朋友。作大官的种迷叶，卖迷叶，还留些迷叶分给亲戚朋友。作小官的买迷叶，自己吃，也分给亲戚朋友吃。不作官的呢，等着迷叶。”

“作官的自然是很多了？”我问。

“除了闲着的都是作官的。我，我也是官。”他微微的笑了笑。这一笑也许是对我轻视他——我揭过他一小块头皮——的一种报复。

"作官的都有钱?"

"有。皇上给的。"

"大家不种地，不作工，没有出产，皇上怎么能有钱呢?"

"卖宝物，卖土地，你们外国人爱买我们的宝物与土地，不愁没有钱来。"

是的，古物院，图书馆……前后合上碴了。

"你，拿你自己说，不以为卖宝物，卖土地，是不好的事?"

"反正有钱来就好。"

"合算着你们根本没有什么经济问题?"

这个问题似乎太深了一些，他半天才回答出："当年闹过经济问题，现在已没人再谈那个了。"

"当年大家也种地，也工作，是不是?"

"对了。现在乡下已差不多空了，城里的人要买东西，有外国人卖，用不着我们种地与作工，所以大家全闲着。"

"那么，为什么还有人作官?作官总不能闲着呀?作官与不作官总有迷叶吃，何苦去受累作官呢?"

"作官多来钱，除了吃迷叶，还可以多买外国的东西，多讨几个老婆。不作官的不过只分些迷叶吃罢了。再说，作官并不累，官多事少，想作事也没事可作。"

"请问，那死去的公使太太怎么能不吃迷叶呢，既是没有别的东西可吃?"

"要吃饭也行啊，不过是贵得很，肉，菜，全得买外国的。在迷林的时候，你非吃饭不可，那真花了我们主人不少的钱。公使太太是个怪女人，她要是吃迷叶，自有人供给她；吃饭，没人供给得起；她只好带着那八个小妖精去掘野草野菜吃。"

"肉呢?"

"肉可没地方去找，除非有钱买外国的。在人们还一半吃饭，一半吃迷叶的时候——这是多少年前的事了——人们已把一切动物吃尽，飞的走的一概不留；现在你可看见过一个飞禽或走兽？"

我想了半天，确是没见过动物："啊，白尾鹰，我见过！"

"是的，只剩下它们了，因为它们的肉有毒，不然，也早绝种了。"

你们这群东西也快……我心里说。我不必往下问了。蚂蚁蜜蜂是有需要的，可是并没有经济问题。虽然它们没有问题，可是大家本能的操作，这比猫人强的多。猫人已无政治经济可言，可是还免不了纷争捣乱，我不知道哪位上帝造了这么群劣货，既没有蜂蚁那样的本能，又没有人类的智慧，造他们的上帝大概是有意开玩笑。有学校而没教育，有政客而没政治，有人而没人格，有脸而没羞耻，这个玩笑未免开得太过了。

但是，无论怎说，我非看看那些要人不可了。我算是给猫人想不出高明主意来了，看他们的要人有方法没有吧。问题看着好似极简单：把迷叶平均的分一分，成为一种迷叶大家夫司基主义，也就行了。但这正是走入绝地的方法。他们必须往回走，禁止迷叶，恢复农工，然后才能避免同归于尽。但是，谁能担得起这个重任？他们非由蚊虫苍蝇的生活法改为人的不可——这一跳要费多大力气，要有多大的毅力与决心！我几乎与小蝎一样的悲观了。

大蝎回来了。他比在迷林的时候瘦了许多，可是更显着阴险狡诈。对他，我是毫不客气的，见面就问："为什么请客呢？"

"没事，没事，大家谈一谈。"

这一定是有事，我看出来。我要问他的问题很多，可是我不知道怎么这样的讨厌他，见了他我得少说一句便少说一句了。

客人继续的来了。这些人是我向来没看见过的。他们和普通的猫人一点也不同了。一见着我，全说：老朋友，老朋友。我不客气的声明，我是从地球上来的，这自然是表示“老朋友”的不适当；可是他们似乎把言语中的苦味当作甜的，依然是：老朋友，老朋友。

来了十几位客人。我的运气不错，他们全是政客。

十几位中，据我的观察，可以分为三派：第一派是大蝎派，把“老朋友”说得极自然，可是稍微带着点不得不这么说的神气；这派都是年纪大些的，我想起小蝎所说的老狐狸。第二派的人年岁小一些，对外国人特别亲热有礼貌，脸上老是笑着，而笑得那么空洞，一看便看出他们的骄傲全在刚学会了老狐狸的一些坏招数，而还没能成精作怪。第三派的岁数最小，把“老朋友”说得极不自然，好像还有点羞涩的样子。大蝎特别的介绍这第三派：“这几位老朋友是刚从那边过来的。”我不大明白他的意思。可是不好意思细问。过了一会儿，我醒悟过来，所谓“那边”者是学校，这几位必定是刚入政界的新手。我倒要看看这几位刚由那边来的怎样和这些老狐狸打交待。

赴宴，这是，对我头一遭。客人到齐，先吃迷叶，这是我预想得到的。迷叶吃过，我预备好看新花样了。果然来了。大蝎发了话：“为欢迎新由那边过来的朋友，今天须由他们点选妓女。”

刚从那边过来的几位，又是笑，又是挤眼，又是羞涩，又是骄傲，都嘟囔着大家夫司基，大家夫司基。我的心好似我的爱人要死那么痛。这就是他们的大家夫司基！在那边的时候是一嘴的新主张与夫司基，刚到，刚到这边便大家夫司基妓女！完了，什么也不说了，我只好看着吧！

妓女到了，大家重新又吃迷叶。吃过迷叶，青年的政客脸上在灰毛下都透过来一些粉红色，偷眼看着大蝎。大蝎笑了。“诸位随便吧，”他说，“请，随便，不客气。”他们携着妓女的手都走到下层去，不用说，大蝎已经给他们预备好行乐的地方。

他们下去，大蝎向老年中年的政客笑了笑。他说：“好了，他们不在眼前，我们该谈正经事了。”

我算是猜对了，请客一定是有事。

“诸位都已经听说了？”大蝎问。

老年的人没有任何表示，眼睛好像省察着自己的内心。中年的有一位刚要点头，一看别人，赶快改为扬头看天。

我哈哈的笑起来。

大家更严重了，可是严重的笑起来，意思是陪着我笑——我是外国人。

待了好久，到底还是一位中年的说：“听见了一点，不知道，绝对不知道，是否可靠。”

“可靠！我的兵已败下来了！”大蝎确是显着关切，或者因为是他自己的兵败下来了。

大家又不出声了。呆了许久，大家连出气都缓着劲，好像唯恐伤了鼻须。

“诸位，还是点几个妓女陪陪吧？”大蝎提议。

大家全活过来了：“好的，好的！没女人没良策，请！”

又来了一群妓女，大家非常的快活。

太阳快落了，谁也始终没提一个关于政治的事。

“谢谢，谢谢，明天再会！”大家全携着妓女走去。

那几位青年也由下面爬上来，脸色已不微红，而稍带着灰绿。他们连声“谢谢”也没说，只嘟囔着大家夫司基。

我想：他们必是发生了内战，大蝎的兵败了，请求大家帮忙，而他们不愿管。假如我猜的不错，没人帮助大蝎也未必不是件好事。可是大蝎的神气很透着急切，我临走问了他一句：“你的兵怎么败下来了？”

“外国打进来了！”

## 二十三

太阳还没完全落下去，街上已经连个鬼也没有了。可是墙上已写好了大白字："彻底抵抗！""救国便是救自己！""打倒吞并夫司基！"……我的头晕得像个转欢了的黄牛！

在这活的死城里，我觉得空气非常的稀少，虽然路上只有我一个人。"外国打进来了！"还在我的耳中响着，好似报死的哀钟。为什么呢？不晓得。大蝎显然是吓昏了，不然他为什么不对我详细的说呢。可是，吓昏了还没忘记了应酬，还没忘记了召妓女，这便不是我所能了解的了。至于那一群政客，外国打进来，而能高兴的玩妓女，对国事一字不提，更使我没法明白猫人的心到底是怎样长着的了。

我只好去找小蝎，他是唯一的明白人，虽然我不喜欢他那悲观的态度！可是，我能还怨他悲观吗，在看见这些政客以后？

太阳已落了，一片极美的明霞在余光里染红了半天。下面一线薄雾，映出地上的惨寂，更显出天上的光荣。微风吹着我的胸与背，连声犬吠也听不到，原始的世界大概也比这里热闹一些吧，虽然这是座大城！我的眼泪整串的往下流了。到了小蝎的住处。进到我的屋中，在黑影中坐着一个人，虽然我看不清他是谁，但是我看得出他不是小蝎，他的身量比小蝎高着许多。

“谁？”他高声的问了声。由他的声音我断定了，他不是个平常的猫人，平常的猫人就没有敢这样理直气壮的发问的。

“我是地球上来的那个人。”我回答。

“噢，地球先生，坐下！”他的口气有点命令式的，可是爽直使人不至于难堪。

“你是谁？”我也不客气的问，坐在他的旁边。因为离他很近，我可以看出他不但身量高，而且是很宽。脸上的毛特别的长，似乎把耳鼻口等都遮住，只在这团毛中露着两个极亮的眼睛，像鸟巢里的两个发亮的卵。

“我是大鹰，”他说：“人们叫我大鹰，并不是我的真名字。大鹰？因为人们怕我，所以送给我这个名号。好人，在我们的国内，是可怕的，可恶的，因此——大鹰！”

我看了看天上，黑上来了，只有一片红云，像朵孤独的大花，恰好在大鹰的头上。我呆了，想不起问什么好，只看着那朵孤云，心中想着刚才那片光荣的晚霞。

“白天我不敢出来，所以我晚上来找小蝎。”他自动的说。

“为什么白天不？”我似乎只听见那前半句，就这么重了一下。

“没有一个人，除了小蝎，不是我的敌人，我为什么白天出来找不自在呢？我并不住在城里，我住在山上，昨天走了一夜，今天藏了一天，现在才到了城里。你有吃食没有？已经饿了一整天。”

“我只有迷叶。”

“不，饿死也好，迷叶是不能动的！”他说。

有骨气的猫人，这是在我经验中的第一位。我喊迷，想叫她设法。迷在家呢，但是不肯过来。

“不必了，她们女人也全怕我。饿一两天不算什么，死已在目前，还怕饿？”

“外国打进来了?”我想起这句话。

“是的，所以我来找小蝎。”他的眼更亮了。

“小蝎太悲观，太浪漫。”我本不应当这样批评我的好友，可是爽直可以掩过我的罪过。

“因他聪明，所以悲观。第二样，太什么?不懂你的意思。不论怎么着吧，设若我要找个与我一同死去的，我只能找他。悲观人是怕活着，不怕去死。我们的人民全很快乐的活着，饿成两张皮也还快乐，因为他们天生来的不会悲观，或者说天生来的没有脑子。只有小蝎会悲观，所以他是第二个好人，假如我是第一个。”

“你也悲观?”我虽然以为他太骄傲，可是我不敢怀疑他的智慧。

“我?不!因为不悲观，所以大家怕我恨我；假如能和小蝎学，我还不至被赶入山里去。小蝎与我的差别只在这一点上。他厌恶这些没脑子没人格的人，可是不敢十分得罪他们。我不厌恶他们，而想把他们的脑子打明白过来，叫他们知道他们还不大像人，所以得罪了他们。真遇到大危险了，小蝎是与我一样不怕死的。”

“你先前也是作政治的?”我问。

“是。先从我个人的行为说起：我反对吃迷叶，反对玩妓女，反对多娶老婆。我也劝人不吃迷叶，不玩妓女，不多娶老婆。这样，新人旧人全叫我得罪尽了。你要知道，地球先生，凡是一个愿自己多受些苦，或求些学问的，在我们的人民看，便是假冒为善。我自己走路，不叫七个人抬着我走，好，他们决不看你的甘心受苦，更不要说和你学一学，他们会很巧妙的给你加上‘假冒为善’!作政客的口口声声是经济这个，政治那个；作学生的是口口声声这个主义，那个夫司基；及至你一考问他们，他们全白瞪眼；及至你自己真用心去研究，得，假冒为善。平民呢，你要给他一个国魂，他笑一笑；你要说，少吃迷叶，他瞪你一眼，说你假冒为善。上自皇上，下至平民，都承认作坏事是人生大道，作好事与受苦是假冒为善，所以人人想杀了我，以除去他们所谓的假冒为善。在政治上，我以为无论哪个政治主张，必须由经济问题入手，无论哪种政治改革，必须具有改革的真诚。可是我们的政治家就没有一个懂得经济问题的，就没有一个真诚的，他们始终以政治为一种把戏，你要我一下，我挤你一下。于是人人谈政治，而始终没有政治，人人谈经济，而农工已完全破产。在这种情形之下，有一个人，像我自己，打算以知识及人格为作政治的基础——假冒为善！不加我以假冒为善的罪状，他们便须承认他们自己不对，承认自己不对是建设的批评，没人懂。在许多年前，政治的颓败是经济制度不良的结果；现在，已无经济问题可言，打算恢复猫国的尊荣，应以人格为主；可是，人格一旦失去，想再恢复，比使死人复活的希望一样的微小。在最近的几十年中，我们的政治变动太多了，变动一次，人格的价值低落一次，坏的必得胜，所以现在都希望得最后的胜利，那就是说，看谁最坏。我来谈人格，这个字刚一出口便招人唾我一脸吐沫。主义在外国全是好的，到了我们手里全变成坏的，无知与无人格使天粮变成迷叶！可是，我还是不悲观，我的良心比我，比太阳，比一切，都大！我不自杀，我不怕反对，遇上有我能尽力的地方，我还是干一下。明知无益，可是我的良心，刚才说过，比我的生命大得多。”

大鹰不言语了，我只听着他的粗声喘气。我不是英雄崇拜者，可是我不能不钦佩他；他是个被万人唾骂的，这样的人不是立在浮浅的崇拜心理上的英雄，而是个替一切猫人雪耻的牺牲者，他是个教主。

小蝎回来了。他向来没这么晚回来过，这一定是有特别的事故。

“我来了！”大鹰立起来，扑过小蝎去。

“来得好！”小蝎抱住大鹰。二人痛哭起来。

我知道事情是极严重了，虽然我不明白其中的底细。

“但是，”小蝎说，他似乎知道大鹰已经明白一切，所以从半中腰里说起：“你来并没有多少用处。”

“我知道，不但没用，反有碍于你的工作，但是我不能不来；死的机会到了。”大鹰说。两个人都坐下了。

“你怎么死？”小蝎问。

“死在战场的虚荣，我只好让给你。我愿不光荣的死，可是死得并非全无作用。你已有了多少人？”

“不多。父亲的兵，没打全退下来了。别人的兵也预备退，只有大蝇的人或者可以听我调遣；可是，他们如果听到你在这里，这‘或者’便无望了。”

“我知道，”大鹰极镇静的说：“你能不能把你父亲的兵拿过来？”

“没有多少希望。”

“假如你杀一两个军官，示威一下呢？”

“我父亲的军权并没交给我。”

“假如你造些谣，说：我有许多兵，而不受你的调遣——”

“那可以，虽然你没有一个兵，可是我说你有十万人，也有人相信。还怎样？”

“杀了我，把我的头悬在街上，给不受你调遣的兵将下个警告，怎样？”

“方法不错，只是我还得造谣，说我父亲已经把军权让给我。”

“也只好造谣，敌人已经快到了，能多得一个兵便多得一个。好吧，朋友，我去自尽吧，省得你不好下手杀我。”大鹰抱住了小蝎，可是谁也没哭。

“等等！”我的声音已经岔了。“等等！你们二位这样作，究竟有什么好处呢？”

“没有好处。”大鹰还是非常镇静：“一点好处也没有。敌人的兵多，器械好，出我们全国的力量也未必战胜。可是，万一我们俩的工作有些影响呢，也许就是猫国的一大转机。敌人是已经料到，我们决不敢，也不肯，抵抗；我们俩，假如没有别的好处，至少给敌人这种轻视我们一些惩戒。假如没人响应我们呢，那就很简单了：猫国该亡，我们俩该死，无所谓牺牲，无所谓光荣，活着没作亡国的事，死了免作亡国奴，良心是大于生命的，如是而已。再见，地球先生。”

“大鹰，”小蝎叫住他，“四十片迷叶可以死得舒服些。”

“也好，”大鹰笑了：“活着为不吃迷叶，被人指为假冒为善；死时为吃迷叶，好为人们证实我是假冒为善，生命是多么曲折的东西！好吧，叫迷拿迷叶来。我也不用到外边去了，你们看着我断气吧。死时有朋友在面前到底觉得多些人味。”

迷把迷叶拿来，转身就走了。

大鹰一片一片的嚼食，似乎不愿再说什么。

“你的儿子呢？”小蝎问，问完似乎又后悔了，“噢，我不应当问这个！”

“没关系，”大鹰低声的说：“国家将亡，还顾得儿子！”他继续的吃，渐渐的嚼得很慢了，大概嘴已麻木过去。

“我要睡了，”他极慢的说。说完倒在地上。

待了半天，我摸了摸他的手，还很温软。他极低微的说了声：“谢谢！”这是他的末一句话。虽然一直到夜半他还未曾断气，可是没再发一语。

## 二十四

大鹰的死——我不愿用“牺牲”，因为他自己不以英雄自居——对他所希望的作用是否实现，和，假如实现，到了什么程度，一时还不能知道。我所知道的是：他的头确是悬挂起来，“看头去”成为猫城中一时最流行的三个字。我没肯看那人头，可是细心的看了看参观人头的大众。小蝎已不易见到，他忙得连迷也不顾得招呼了，我只好到街上去看看。城中依然很热闹，不，我应当说更热闹：有大鹰的头可以看，这总比大家争看地上的一粒石子更有趣了。在我到了悬人头之处以前，听说，已经挤死了三位老人两个女子。猫人的为满足视官而牺牲是很可佩服的。看的人们并不批评与讨论，除了拥挤与互骂似乎别无作用。没有人问：这是谁？为什么死？没有。我只听见些，脸上的毛很长。眼睛闭上了。只有头，没身子，可惜！

设若大鹰的死只惹起这么几句评断，他无论怎说是死对了；和这么群人一同活着有什么味儿呢。

离开这群人，我向皇宫走去，那里一定有些值得看的，我想。路上真难走。音乐继续不断的吹打，过了一队又一队，人们似乎看不过来了，又顾着细看人头，又舍不得音乐队，大家东撞撞西跑跑，似乎很不满意只长着两个眼睛。由他们的喊叫，我听出来，这些乐队都是结婚的迎娶前导。人太多，我只能听见吹打，看不见新娘子是坐轿，还是被七个人抬着。我也无意去看，我倒是要问问，为什么大难当头反这么急于结婚呢？没地方去问；猫人是不和外国人讲话的。回去找迷。她正在屋里哭呢，见了我似乎更委屈了，哭得已说不出话。我劝了她半天，她才住声，说：

“他走了，打战去了，怎么好！”

“他还回来呢，”我虽然是扯谎，可是也真希望小蝎回来，“我还要跟他一同去呢。他一定回来，我好和他一同走。”

“真的？”她带着泪笑了。

“真的。你跟我出去吧，省得一个人在这儿哭。”

“我没哭，”迷擦了擦眼，扑上点白粉，和我一同出来。

“为什么现在这么多结婚的呢？”我问。

假如能安慰一个女子，使她暂时不哭，是件功绩，我只好以此原谅我的自私；我几乎全没为迷设想——小蝎战死不是似乎已无疑了么——只顾满足我的好奇心。到如今我还觉得对不起她。

“每次有乱事，大家便赶快结婚，省得女的被兵丁给毁坏了。”迷说。

“可是何必还这样热闹的办呢？”我心中是专想着战争与灭亡。

“要结婚就得热闹，乱事是几天就完的，婚事是终身的。”到底还是猫人对生命的解释比我高明。她继续着说：“咱们看戏去吧。”她信了我的谎话以后便忘了一切悲苦：“今天外务部部长娶儿媳妇，在街上唱戏。你还没看过戏？”

我确是还没看过猫人的戏剧，可是我以为去杀了在这种境况下还要唱戏的外务部长是比看戏更有意义。虽然这么想，我到底不是去杀人的人，因此也就不妨先去看戏。近来我的辩证法已有些猫化了。

外务部长的家外站满了兵。戏已开台，可是平民们不得上前；往前一挤，头上便啪的一声挨一大棍。猫兵确是会打——打自家的人。迷是可以挤进去的，兵们自然也不敢打我，可是我不愿进前去看，因为唱和吹打的声音在远处就觉着难听，离近了还不定怎样刺耳呢。

听了半天，只听到乱喊乱响，不客气的说，我对猫戏不能欣赏。

“你们没有比这再安美雅趣一点的戏吗？”我问迷。

“我记得小时候听过外国戏，比这个雅趣。可是后来因为没人懂那种戏，就没人演唱了。外务部长他自己就是提倡外国戏的，可是后来听一个人——一个外国人——说，我们的戏顶有价值，于是他就又提倡旧戏了。”

“将来再有个人——一个外国人——告诉他，还是外国戏有价值呢？”

“那也不见得他再提倡外国戏。外国戏确是好，可是深奥。他提倡外国戏的时候未必真明白它的深妙处，所以一听人说，我们的戏好，他便立刻回过头来。他根本不明白戏剧，可是愿得个提倡戏剧的美名，那么，提倡旧戏是又容易，又能得一般人的爱戴，一举两得，为什么不这样干呢。我们有许多事是这样，新的一露头就完事，旧的因而更发达；真能明白新的是不容易的事，我们也就不多费那份精神。”

迷是受了小蝎的传染，我猜，这决不会是她自己的意见；虽然她这么说，可是随说随往前挤。我自然不便再钉问她。又看了会儿，我实在受不住了。

“咱们走吧？”我说。

迷似乎不愿走，可是并没坚执，大概因为说了那片话，不走有些不好意思。

我要到皇宫那边看看，迷也没反对。

皇宫是猫城里最大的建筑，可不是最美的。今天宫前特别的难看：墙外是兵，墙上是兵，没有一处没有兵。这还不算，墙上堆满了烂泥，墙下的沟渠填满了臭水。我不明白这烂泥臭水有什么作用，问迷。

“外国人爱干净，”迷说，“所以每逢听到外国人要打我们来，皇宫外便堆上泥，放上臭水；这样，即使敌人到了这里，也不能立刻进去，因为他们怕脏。”

我连笑都笑不上来了！

墙头上露出几个人头来。待了好大半天，他们爬上来，全骑在墙上了。迷似乎很兴奋：“上谕！上谕！”

“哪儿呢？”我问。

“等着！”

等了多大工夫，腿知道；我站不住了。

又等了许久，墙上的人系下一块石头来，上面写着白字。迷的眼力好，一边看一边“哟”。

“到底什么事？”我有些着急。

“迁都！迁都！皇上搬家！坏了，坏了！他不在这里，我可怎办呢！”迷是真急了。本来，小蝎不在此地，叫她怎办呢！

我正要安慰她，墙上又下来一块石板。“快看！迷！”

“军民人等不准随意迁移，只有皇上和官员搬家。”她念给我听。

我很佩服这位皇上，只希望他走在半路上一交跌死。可是迷反倒喜欢了：

“还好，大家都不走，我就不害怕了！”

我心里说，大家怎能不走呢，官们走了，大家在此地哪里得迷叶吃呢。正这么想，墙上又下来一块上谕。迷又读给我听：

“从今以后，不许再称皇上为‘万哄之主’。大难临头，全国人民应一心一德，应称皇上为‘一哄之主’。”迷加了一句：“不哄敢情就好了！”然后往下念：“凡我军民应一致抵抗，不得因私误国！”我加上了一句：“那么，皇上为什么先逃跑呢？”

我们又等了半天，墙上的人爬下去，大概是没有上谕了。迷要回去，看看小蝎回来没有。我打算去看看政府各机关，就是进不去，也许能在外边看见一些命令。我与她分手，她往东，我往西。东边还是那么热闹，娶亲的唱戏的音乐远射着刺耳的噪杂。西边很清静，虽然下了极重要的谕旨，可是没有多少人来看，好像看结婚的是天下第一件要事。

我特别注意外务部。可是衙门外没有一个人。等了半天，不见一个人出来。是的，部长家里办喜事，当然没人来办公；特别是在这外交吃紧的时节。不过，猫人有没有外交，还是个问题，虽然有这么个外务部。没人，我要不客气了，进去看看。里面真没有人。屋子也并没关着。我可以自由参观了。屋子里什么也没有，除了堆着一些大石板，石板上都刻着“抗议”。我明白了：所谓外交者一定就是无论发生了什么事便送去一块“抗议”，外交官便是抗议专家。我想找到些外国给猫人的公文；找不到。大概对猫人的“抗议”，人家是永远置之不理的。也别说，这样的外交确是简单省事。

不用再看别的衙门了，外务部既是这么简单，别的衙门里还许连块像“抗议”的石头也没有呢。

出来还往西走，衙门真多：妓女部，迷叶所，留洋部，抵制外货局，肉菜厅，孤儿公卖局……这不过是几个我以为特别有趣的名字，我看不懂的还多着呢。除了闲着便是作官，当然得多设一些衙门；我以为多，恐怕猫人还以为不够呢。

一直往西走。这是我第一次走到西头。想到外国城去看看，不，还是回去看看小蝎回来没有。我改由街的那一边往回走。没遇上多少学生，大概都看人头与听戏去了。可是，走了半天，遇见一群学生，都在地上跪着，面前摆着一大块石头，上边写着几个白字：“马祖大仙之神位”。我知道，过去一问，他们准跑得一干二净；我轻轻的溜到后边，也下跪，听他们讲些什么。

最前面的立起来一个，站在石头前面向大家喊：“马祖主义万岁！大家夫司基万岁！扑罗普落扑拉扑万岁！”大家也随着喊。喊过之后，那个人开始对大家说话，大家都坐在地上。他说：“我们要打倒大神，专信马祖大仙！我们要打倒家长，打倒教员，恢复我们的自由！我们要打倒皇上，实行大家夫司基！我们欢迎侵伐我们的外国人，他们是扑罗普落扑拉扑！我们现在就去捉皇上，把他献给我们的外国同志！这是我们唯一的机会，马上就要走。捉到了皇上，然后把家长教员杀尽，杀尽！杀尽他们，迷叶全是我们的，女子都是我们的，人民也都是我们的，作我们的奴隶！大家夫司基是我们的，马祖大仙说过：扑罗普落扑拉扑是地冬地冬的呀呀者的上层下层花拉拉！我们现在就到皇宫去！”

大家并没动。“我们现在就走！”大家还是不动。

“好不好大家先回家杀爸爸？”有一位建议：“皇宫的兵太多，不要吃眼前亏！”

大家开始要往起站。

“坐下！那么，先回家杀爸爸？”

大家彼此问答起来。

“杀了爸爸，谁给迷叶吃？”有一位这样问。

“正是因为把迷叶都拿到手才杀爸爸！”有一位回答。

“现在我们的主张已不一致，可以分头去作：杀皇上派的去杀皇上，杀爸爸派的去杀爸爸。”又是一个建议。

“但是马祖大仙只说过杀皇上的观识大加油，没有说过杀爸爸——”

"反革命！"

"杀了那错解马祖大仙的神言的！"

我以为这是快打起来了。待了半天，谁也没动手，可是乱得不可开交。慢慢的一群分为若干小群，全向马祖大仙的神位立着嚷。又待了半天，一个人一组了，依旧向着石头嚷。嚷来嚷去，大家嚷得没力气了，努着最后的力量向石头喊了声："马祖大仙万岁！"各自散去。

什么把戏呢？

# 二十五

对猫人我不愿再下什么批评；批评一块石头不能使它成为美妙的雕刻。凡是能原谅的地方便加倍的原谅；无可原谅的地方只好归罪于他们国的风水不大好。

我去等小蝎，希望和他一同到前线上去看看。对火星上各国彼此间的关系，我差不多完全不晓得。问迷，她只知道外国的粉比猫人造得更细更白，此外，一问一个摇头。摇头之后便反攻：“他怎还不回来呢?!”我不能回答这个，可是我愿为全世界的妇女祷告：世界上永不再发生战争!

等了一天，他还没回来。迷更慌了。猫城的作官的全走净了，白天街上也不那么热闹了，虽然还有不少参观大鹰的人头的。打听消息是不可能的事；没人晓得国事，虽然“国”字在这里用得特别的起劲：迷叶是国食，大鹰是国贼，沟里的臭泥是国泥……有心到外国城去探问，又怕小蝎在这个当儿回来。迷是死跟着我，口口声声：“咱们也跑吧?人家都跑了!花也跑了!”我只有摇头，说道不出来什么。

又过了一天，他回来了。他脸上永远带着的那点无聊而快活的神气完全不见了。迷喜欢得连一句话也说不出，只带着眼泪盯着他的脸。我容他休息了半天才敢问：“怎样了?”

“没希望！”他叹了口气。

迷看我一眼，看他一眼，蓄足了力量把句早就要说而不敢说的话挤出来：“你还走不走？”

小蝎没看着她，摇了摇头。

我不敢再问了，假如小蝎说谎呢，我何必因追问而把实话套出来，使迷伤心呢！自然迷也不见得就看不出来小蝎是否骗她。

休息了半天，他说去看他的父亲。迷一声不出，可是似乎下了决心跟着他。小蝎有些转磨；他的谎已露出一大半来了。我要帮助他骗迷，但是她的眼神使我退缩回来。小蝎还在屋里转，迷真闷不住了：“你上哪里我上哪里！”随着流下泪来。小蝎低着头，似乎想了半天：“也好吧！”

我该说话了：“我也去！”

当然不是去看大蝎。

我们往西走，一路上遇见的人都是往东的，连军队也往东走。

“为什么敌人在西边而军队往东呢？”我不由的问出来。

“因为东边平安！”小蝎咬牙的声音比话响得多。

我们遇见了许多学者，新旧派分团往东走，脸上带着非常高兴的神气。有几位过来招呼小蝎：“我们到东边去见皇帝！开御前学者会议！救国是大家的事，主意可是得由学者出，学者！前线上到底有多少兵？敌人是不是要占领猫城？假如他们有意攻猫城，我们当然劝告皇帝再往东迁移，当然的！光荣的皇上，不忘记了学者！光荣的学者，要尽忠于皇帝！”小蝎一声没出。学者被皇上召见的光荣充满，毫不觉得小蝎的不语是失礼的。这群学者过去，小蝎被另一群给围上；这一群人的脸上好像都是刚死了父亲，神气一百二十分的难看：“帮帮我们！大人！为什么皇上召集学者会议而没有我们？我们的学问可比那群东西的低？我们的名望可比那群东西的小？我们是必须去的，不然，还有谁再称我们为学者？大人，求你托托人情，把我们也加入学者会议！”小蝎还是一语没发。学者们急了：“大人要是不管，可别怪我们批评政府，叫大家脸上无光！”小蝎拉着迷就走，学者都放声哭起来。

又来了军队，兵丁的脖子上全拴着一圈红绳。我一向没见过这样的军队，又不好意思问小蝎，我知道他已经快被那群学者气死了。小蝎看出我的心意来，他忽然疯了似的狂笑：“你不晓得这样的是什么军队？这就是国家夫司基军。别国有过这样的组织，脖子上都带红绳作标帜。国家夫司基军，在别国，是极端的爱国，有国家没个人。一个褊狭而热烈的夫司基。我们的红绳军，你现在看见了，也往平安地方调动呢，大概因为太爱国了，所以没法不先谋自己的安全，以免爱国军的解体。被敌人杀了还怎能再爱国呢？你得想到这一层！”小蝎又狂笑起来，我有点怕他真是疯了。我不敢再说什么，只一边走一边看那红绳军。在军队的中心有个坐在十几个兵士头上的人，他项上的红绳特别的粗。小蝎看了他一眼，低声向我说：“他就是红绳军的首领！他想把政府一切的权柄全拿在他一人手里，因为别国有因这么办而强胜起来的。现在他还没得到一切政权，可是他比一切人全厉害——我所谓的厉害便是狡猾。我知道他这是去收拾皇上，实行独揽大权的计划，我知道！”

“也许那么着猫国可以有点希望？”我问。

“狡猾是可以得政权，不见得就能强国，因为他以他的志愿为中心，国家两个字并不在他的心里。真正爱国的是向敌人洒血的。”

我看出来：敌人来到是猫人内战的引火线。我被红绳军的红绳弄花了眼，看见一片红而不光荣的血海，这些军人在里边泅泳着。

我们已离开了猫城。我心里不知为什么有个不能再见这个城的念头。又走了不远，遇见一群猫人，对于我这又是很新奇的：他们的身量都很高，样子特别的傻，每人手里都拿着根草。迷，半天没说一句话，忽然出了声："好啦，西方的大仙来了！"

"什么？"小蝎，对迷向来没动过气的，居然是声色俱厉了！迷赶紧的改嘴：

"我并不信大仙！"

我知道因我的发问可以减少他向迷使气："什么大仙？"

小蝎半天也没回答我，可是忽然问了我一句：

"你看，猫人的最大缺点在哪里？"

这确是个难以回答的问题，我一时回答不出。

小蝎自己说了："糊涂！"我知道他不是说我糊涂。

又待了半天，小蝎说："你看，朋友，糊涂是我们的要命伤。在猫人里没有一个是充分明白任何事体的。因此他们在平日以摹仿别人表示他们多知多懂，其实是不懂装懂。及至大难在前，他们便把一切新名词撇开，而翻着老底把那最可笑的最糊涂的东西——他们的心灵底层的岩石——拿出来，因为他们本来是空洞的，一着急便显露了原形，正如小孩急了便喊妈一样。我们的大家夫司基的信徒一着急便喊马祖大仙，而马祖大仙根本的是个最不迷信的人。我们的革命家一着急便搬运西方大仙，而西方大仙是世上最没仙气最糊涂的只会拿草棍的人。问题是没有人懂的，等到问题非立待解决不可了，大家只好求仙。这是我们必亡的所以然，大家糊涂！经济，政治，教育，军事等等不良足以亡国，但是大家糊涂足以亡种，因为世界上没有人以人对待糊涂像畜类的人的。这次，你看着，我们的失败是无疑的了；失败之后，你看着，敌人非把我们杀尽不可，因为他们根本不拿人对待我们，他们杀我们正如屠宰畜类，而且决不至于引起别国的反感，人们看杀畜类是不十分动心的；人是残酷的，对他所不崇敬的——他不崇敬糊涂人——是毫不客气的去杀戮的。你看着吧！"

我真想回去看看西方大仙到底去作些什么，可是又舍不得小蝎与迷。

在一个小村里我们休息了一会儿。所谓小村便是只有几处塌倒的房屋，并没有一个人。

“在我的小时候，”小蝎似乎想起些过去的甜蜜，“这里是很大的一个村子。这才几年的工夫，连个人影也看不到了。灭亡是极容易的事！”他似乎是对他自己说呢，我也没细问他这小村所以灭亡的原因，以免惹他伤心。我可以想象到：革命，革命，每次革命要战争，而后谁得胜谁没办法，因为只顾革命而没有建设的知识与热诚，于是革命一次增多一些军队，增多一些害民的官吏；在这种情形之下，人民工作也是饿着，不工作也是饿着，于是便逃到大城里去，或是加入只为得几片迷叶的军队，这一村的人便这样死走逃亡净尽。革命而没有真知识，是多么危险的事呢！什么也救不了猫国，除非他们知道了糊涂是他们咽喉上的绳子。

我正在这么乱想，迷忽然跳起来了，“看那边！”

西边的灰沙飞起多高，像忽然起了一阵怪风。

小蝎的唇颤动着，说了声：“败下来了！”

## 二十六

“你们藏起去！”小蝎虽然很镇静，可是显出极关切的样子，他的眼向来没有这么亮过。“我们的兵上阵虽不勇，可是败下来便疯了。快藏起去！”他面向着西，可是还对我说：“朋友，我把迷托付给你了！”他的脸还朝着西，可是背过一只手来，似乎在万忙之中还要摸一摸迷。

迷拉住他的手，浑身哆嗦着说：“咱们死在一处！”

我是完全莫名其妙。带着迷藏起去好呢，还是与他们两个同生死呢？死，我是不怕的；我要考虑的是哪个办法更好一些。我知道：设若有几百名兵和我拼命，我那把手枪是无用的。我顾不得再想，一手拉住一个就往村后的一间破房里跑。不知道我是怎样想起来的，我的计划——不，不是计划，因为我已顾不得细想；是直觉的一个闪光，我心里那么一闪，看出这么条路来：我们三个都藏起去，等到大队过去，我可以冒险去捉住一个散落的兵，便能探问出前线的情形，而后再作计较。不幸而被人队——比如说他们也许在此地休息一会儿给看见，我只好尽那把手枪所能为的抵挡一阵，其余便都交给天了。

但是小蝎不干。他似乎有许多不干的理由，可是顾不得说；我是莫名其妙。他不跑，自然迷也不会听我的。我又不知道怎样好了。西边的尘土越滚越近；猫人的腿与眼的厉害我是知道的；被他们看见，再躲就太晚了。

“你不能死在他们手里！我不许你那么办！”我急切的说，还拉着他们俩。

“全完了！你不必陪上一条命；你连迷也不用管了，随她的便吧！”小蝎也极坚决。

讲力气，他不是我的对手；我搂住了他的腰，半抱半推的硬行强迫；他没挣扎，他不是撒泼打滚的人。迷自然紧跟着我。这样，还是我得了胜，在村后的一间破屋藏起来。我用几块破砖在墙上堆起一个小屏，顺着砖的孔隙往外看。小蝎坐在墙根下，迷坐在一旁，拉着他的手。

不久，大队过来了。就好像一阵怪风裹着灰沙与败叶，整团的前进。嘈杂的声音一阵接着一阵，忽然的声音小了一些，好像波涛猛然低降，我闭着气等那波浪再猛孤丁的涌起。人数稀少的时候，能看见兵们的全体，一个个手中连木棍也没有，眼睛只盯着脚尖，惊了魂似的向前跑。现象的新异使我胆寒。一个军队，没有马鸣，没有旗帜，没有刀枪，没有行列，只在一片热沙上奔跑着无数的裸体猫人，个个似因惊惧而近乎发狂，拚命的急奔，好似吓狂了的一群，一地，一世界野人。向来没看见过这个！设若他们是整着队走，我决不会害怕。

好大半天，兵们渐渐稀少了。我开始思想了：兵们打了败仗，小蝎干什么一定要去见他们呢？这是他父亲的兵，因打败而和他算账？这在情理之中。但是小蝎为何不躲避他们而反要迎上去呢？想不出道理来。因迷惑而大了胆，我要冒险去拿个猫兵来。除了些破屋子，没有一棵树或一个障碍物；我只要跳出去，便得被人看见！又等了半天，兵们更稀少了，可是个个跑得分外的快；大概是落在后面特别的害怕而想立刻赶上前面的人们。去追他们是无益的，我得想好主意。

好吧，试试我的枪法如何。我知道设若我打中一个，别人决不去管他。前面的人听见枪响也决不会再翻回头来。可是怎能那么巧就打中一个人正好不轻不重而被我生擒了来呢？再说，打中了他，虽然没打到致命的地方，而还要审问他，枪弹在肉里而还被审，我没当过军官，没有这分残忍劲儿。这个计策不高明。

兵们越来越少了。我怕起来：也许再待一会儿便一个也剩不下了。我决定出去活捉一个来。反正人数已经不多，就是被几个猫兵围困住，到底我不会完全失败。不能再耽延了，我掏出手枪，跑出去。事情不永远像理想的那么容易，可也不永远像理想的那么困难。假如猫兵们看见了我就飞跑，管保追一天我也连个影也捉不到。可是居然有一个兵，忽然的看见我，就好像小蛙见了水蛇，一动也不动的呆软在那儿了。其余的便容易了，我把他当猪似的扛了回来。他没有喊一声，也没挣扎一下；或者跑得已经过累，再加上惊吓，他已经是半死了。

把他放在破屋里，他半天也没睁眼。好容易他睁开眼，一看见小蝎，他好像身上最娇嫩的地方挨了一刺刀似的，意思是要立起来扑过小蝎去。我握住他的胳臂。他的眼睛似是发着火，有我在一旁，他可是敢怒而不敢言。

小蝎好像对这个兵一点也不感觉兴趣，他只是拉着迷的手坐着发呆。我知道，我设若温和的审问那个兵，他也许不回答；我非恐吓他不可。恐吓得到了相当的程度，我问他怎样败下来的。

他似乎已忘了一切，呆了好大半天他好像想起一点来：“都是他！”指着小蝎。

小蝎笑了笑。

“说！”我命令着。

“都是他！”兵又重了一句。我知道猫人的好啰嗦，忍耐着等他把怒气先放一放。

“我们都不愿打仗，偏偏他骗着我们去打。敌人给我们国魂，他，他不许我们要！可是他能，只能，管着我们；那红绳军，这个军，那个军，也全是他调去的，全能接了外国人的国魂平平安安的退下来，只剩下我们被外国人打得魂也不知道上哪里去！我们是他爸爸的兵，他反倒不照应我们，给我们放在死地！我们有一个人活着便不能叫他好好的死！他爸爸已经有意把我们撤回来，他，他不干！人家那平安退却的，既没受伤，又可以回去抢些东西；我们，现在连根木棍也没有了，叫我们怎么活着?！”他似乎是说高兴了，我和小蝎一声也不出，听着他说；小蝎或者因心中难过也许只是不语而并没听着，我呢，兵的每句话都非常的有趣，我只盼望他越多说越好。

“我们的地，房子，家庭，”兵继续的说：“全叫你们弄了去；你们今天这个，明天那个，越来官越多，越来民越穷。抢我们，骗我们，直落得我们非去当兵不可；就是当兵帮助着你们作官的抢，你们到底是拿头一份，你们只是怕我们不再帮助你们，才分给我们一点点。到了外国人来打你们，来抢你们的财产，你叫我们去死，你个瞎眼的，谁能为你们去卖命！我们不会作工，因为你们把我们的父母都变成了兵，使我们自幼就只会当兵；除了当兵我们没有法子活着！”他喘了一口气。我乘这个机会问了他一句：

“你们既知道他们不好，为什么不杀了他们，自己去办理一切呢?”

兵的眼珠转开了，我以为他是不懂我的话，其实他是思索呢。呆了一会儿，他说：

“你的意思是叫我们革命?”

我点了点头；没想到他会知道这么两个字——自然我是一时忘了

猫国革命的次数。

“不用说那个，没有人再信！革一回命，我们丢点东西，他们没有一个不坏的。就拿那回大家平分地亩财产说吧，大家都是乐意的；可是每人只分了一点地，还不够种十几棵迷树的；我们种地是饿着，不种也是饿着，他们没办法；他们，尤其是年青的，只管出办法，可是不管我们肚子饿不饿。不治肚子饿的办法全是糊涂办法。我们不再信他们的话，我们自己也想不出主意，我们只是谁给迷叶吃给谁当兵；现在连当兵也不准我们了，我们非杀不可了，见一个杀一个！叫我们和外国人打仗便是杀了我们的意思，杀了我们还能当兵吃迷叶吗？他们的迷叶成堆，老婆成群，到如今连那点破迷叶也不再许我们吃，叫我们去和外国人打仗，那只好你死我活了。”

“现在你们跑回来，专为杀他？”我指着小蝎问。

“专为杀他！他叫我们去打仗，他不许我们要外国人给的国魂！”

“杀了他又怎样呢？”我问。

他不言语了。

小蝎是我经验中第一个明白的猫人，而被大家恨成这样；我自然不便，也没工夫，给那个兵说明小蝎并非是他所应当恨的人。他是误以小蝎当作官吏阶级的代表，可是又没法子去打倒那一阶级，而只想杀了小蝎出口气。这使我明白了一个猫国的衰亡的真因：有点聪明的想指导着人民去革命，而没有建设所必需的知识，于是因要解决政治经济问题而自己被问题给裹在旋风里；人民呢经过多少次革命，有了阶级意识而愚笨无知，只知道受了骗而一点办法没有。上下糊涂，一齐糊涂，这就是猫国的致命伤！带着这个伤的，就是有亡国之痛的刺激也不会使他们咬着牙立起来抵抗一下的。

该怎样处置这个兵呢？这倒是个问题。把他放了，他也许回去调兵来杀小蝎；叫他和我们在一块，他又不是个好伴侣。还有，我们该上哪里去呢?

天已不早了，我们似乎应当打主意了。小蝎的神气似乎是告诉我：他只求速死，不必和他商议什么。迷自然是全没主张。我是要尽力阻止小蝎的死，明知这并无益于他，可是由人情上看我不能不这么办。上哪里去呢？回猫城是危险的；往西去？正是自投罗网，焉知敌人现在不是正往这里走呢！想了半天，似乎只有到外国城去是万全之策。

但是小蝎摇头。是的，他肯死，也不肯去丢那个脸。他叫我把那个兵放了："随他去吧！"

也只好是随他去吧。我把那个兵放了。

天渐渐黑上来；异常的，可怕的，静寂！心中准知道四外无人，准知道远处有许多溃兵，准知道前面有敌人袭来，这个静寂好像是在荒岛上等着风潮的突起，越静心中越紧张。自然猫国灭亡，我可以到别国去，但是为我的好友，小蝎，设想，我的心似乎要碎了！一间破屋中过着亡国之夕，这是何等的悲苦。就是对于迷，现在我也舍不得她了。在亡国的时候才理会到一个"人"与一个"国民"相互的关系是多么重大！这个自然与我无关，但是我必须为小蝎与迷设想，这么着我才能深入他们的心中，而分担一些他们的苦痛；安慰他们是没用的，国家灭亡是民族愚钝的结果，用什么话去安慰一两个人呢？亡国不是悲剧的舒解苦闷，亡国不是诗人的正义之拟喻，它是事实，是铁样的历史，怎能纯以一些带感情的话解说事实呢！我不是读着一本书，我是听着灭亡的足音！我的两位朋友当然比我听的更清楚一些。他们是诅咒着，也许是甜蜜的追忆着，他们的过去一切；他们只有过去而无将来。他们的现在是人类最大的耻辱正在结晶。

天还是那么黑，星还是那么明，一切还是那么安静，只有亡国之夕的眼睛是闭不牢的。我知道他们是醒着，他们也知道我没睡，但是谁也不能说话，舌似乎被毁灭的指给捏住，从此人与国永不许再出声了。世界上又哑了一个文化，它的最后的梦是已经太晚了的自由歌唱。它将永不会再醒过来。它的魂灵只能向地狱里去，因为它生前的纪录是历史上一个污点。

## 二十七

大概是快天亮了，我朦胧的睡去。

哨！哨！两响！我听见已经是太晚了。我睁开眼——两片血迹，两个好朋友的身子倒在地上，离我只有二尺多远。我的，我的手枪在小蝎的身旁！

要形容我当时的感情是不可能的。我忘了一切，我不知道心里哪儿发痛。我只觉得两个活泼泼的青年瞪着四个死定的眼看着我呢。活泼泼的？是的，我一时脑子里不能转弯了，想不到他们会停止了呼吸的。他们看着我，但是并没有丝毫的表情，他们像捉住一些什么肯定的意义，而只要求我去猜。我看着他们，我的眼酸了，他们的还是那样的注视。他们把个最难猜透的谜交给我，而我忘了一切。我想不出任何方法去挽回生命；在他们面前我觉得到人生的脆弱与无能。我始终没有落泪；除了他们是躺着，我是立着，我完全和他们一样的呆死。无心的，我蹲下，摸了摸他们，还温暖，只是没有了友谊的回应；他们的一切只有我所知道的那点还存在着，其余的，他们自己已经忘了。死或者是件静美的事。

迷是更可怜的。一个美好的女子岂是为亡国预备的呢。我的心要碎了。民族的罪恶惩罚到他们的姊妹妻母；就算我是上帝，我也得后悔为这不争气的民族造了女子！

我明白小蝎，所以我更可怜迷；她似乎无论怎样也不应当死；小蝎有必死的理由。可是，与国家同死或者不需要什么辩论？民族与国家，在这个世界上，还有种管辖生命的力量。这个力量的消失便是死亡，那不肯死的只好把身体变作木石，把灵魂交与地狱。我更爱迷与小蝎了。我恨不能唤醒他们，告诉他们，他们是纯洁的，他们的灵魂还是自己的。我恨不能唤起他们，带他们到地球上来享受生命一切应有的享受。幻想是无益的；除了幻想却只有悲哀。我无论怎样幻想，他们只是呆呆的不动；他们似乎已忘了我是个好朋友。不管我心中怎样疼痛，他们一点也不欣赏，生死之间似隔着几重天。生是一切，死是一切，生死中间隔着个无限大的不可知。我似乎能替花鸟解释一些什么，我不能使他们再出一声。死的缄默是绝对的真实：我不知怎样好了，可是他们决定不再动了。我觉不到生命还有什么意义。

就是那么呆呆的守着他们，一直到太阳出来。他们的形体越来越看得清楚，我越觉得没有主张。光射在迷的脸上，还是那么美好，可爱，只是默默不语。小蝎的头窝在墙角，脸上还不时的带出那种无聊的神气，好像死还没医治了他的悲观，迷的脸上一点害怕的样子没有了。

我不能再守着他们。这是我心中忽然觉出来的。设若再继续下去，我一定会疯。离开他们？这么一想，我那始终没落的眼泪雨似的落下来。茫茫大地，我到哪里去？舍了两个好朋友，独自去游浪，这比我离开地球的时候难堪得多多了。异地的孤寂是难以担当的，况且是由于死别，他们的死将永远追随着我。我哭了不知好久，我双手拉住他们，几乎是喊着：迷，小蝎，再见了！

顾不得埋掩他们，我似乎只要再耽误一秒钟，便永不能起身了。咬一咬牙，拾起我的手枪，跳出破墙。走开几步，我回头看了看；决定不再回去，叫他们的尸身腐烂在那里，我不能再回去！我骂我自己，不祥的人，由地球上同来的朋友死在这里，现在又眼看着他们俩这样，我应当永不再交朋友！

往哪里走？回猫城，当然的。那是我的家。

路上一个人不见，死笼罩住一切。天空是灰的，灰黄的路上卧着几个死兵，白尾鹰们正在啄食，上下飞舞，尖苦的叫着。我走得飞快，可是眼中时常看见迷的笑，耳中似乎听到小蝎惯说的字句，他们是追随着我呢。快到了猫城，我的心跳得紧；是希冀，是恐怖，我说不清。到了，没有一个人。街上卧着，东一个，西一个，许多妇女。兵们由此经过，我猜得出其中的道理。“花也跑了！”我似乎又听见迷在我耳旁说。是的，花要是不走，也必定被兵们害死。我顾不得细看，一直往前跑，到了大鹰的头悬挂所在，他还在那里守着这空城，头上的肉已被鹰鸟啄尽。他是这死寂猫城的灵魂。跑到小蝎的住处，什么也没有了，连墙都推倒了两处。

兵们没有把小蝎的任何东西留下，我真愿意得着一点，无论是什么，作个纪念物。我只好走吧，这个地方的一砖一石都能引下我的泪。

我往东去，我知道人们都在那边。回头看了看，灰空中立着个死城！

向大蝎的迷林走去，这是我认识的一条路。路上那个小村已经没人了，我知道兵们一定已由此经过了。

到了迷林，没有人。我坐在树下休息了一会儿。还得走，静寂逼迫着我动作。向前走到我常洗澡的沙滩那里，从雾气中我看见些行人往西来。我猜想，这或者是大局已有转机，所以人们又要回猫城去。一会儿比一会儿人多了，有许多贵人还带着不少的兵。我坐在河岸上一边休息一边观察。人越来越多，带兵的人们似乎都争着往前跑，像急于去得到一些利益似的。一来二去，因为争路，兵们开始打起来，而且贵人们亲自指挥着。我莫名其妙。猫人的战争是不易见胜负的，大家只用木棍相击，轻易不致打倒一个；打的工夫还不如转的工夫多，你躲我，我躲你，非赶到有人失神，木棍是没有碰到身上的机会。工夫大了，大家还是乱转，而且是越转相距越远。有一队，一边打，一边往前转，大概是指挥人要乘着大家乱打的当儿，把他的兵转到前面去，好继续往西走。这一队离河岸较近，我认出来，为首的是大蝎。他到底是有些策略。又待了一会儿，他的兵们全转在前面来了，果然不出我所料，他们一摆脱清便向前急进。

我的机会到了。似乎是飞呢，我赶上了大蝎。

他似乎很愿意见着我，同时又似乎连讲话都顾不得，急于往前跑。我一边喘一边问他，干什么去。

“请跟我去！跟我去！”他十分恳切的说：“敌人就快到猫城了！也许已过了那里，说不定！”

我心中痛快了一些，大概是到了不能不战的时候了，大家一齐去保护猫城，我想。可是，大家要都是去迎敌，为什么半路上自己先打起来呢？我想的不对！我告诉大蝎，他不告诉我干什么去，我不能跟他走。

他似乎不愿说实话，可是又好像很需要我，而且他知道我的脾气，他说了实话：

“我们去投降，谁先到谁能先把京城交给敌人，以后自不愁没有官作。”

“请吧！”我说：“没那个工夫陪你去投降！”没有再和他说第二句话，我便扭头往回走。

后面的兵也学着大蝎，一边打一边前进了。我看见那位红绳军的领袖也在其中，仍旧项上系着极粗的红绳，精神百倍的争着往前去投降。

我正看着，前面忽然全站定了。转过头来，敌人到了，已经和大蝎打了对面。这我倒要看看了，看大蝎怎样投降。

我刚跑到前面，后面的那些领袖也全飞奔前来。红绳军的首领特别的轻快像个燕子似的，一落便落在大蝎的前面，向敌人跪好。后面的领袖继续也全跪好，就好像咱们老年间大家庭出殡的时候，灵前跪满了孝子贤孙。

这是我第一次看见猫人的敌军。他们的身量，多数都比猫人还矮些。看他们脸上的神气似乎都不大聪明，可是分明的显出小气与毒狠的样子。我不知道他们的历史与民性，无从去判断，他们给我的第一个印象是这样罢了。他们手里都拿条像铁似的短棍，我不知道它们有什么用处。

等猫人首领全跪好了，矮人们中的一个，当然是长官了，一抬手，他后面的一排兵，极轻巧的向前一蹿，小短棍极准确的打在大蝎们的头上。我看得清楚极了，大蝎们全一低头，身上一颤，倒在地上，一动也不动了。莫非短棍上有电？不知道。后面的猫人看见前面投降的首领全被打死，哎呀，那一声喊，就好像千万个刀放在脖子上的公鸡。喊了一声，就好像比声音还快，一齐向后跑去。一时被挤倒的不计其数，倒了被踩死的也很多。敌人并没有追他们。大蝎们的尸首被人家用脚踢开，大队慢慢的前进。

我想起小蝎的话：“敌人非把我们杀尽不可！”

可是，我还替猫人抱着希望：投降的也是被杀，难道还激不起他们的反抗吗？他们假如一致抵抗，我不信他们会灭亡。我是反对战争的，但是我由历史上看，战争有时候还是自卫的唯一方法；遇到非战不可的时候，到战场上去死是人人的责任。褊狭的爱国主义是讨厌的东西，但自卫是天职。我理想着猫人经过这一打击，必能背城一战，而且胜利者未必不是他们。

我跟着大队走。那方才没被踩死而跑不了的，全被矮兵用短棍结果了性命。我不能承认这些矮子是有很高文化的人，但是拿猫人和他们比，猫人也许比他们更低一些。无论怎说，这些矮人必是有个，假如没有别的好处，国家观念。国家观念不过是扩大的自私，可是它到底是“扩大”的；猫人只知道自己。

幸而和小蝎起行的时候，身旁带了些迷叶，不然我一定会饿死的。我远远的跟着矮人的大队，不要说是向他们乞求点吃食，就是连挨近他们也不敢。焉知他们不拿我当作侦探呢。一直的走到我的飞机坠落处，他们才休息一下。我在远远望着，那只飞机引起了他们注意，这又是他们与猫人不同之处，这群人是有求知心的。我想起我的好友，可怜，他的那些残骨也被他们践踏得粉碎了！

他们休息了一会儿，有一部分的兵开始掘地。工作得很快，看着他们那么笨手笨脚的，可是说作便作，不迟疑，不懒散，不马马虎虎，一会儿的工夫他们挖好了深大的一个坑。又待了一会儿，由东边来了许多猫人，后面有几个矮子兵赶着，就好像赶着一群羊似的。赶到了大坑的附近，在此地休息着的兵把他们围住，往坑里挤。猫人的叫喊真足以使铁作的心也得碎了，可是矮兵们的耳朵似乎比铁还硬，拿着铁棒一个劲儿往坑里赶。猫人中有男有女，而且有的妇女还抱着小娃娃。我的难过是说不出来的，但是我没法去救他们。我闭上眼，可是那哭喊的声音至今还在我的耳旁。哭喊的声音忽然小了，一睁眼，矮兽们正往坑中填土呢。整批的活埋！这是猫人不自强的惩罚。我不知道恨谁好，我只得了一个教训：不以人自居的不能得人的待遇；一个人的私心便足以使多少多少同胞受活埋的暴刑！

要形容一切我所看见的，我的眼得哭瞎了；矮人们是我所知道的人们中最残忍的。猫国的灭亡是整个的，连他们的苍蝇恐怕也不能剩下几个。

在最后，我确是看见些猫人要反抗了，可是他们还是三个一群，五个一伙的干；他们至死还是不明白合作。我曾在一座小山里遇见十几个逃出来的猫人，这座小山是还未被矮兵占据的唯一的地方；不到三天，这十几个避难的互相争吵打闹，已经打死一半。及至矮兵们来到山中，已经剩了两个猫人，大概就是猫国最后的两个活人。敌人到了，他们两个打得正不可开交。矮兵们没有杀他们俩，把他们放在一个大木笼里，他们就在笼里继续作战，直到两个人相互的咬死；这样，猫人们自己完成了他们的灭绝。

* * *

我在火星上又住了半年，后来遇到法国的一只探险的飞机，才能生还我的伟大的光明的自由的中国。